U0458763

书信体长篇小说

渥太华夜未眠

任盈盈　著

河南文艺出版社
·郑州·

图书在版编目（CIP）数据

渥太华夜未眠/任盈盈著. —郑州:河南文艺出版社,2018.8

ISBN 978-7-5559-0636-0

Ⅰ.①渥…　Ⅱ.①任…　Ⅲ.①书信体小说-中国-当代　Ⅳ.①I247.5

中国版本图书馆 CIP 数据核字（2017）第 316800 号

出版发行　河南文艺出版社
本社地址　郑州市鑫苑路 18 号 11 栋
邮政编码　450011
售书热线　0371-65379196
承印单位　河南瑞之光印刷股份有限公司
经销单位　新华书店
开　　本　890 毫米×1240 毫米　1/32
印　　张　10
字　　数　217 000
版　　次　2018 年 8 月第 1 版
印　　次　2018 年 8 月第 1 次印刷
定　　价　35.00 元

优雅的国会山。 总理在楼内办公，市民们在楼外的草坪上做瑜伽，画画，跳舞，享受阳光……
这是渥太华最美的风景之一。

加拿大人说，一个门前开满鲜花的房子，是会被神祝福的。

在渥太华看房时，特别打动笔者的一套房子。
这门前的凉台，承载着一对老人一生的快乐。

万圣节的南瓜。 秋天的最后一抹亮色，也是大自然最后的狂欢。

很多加拿大男人都有一只小船，喜欢在假日里划着小船去远方，在天地云水间自我放逐。

太过美丽的风景是另一种牢笼，如果你没有学会享受。

故事缘起

正如我们戴着有色眼镜看待西方世界一样,西方人也同样对我们心存一千零一个问号。其中最令他们不解的就是,中国人的婚姻。

为什么中国人明明相爱,却不停地分离?

为什么中国女人会为了孩子,放弃工作,放弃幸福的家庭生活,忍受着与先生天各一方的距离到一个完全陌生的国家做"炮灰"?

西方女性会说:"这简直要疯掉。"而西方男性则把它解释为"中国特色"。

这部小说,便缘起于这个问号。通过一个在加拿大土地上中国家庭旅馆里的故事,一点一点靠近中国式婚姻的内核,探讨中国式婚姻的奉献、无奈、坚韧,和爱情。

目录

第一封信

好山好水好寂寞

亲爱的朋友：

我不知道你是谁，正因为不知道你是谁我才给你写信。我不会告诉你我是谁，更不会告诉你我的地址，因此你根本不用操心给我写回信。

你只能倾听，没法吐槽，没法赞美，更没法质疑。倘若你因为我的信流眼泪了我也看不到，这些我统统不在意。

而我，只是放心倾诉。放心倾诉，这种状态让我感觉很安全，很踏实。

有人说：最好的朋友是倾听。如果这个结论成立，那么我估计是没有最好的朋友了，其实我甚至怀疑可能连朋友都没有。

我已经 35 岁了，而这个怀疑令我无限伤悲。

此时是我的上午 9 点钟，正是朋友们的晚上 9 点钟。是的，我在地球的另一端，和他们隔着整整 12 个小时。我的微信朋友圈一直在闪烁，朋友们不停地更新着状态，在各个群里抢着发言。高中同学群有个同学讲了一个笑话，一堆人发出各种奇怪的表情，还有人兴奋地发红包。我说抱歉我没有绑定国内银行账号，没有红包发。同学们打趣我：你可以发外币嘛！哦，原来他们知道我与他们隔了千山万水。只是，没人关心，哪怕一句："嗨，你好吗？"

我默默退了出去。和我的进入一样，没有人注意到我的离开。

我翻动着微信，朋友圈里一共有 300 多人，不多也不算少。我看着一个个熟悉的头像，看着他们不停地秀照片、转发段子、发感慨、自言自语……可是不知道为什么，却觉得没办法和任何一个人说话。和任何一个人说话都是打扰，只能换来"嗯、啊"或者一些莫名其妙的面部表情。经常的，我感觉自己寂寞极了。

还有你，寂寞吗？

是的，我在国外。我在加拿大的首都渥太华。

不久前听到朋友们评价"国内是好挤好乱好热闹，国外是好山好水好寂寞"。这个评价真的再中肯不过了。我来到渥太华已经快一年了，"寂寞"正如一种慢性风湿病，一点一点地从肌肤渗透筋髓。

我是不是已经告诉你了，我这会儿是上午 9 点钟？

我昨天晚上又没有睡好，因为这里太安静了，静得听得到夜晚雪花飘落的声音。也许这边空气中含氧量高，即便失眠，也不会令人感觉困乏头疼。但我还是很想喝一杯咖啡，于是站起身来到厨房给自己煮咖啡。国外的厨房很漂亮，就像咱们在《时尚生活》杂志里看到的那样，完全开放式，精美又科学，更像是家里的一个装饰而非干活的地方。

橱柜里有很多机器：面包机、搅拌机、榨汁机、研磨机、打发器、煮蛋机……多数机器我都没有拆封，连价签都还在上面粘着。刚刚来加拿大时,对什么都感觉好奇,于是林林总总置办了一大堆厨房机器。可事实证明,这些东西多半是些中看不中用的摆设,最管用也是最常用的还是咱们老祖宗的两支筷子。

我拿出一套下午茶瓷器,是细腻的英式骨瓷,上面描绘着英伦玫瑰图案,细细的鎏金镶边。这套精美绝伦的瓷器是罗丝送我的礼物。罗丝是我的前任房主,一位极其吝啬的英国老太太,搬走之前恨不能把墙上的所有钉子都拔走,甚至还踩着梯子把黄铜门牌号都卸下来。之所以"慷慨"地留下这套瓷器,我估计是她实在无力支付昂贵的海运费用。

我和罗丝统共也就有两面之交,可是这位个性超强的英国老太太给我留下了难以磨灭的印象。

罗丝是我的前任房主,这个关系我再啰唆一句。

去年春天我登陆渥太华,和所有的中国移民一样,安定下来的第一件事便是买房子。从春天到夏天,中介带着我看了至少30套房子,有面朝道斯湖的湖景房,拥有巨大花园和游泳池的崭新豪宅,依傍森林的林间别墅,生活方便的市中心百年老屋……可是当我一看到罗丝的房子,心中立刻响起一个声音:就是它了!

这是一个位于安静小街上的三层白色小楼,门前有漂亮的花园、草坪。两株巨大的枫树,一株红枫,一株黄枫,像两位忠诚的卫士守护着小屋。屋内极其敞亮,会客室、生活区、厨房、书房、洗衣房各个功能区合理分配,互不干扰。二楼有四个分别带有独立卫生间的卧房,最令人惊喜的是,还有一个很大的阳台。夏天的傍晚坐在阳台上,喝着冰酒数星星,估计会是一件无比享受的事情。

罗丝是一个艺术家,把房间的墙壁刷成了红色和灰色。对于我来说,这几乎是不敢想象的用色,可是用在这个房子上却无比美丽。尤其那红墙搭配着白色的窗棂和窗外扑面而来的葱茏青翠,令我立刻想起《红楼梦》里,老太太看林妹妹潇湘馆的窗纱旧了,命令凤姐儿为妹妹换一款银红色的纱,因为银红配着窗外青碧的竹那才叫一个美……其实老太太才是整个《红楼梦》里的艺术家。

哦,抱歉跑题了……我还是继续给你讲罗丝。

罗丝搞了一个漂亮的后花园。当时正是盛夏,园内花开正好。我站在像地毯一样的草坪上,跟着罗丝一一辨认花园中的植物。窗下的那几簇是紫色松果菊,比菊花矮一些的是金莲花,再低一层的就是萱草了,不仅可以开花,四散的条形叶子还可以遮挡泥土。

房屋四周全是密密匝匝的绣球花,随着土壤的酸碱变化,花朵的颜色也出现白色、淡绿、淡紫直到蓝色的次第变化。芍药花已经凋谢,红玫瑰热闹盛开,这种爬藤玫瑰四处攀缘,有几枝都爬到了二楼阳台上,一路点缀着红色花朵。

花园荫凉处是一个专门的香草园,里面有香草、迷迭香、九层塔、薄荷、法香……罗丝告诉我,这些香草不仅可以食用,还可以帮助花园驱蚊虫。

罗丝花了 8 年时间建设这个花园。作为一个将近 60 岁的单身老太太,她没有请任何人帮忙,而是自己开着小破皮卡车,从超市、园林公司、工具店等各个地方,蚂蚁搬家般运来一袋袋泥土、一块块石头、一株株植物,亲自挖土铺石、栽种植物,经年累月的辛苦劳动才换来这么一片姹紫嫣红。可是此刻,她不得不把房子卖掉,离开她一手建设起来的花园!

我看着松鼠在草坪上跳跃,看到红色的小鸟掠过枝头。我问罗丝:"你会想念这里的一切吗?"

白头发的老太太突然流泪了。其实她是一个倨傲的人,永远腰板挺得笔直,薄薄的嘴角抿得紧紧的,绝对不让人看出自己的软弱。她是破产了,生病了,还是年老体衰了?……总之,广告上,她出售房屋的原因是:搬回英国。

她强忍着情绪,但泪水还是盈满了湛蓝色的眼睛。"当然会想念,"她说,"我一生中只有这一个花园。"

我情不自禁地拥抱了她。"放心,我会照顾好你的房子。"我告诉她。

在这一刻,我决定买下她的房子。

这个决定有些疯狂,因为从理性角度来讲,它并不值得购买,要价远远高于这条街上的同类房屋。而且它已经有些年头了,房顶、门窗、壁炉都需要维修更换,这些加起来都是一笔不菲的费用。可是从感性角度来讲,就好像你一见钟情的女子,哪怕你明明知道她的诸多缺点,可所有的缺点在你眼中都是可爱的特点。

爱上了,人都会变傻。相信你也不例外。

艾美

第二封信

什么才是真正的享受

亲爱的朋友：

此时此刻的你，正在干什么？

此时此刻的我，所有的家务活已经结束，终于有时间坐在壁炉前看一本英文小说。楼上传来叮叮咚咚的钢琴声，那是俏俏正在练习《致爱丽丝》。她弹得不坏，已经可以流畅弹奏到第二乐章了。可我怎么也看不懂手中薄薄的小说，心情坏透了。

昨天晚上，我又和大春吵架了。原因非常简单，因为我又在大雪天坐反公共汽车导致迷路了，下了车，我独自站在皑皑白雪中茫然无措，四周一个人也没有，只有寥寥几幢小屋，死一般的静寂。那一刻我吓坏了，真担心自己被越来越大的暴雪活埋，变成冰雕。

我在电话里告诉大春这件事情，没想到人家没有安慰，反倒责怪我傻："你不会打出租车？"

"哪里有出租车呢？"我说。

"有 UBER（网上预约的出租车）吧？"

"首先雪太大，UBER 根本叫不到车，再说即使运气好能够叫到一个，那价钱也得高出平时好多倍。"我不高兴地解释。

哪想到这句话令他发火了："钱钱钱，我怎么感觉你现在越来越现实了？让你带孩子出国移民不是让你受罪的，是让你享受生活的。大雪天连个出租车都不舍得打，且不说你自己受罪，连我的面子都挂不住。"

大春是东北人，嫁给他快十年了，我早已经习惯了他死要面子的东北爷儿们习气。在他看来，女人就是家养动物，女人只需要负责貌美如花、传宗接代，剩下的事情是男人的。我虽然没有做到貌美如花，而且也只生了一个女儿，但他仍然不失为好老公、好爸爸。这么多年来他一直努力工作，从为别人打工到为自己打工，也算渐渐混出了样子。

去年，他不声不响地通过移民中介为我和俏俏办理了加拿大移民。虽然有点不高兴他的自作主张，但对于这个结果，我还是暗自欢喜的。大春说，以前每当春节，身边的朋友们都是提前买火车票回家过年看父母。现在是每当春节，朋友们都早早订好机票飞去美国、加拿大或者澳洲看老婆孩子。

他羡慕这种状态。对于他这个年纪的男人来讲，这便是成功的象征。

我不反对这个状态，总听说国外教育比国内好很多，俏俏已经 7 岁，正是上一年级的时候，如果能让她接受更好的教育我当然求之不得。至于我自己，说白了，咱们女人这一生，不就是活个老公和孩子吗？

当然了，你可以反对我的观点。

我和大春已经分开小半年了。

移民加拿大一年来，他一共来了两次。一次送我们登陆，一次是买房子。事实上，他并不喜欢这个房子，更倾心于一个带有游泳池和私家园林的崭新豪宅。但是我清楚那个豪宅即使我们买得起，也用不起。那个游泳池，你加热一次水试试，即便不在乎那个惊人电费，轰隆隆的马达声也令你头皮发麻。还有那个园林，打理草坪修剪花圃粉刷凉台浇水换土……绝不是我一个弱女子可以完成的工作。

后来当我买下这个房子，发照片给他看，他只回了一句："你喜欢就好。"那这句话的潜台词便是："我不喜欢。"

我当然知道这个房子没办法满足他穿着游泳裤端着酒杯坐在自家游泳池边拍照片的欲望，更不能像好莱坞电影里那样开着豪车缓缓驶出私家园林。但是让我怎样才能和这些国内土豪讲明白：在加拿大，钱，绝对不是万能的。

说到钱，我的心抽了一下。你烦不烦我谈这个字眼？如果你烦，那就不要往下看了，因为国外的生活绝对不是远方，更不是你仰望的星空。它细碎现实到每一次超市打折，每一顿 AA 买单，它比国内更加柴米油盐。

刚开始移民时，我和大春还谈谈相思情话，谈谈梦想人生，可是渐渐的，我的话题成了如何包好一顿饺子，怎么样用最低价钱为汽车上保险，门口的车道需要重新铺沥青翻修，暖气炉如何清洁通风……终于有一天，他忍不住向我说："艾美，我怎么觉得你变了挺多？"

"怎样变了？"我指望着他夸我。

"你以前天天喝茶读书写作的，最多也就是做个美容逛个街，什么包饺子买保险铺路的，这些跟你八辈子也扯不上关系。"大春提醒我说，"别忘了，咱们好歹也是文艺女青年。"

我大笑起来："你的意思是，我现在是中国大妈了？"

他也笑了："不是的,我是说,别忘了我让你们是出国享受的,不是受罪的。"

享受?亲爱的朋友,你能告诉我什么是享受吗?

我坐过头等舱,在五星级的海景房里吹过风,也去过巴黎的老佛爷"血拼"过……我用过保姆,生孩子的时候去的是私立妇产医院,三个护士和两个月嫂轮流照顾;我去过北京昂贵的美容中心,尝试过用冰袋敷着眼睛,然后在上面点燃酒精,用冷热交替的办法去除黑眼圈……这些,我不觉得是享受。

可是在陌生的异国他乡,飘雪的傍晚,我听着女儿在楼上弹钢琴,自己站在漂亮的开放式厨房里烤蛋糕,我觉得很享受。

当我自己一脚深一脚浅地走过积雪的小径,走到车行,操着半吊子英文和车行的销售砍价,终于砍到一个最低的折扣,我觉得很享受。

当我仅仅弄明白"刹车"和"油门"两个问题,便鼓足勇气开动了车子,冒着漫天雪花晃晃悠悠地上了路,一路上心惊胆战脚跟发软,一路上无数次打滑无数次与惊险擦肩而过,可是当"家"那个温暖的白房子终于在漫天雪花中出现在眼前时,那一刻我感觉很享受。

圣诞节前夕,当我站在梯子上,把从商场买来的彩色灯泡一串串地挂满屋檐和阳台,然后又把灯光驯鹿摆在门口的大雪人旁边,冰晶剔透的夜晚,看着彩灯像宝石般闪烁,看着小鹿宛若从童话世界中走来,我感觉很享受。

可是,如果你没有在这片土地上生活,没有置身于海洋般浩瀚的英文字母中茫然无措,没有对着一扇无论如何也关不上的车库门无可奈何;没有眼睁睁看着一根大树枝轰然倒下击穿你的屋顶,没有看到长达半年的冰封之后，花骨朵像泉涌般从泥土中汩汩冒出来……你怎么可能有这种体会？不不，你不会懂的，大春更不会懂。所以我不和他争辩，而不争也是有底气的。因为我知道他早晚有一天会懂的。

大春计划再在国内打拼几年，他一手创办起来的软件公司已经获得好多家风投公司的青睐。他们目前正在筹备上市，如果顺利上市了，大春便决定把公司卖掉然后飞来加拿大与我们团聚。用他的话来说，我们将在美丽的加拿大养老，并且拥有几辈子花不完的钱。

其实我一点儿也不兴奋，钱，对于我来说，满足了基本生活之后，成千上万那只是一个数字概念，不会令我的生活方式有一丝一毫的改变。我依然会自己动手包饺子，会自己动手通马桶，会去 OUTLET 买打折的毛衣和衬衫，还会在门前挖出一个直径达 200 厘米的洞，去超市买来营养丰富的黑土培在里面，然后亲手种下一棵日本樱花树。

就在半个月前，我从家装店买来几幅漂亮的窗帘。本想请人安装，但突然发现加拿大的房子都是木头结构，钉子很容易钉进墙壁。于是我买来窗帘杆和钉钉子的钻机，也就一个晌午的工夫吧，居然也歪歪扭扭地把楼上卧室的窗帘全部挂起来。

当我坐在窗下的沙发里喝咖啡，看着古典镂花的窗纱被风轻轻吹起，嗅到来自花园里的甜蜜气息时，在这一刻，我感觉很享受。

窗帘挂起来了，家具搬进来了，灯饰装起来了，房间的角角落落包括地下室都被我用清洁剂擦拭得焕然一新。这个美丽的白色房子，越来越有了家的气息。

两个星期前，我为房子拍摄了照片，然后以"家庭旅馆"的形式发布在当地华人网站上出租。请不要奇怪，我办家庭旅馆不是为了补贴家用，而是长久以来的一个心愿。多年前我曾经在巴厘岛和法国旅游，都住在当地的家庭旅馆。我喜欢那里浓郁的家庭氛围和可口的早餐，也喜欢听老板或者老板娘讲当地的故事，那些各具特色的家庭旅馆是我感受当地文化的小小窗口。

我也希望自己能办一个家庭旅馆，结交朋友，感受异国文化，给漂泊在外的华人提供一份温暖。

最令我惊讶的是，大春不仅没有嘲笑，反倒很支持我的这个想法。我猜国内的移民心理师曾经警告过他，移民生活最难挨的是孤独关。中国华人基本生活不愁，语言也勉强凑合，可是从热闹沸腾的国内突然到了安静寂寞的加拿大，性格内向的，没过几年便得了抑郁症打道回府。

他不愿意半途而废，希望我有个事情来对抗孤独，哪怕只是开一个家庭旅馆。所以他的热情比我还高，甚至建议道："名字就叫'金色大桥15号'吧！"

"为什么？"

"咱们的门牌号翻译成中文不就正是'金色大桥15号'吗？简单易懂，还方便别人查找。"

我承认他说得对。不过又想起"魂断蓝桥""廊桥遗梦"，感觉"桥"字总隐喻着爱情。对于一个中年女人，一个独自在国外的"留守妈妈"，这种隐喻是否有点不合适？

我都有点笑话自己了。

艾美

第三封信

闺蜜失恋了

亲爱的朋友：

春节快到了吧，今天国内是腊月二十七还是二十八？

你是回老家看父母了，还是出门旅游了？今年北京五环内允许燃放烟花爆竹吗？如果允许的话，雾霾估计又是跑不了了。

告诉你啊，加拿大也有"年味"哦！如果说华人超市里到处张灯结彩很正常，可是我刚才去一个洋人超市，满屋子也挂上了中国"福"字，促销货柜里，居然有台湾的凤梨酥，稻香村的京八件，还有四川的麻辣香肠呢！

显然，中国正在影响全世界。每当我看到这些，便为身为一个中国人而感自豪。记得在国内时，我成天吐槽交通堵塞啊，空气污染啊，食品不安全啊……可是一旦走出国门，我突然发现身边的人或来自战火纷飞的难民营，或来自被"基地组织"掌控的恐怖地区，或来自文明极度落后的加勒比海贫民窟……我便再无力吐槽中国。站在一个全球的立场上来看，我们国家已经很棒了。

今天我买了一些肉馅打算包饺子,肉馅很容易买到,可是大葱花椒八角这些调味料却令我跑了好几处超市。俏俏后来都抗议了,她说:"妈妈,我们随便吃个汉堡包不行吗?"

"当然不行,中国新年一定要吃饺子。"

"为什么?"

"为什么?"雪地里,我小心翼翼开着车,简略地回答,"因为我不想你成为一个 ABC。"

"什么是 ABC?"

"ABC 就是香蕉人。长着东方人的黄皮肤,思想却是西方人的,白色的。"

"这很 Cool(酷)啊!"她叫了起来。

"很 Cool?"我不解。透过后视镜,看到她正在冲我做鬼脸。"为什么?"我好奇地问。

"因为我可以同时拥有两个世界。"她神色昂扬地说。

我笑了。没错,这确实是另一种思维。

回到家,俏俏立刻甩掉身上的雪衣雪裤,一头钻进楼上自己的房间里不出来。我把她的衣服挂起来,雪靴放整齐,再把她的书包放在柜子里。不久前,老师对俏俏的评语是"不够独立"。可是孩子才 7 岁,这么小就不得不面临着和爸爸分居两地,已经失去一半关爱了,我真狠不下心来让她学习所谓的"独立"。

手机提示音响了,我拿出手机来看,这才发现微信里好几屏的未读信息,基本都是群发的春节祝福,回和不回一个样。我一条一条删除,终于看到一个私信,是媛媛的。

媛媛:"亲爱的,下雪了吗?记得吃饺子,否则会冻掉耳朵哦!(笑脸)"

我笑起来,回她:"真是心有灵犀一点通,我刚刚买回肉馅打算包。"

没想到她立刻就回了:"你真行,连饺子都会包了。"

此时正是下午3点钟,也就是国内的凌晨3点钟。"夜猫子?"我问。

"不是,失眠了,状态不好。"

我惊讶了:"我看你状态很好啊!"因为她最近每天一连数条更新朋友圈,每次更新都是健身啦、享受美食啦、美容SPA(水疗)啦、去美术馆看展啦、和小朋友们一起挑灯奋战啦……生活忙碌充实得像一只精彩的蜜蜂。

"好个屁,我失恋了。"

媛媛是我的闺蜜。

亲爱的朋友,你相信女人之间有真正的闺蜜吗?有人说,女人之间的情谊多多少少夹杂着暗自的较劲与妒忌,这令女人之间难有清澈长久的友情。我部分认同这句话,但更愿意相信另一句话:"终于明白,有些路,只能一个人走。那些邀约好同行的人,一起相伴雨季,走过年华,但有一天终究会在某个渡口离散。"

有些朋友断了,只是因为不能再继续同行,或者离散了。

我的朋友也是去了又来,来了又去。而媛媛,已经陪伴我快10年,可以说是硕果仅存的骨灰级闺蜜了。尤其我出国这一年来,她没有像别的闺蜜那样,渐渐消失或者冷淡下去,而是仍然和我经常微信,哪怕白天工作忙碌时,她也会偶尔丢过一个"嗨",令时空消失,宛若在我身边,触手可及。

10年前,我和媛媛是在一次新闻发布会上认识的。她是一个网站记者,我是一个报社记者。新闻发布会后不久,她居然辞掉前途光明的网站工作,跑到一个保险公司卖保险。当时身边所有的朋友都纷纷躲着她,可我没有,而是买了她的几份保险权当支持。

媛媛不算美女,可是精明能干又性格傲娇。在保险行业里,她做得风生水起,很快便买房买车带领团队,俨然都市成功白领女性的典范。和她相比我就平淡多了,一直在那个半死不活的报社待着,转了几个岗位,可始终没有大的发展。

上天总是公平的。事业平淡的我,家庭还算小有收获。10年来,我恋爱、嫁人、生女,如今当家庭主妇,顺顺利利地经营家庭。可是媛媛却谈了好几场恋爱,爱情来的时候轰轰烈烈,去的时候灰头土脸。一开始总是她甩了人家,可是最近这两年,也开始有对方甩她了。

离开中国前,媛媛兴奋地告诉我,她谈了一个极品男,中科院的生物博士,有车有房无婚史更无生育史,性情好,脾气好,最可气的,模样还不赖!

在那一刻,我都有点要妒忌她了。"媛媛,这一回你可一定不能失手啊!如果失手了,你就不会有脸再见我。"我警告她。

她居然乖乖地点点头。头一次,我看见她脸上呈现一种奇妙的小女生神情。

"失恋?骗我?????????????"我心中着急,忍不住摁了一连串问号。

"没有,我和他彻底完了。"

"为什么?"

"因为我给他发微信,他没有回复。"

"这很正常啊,也可能他手机没电了,也可能他正在开会,也可能他在忙没看见。"

"可是我一连等了他7个小时,一直没有回复!"

"肯定是有原因的嘛,他后来向你解释了吗?"

"没有!!"

"???"

"因为他后来打了8个电话,我摁断8次。"

"你!!!!!!!!"

"第9次时,他发的是个短信,也就4个字:到此为止。"

我气得居然笑起来。"猪啊,你活该!"

"他才活该!我一点儿也不留恋。"

"那你为何失眠?"

"我睡觉之前做了高温瑜伽,太兴奋了,所以睡不着。"

这就是媛媛,牙齿打碎了吞到肚子里也不会叫一声疼。在这一刻,我真有点可怜她。"亲爱的,咱们过了年也35岁了,女神也会老啊!"我小心翼翼哄劝她,"现在单身女人冷冻卵子在国内还不合法呢!"

"去你的,我才不会那样没出息呢!我养得起自己,不需要找一个长期饭票,更没兴趣养小鲜肉。我对自己的状态非常满意。"

"真的?"

"真的。和你说你也不会相信,我自己旅行,自己看芭蕾,自己健身,自己逛街,自己喝咖啡……我为我自己的生活和梦想买单,想怎样就怎样,不需要和任何人商量,不需要看任何人脸色,我才不要混成一个家庭妇女、黄脸婆。"

我知道她又在暗讽我了。因为收入不高,我一直被她冷嘲热讽着,当然,她也是好心,希望我能够经济更加独立一些。可是令她失望的是,如今的我,经济上彻底依赖男人了。

我不和她斗嘴,暂且让她快意发泄一通吧。"其实幸福完全是一种感觉,你自己感觉幸福就是成功了。"我顺着她说。

"我很幸福,真的。"

"如果我是你,我会当面找他一次,澄清所有的误会和心结。哪怕之后再说分手也不迟,起码不用日后想起来后悔。"

"我没那么下贱,而且决定的事情,从不后悔。"

我无话可说了,10年来,也早已经对她的性格了若指掌。媛媛其实是一个非常善良的女孩,只是败在太过要强。"春节打算怎么过?"我换了一个话题。

"在家睡觉。"

"睡7天?"

"美容觉啊! 女人睡觉才美容。"

我又笑起来。"帮我一个忙好吧?"我问她。

"什么事?"

"去看看大春怎么样了?"

"他不是在加拿大? 上次你说他要去加拿大陪你们娘儿俩过年的。"她惊讶。

"是的,本来是这么打算的,可是他上周患上甲流了,也不知道现在好了没有。他说最近工作太忙，一时半会儿过不来了。"

"什么甲流，我看是红杏出墙了吧?"她打趣我，"你就明说让我去查岗吧! 刘大春那么一个成功男人，飞黄腾达一表人才，你却让人家独守空房，想想怎么可能放心呢? 哈哈哈……"

"好好，就是派你查岗好不好?"我又好气又好笑地顺着她说。

"我是你丫鬟，打算付我多少钱?"

我忍不住大笑起来，这家伙的嘴真刁，正要骂个痛快，突然听到门铃响起来。来不及和她继续斗嘴，我只好匆匆发了一个"闭嘴"的表情然后下了线，光着脚冲出去开门。

艾美

补充:

抱歉，亲爱的朋友，你没有走开吧? 这封信我还没有写完，看来我今天要给你写一封长长的信了，幸好不用邮寄，否则都会超重了。

现在是我的半夜 1 点 28 分，我还没有睡觉，这次不是因为失眠，而是因为害怕。其实上下眼皮已经开始打架了，但我不敢脱衣服躺在床上，于是我坐起来给你写信。

外面下起了暴雪，还有大风，巨大的雪花团团扫过窗户，像有人帮我擦玻璃;被积雪压断的树枝喀吱喀吱地断掉，重重砸到雪地里，"扑哧——扑哧——"，声音钝重又沉闷。

我有些恐惧。不是担心黑熊在雪夜中敲门，而是因为我的房子里多出了一个人，一个男人。

刚才我不是告诉你,我正在和媛媛斗嘴,突然听到了敲门声。

我光着脚跑出去,顺手抓了一把零钱。通常这个时候的敲门都是社区的募捐,有时候给残疾人募捐,有时候给渐冻人募捐,有时候给癌症组织募捐,还有时候是给乐队、冰球队募捐……

我打开门,看到一个高高大大的男人站在门口,居然是一个中国人,穿着臃肿的黑色羽绒服,一看便是从中国购买的。因为加拿大的雪衣不靠填充物保暖,而是靠极其精良细密的面料防风保暖,哪怕用以抵御零下 30 度低温的雪衣,也依然挺括有型。

男人把蒙着半张面孔的毛线帽去下来,暖气立刻便把他的眼镜片哈出一层白雾。

"你好,我是薛,从北京过来,请问这里是金色大桥 15 号吧?"

我点点头。

"抱歉,因为渥太华暴风雪,我的飞机晚点了 6 个小时。没有让你等急吧?"

哦,我突然想起来一个星期前曾经收到一封邮件,一个中国家庭将于本周抵达渥太华,网上预订 3 个月的房间。只是因为最近过中国新年,我四处采购东西,一忙乱居然把这件事情忘记了。当然,更主要的原因是自己从来没有经营过旅馆,虽说心血来潮在网站上打了广告,可具体怎么经营,怎么预留配置房间,怎样迎接安排客人……完全是一窍不通。

"想起来了,可我记得你邮件中说是一家人。"我奇怪地问。

"是的。我妻子还有女儿。可是当我们上飞机前,女儿突然得肺炎住院了,她们只好改签机票。看孩子的身体情况,没问题的话一个月后过来。"薛解释说。

哦,我终于明白了。看到他身后两个巨大的 158 出国专用行李箱,还有大大小小堆满一地的旅行包,只能无可奈何地让他进屋来。

亲爱的朋友,说实话这一刻我真有点顾虑。他是孤男,我是寡女,而且外面又是风雪交加。可奇怪的是,我没有往"男女"性别上考虑,或者因为加拿大恶劣的生存环境,令人更在乎生存,不太在意性别。此时此刻我最着急的是,刚刚俏俏在楼上玩我的首饰盒,里面有四五个粗细不一的金镯子和项链,还有几个钻戒。

我看到我的苹果手机、苹果电脑在沙发上随便丢着,还有护照、枫叶卡、移民文件等就在书柜的一个大信封里。我皱起眉头。

其实薛也非常犹豫。他上上下下看了房间之后,问我:"就你和女儿两个人?"

"是,我的先生还在中国。"我摸着俏俏的头发。看到家里来了生人,俏俏像个警惕的小动物寸步不离我身边,可又非常好奇。"不过我先生很快也会过来。"我赶紧又加了一句。

"会不会打扰你们?"他迟疑着问。

"不会!"我还没有说话,俏俏先大声宣布了,"我妈妈说,我睡觉像一只小猪。"

我忍不住笑了,看来孩子是真希望家里能够多点人气。也是,这上上下下三层别墅一直空落落的,别说孩子有点害怕,就连我晚上去地下室也有点怵。想了想,我肯定道:"不会,你只要别怕孩子打扰你就行。"

薛有些释然了，看了看外面疯狂的暴雪，只好卸下身上沉重的背包，然后蹲下来笑着对俏俏说："我喜欢被小孩打扰，因为我家里也有一个小姑娘，她很快就会过来和你一起玩。你叫什么名字？"

"我叫刘俏俏，英文名字叫 EMILY。她叫什么名字？"俏俏紧紧拉着我，笑嘻嘻的小脸像花朵一样绽放了。

"她叫琳琳。目前还没有英文名字，你能不能帮她想一个？"他笑眯眯地说。

俏俏拍着手跳起来。

薛也笑了。我注意到他有一头浓密的黑色自来卷发，眼睛形状细长且优美。

考虑到薛的家人很快就过来，我把楼上最大的卧室分配给他。这个卧室足足有 20 多平米，带有独立卫生间和按摩浴缸，两个拱形大窗户，正对着后花园。

薛很满意这个房间。当然了，刚从国内来的华人逼仄久了，没有一个人会抱怨加拿大的房子。他尤其喜欢卧室的宫廷式水晶吊灯，因为他的女儿和俏俏差不多年纪，目前正疯狂着迷所有公主范儿的美丽装饰。

我帮薛稍微安顿一下，然后下楼收拾东西。我听到薛在楼上用卫生间洗澡的声音，有一点点紧张，可又有另一种安全感。也许是这个别墅空荡了太久，现在终于又多了一份人气来温暖它。

俏俏很高兴，一会儿想着去楼上给叔叔递块巧克力，一会儿又自告奋勇地帮他找毛巾和床单，看着她窜上窜下的开心样子，我突然觉得应该让大春尽快来和我们团聚。一直以为我可以很好地照顾她，可是生活再富足，环境再美好，也无法弥补孩子心灵的欠缺。父母完整的关爱比一份优渥的生活重要多了。

薛是个好房客,这点从他一进门我便感受到了。

他懂得进屋之前在廊下的地垫上擦鞋;懂得上楼前把拖鞋脱到鞋架上避免踩脏楼上的地毯。他把行李全部扛到自己的卧室里,绝不占用公共空间。洗完澡,他还要来一块干抹布,把洗手池和玻璃浴房擦拭得干干净净。

当他洗澡的时候,我正在一楼厨房里准备晚餐。加拿大的房屋都是纯木结构,隔音很差。楼上浴室里的水流声无比清晰地在我头顶上回响着,我有点紧张,也有点隐隐兴奋,感觉自己的世界突然被一个陌生男人入侵了。

事实上,薛可能比我还紧张。当他洗完澡下来,神情拘谨地倚靠着楼梯,站也不是坐也不是的样子。我嗅到他身上散发出来的湿漉漉的香皂清香,心跳加快,于是赶紧打开冰箱装出无比忙碌的样子。"怎么样,一起来包饺子好不好?"我故作热情地招呼他。

他犹豫片刻,微笑着走了过来。

在这一刻,我真要感谢老祖宗发明的饺子了。世界上恐怕再没有一种食物像饺子一样神奇,这种需要团队合作的工作具有化解一切尴尬和陌生的魔力。站在厨房操作台边,俏俏负责择菜,我负责剁馅,薛负责和面,他居然很会和面,那和出的面团光滑又细腻,弹性恰到好处,没有一点面疙瘩。

"今天人品爆棚了,"他揪着面团,喜滋滋道,"在飞机上我还以为来了这边天天只能汉堡和三明治,哪想到还能吃上中国饺子!"

这点的确令人意想不到。去年我登陆加拿大时，担心吃不上中国饭，不仅背了整整一大箱各种中国调料，还背了十多袋方便面、米线、螺蛳粉等中国方便食品。可是到了本地的华人超市一看，人家这里的中国食材比国内还齐全。尤其没有了地域垄断，你可以在超市里买到国内各个省份的特色食材。

薛告诉我，他拿的是工作签证，供职于一家著名的高科技公司。因为开发一个新项目，渥太华分部把他从中国调过来，工作满一年之后，他就可以顺利把工作签证转成移民签证了。

"那你真的好幸运，既省去一大笔移民中介的钱，还可以一来就有工作。"我羡慕道。要知道，加拿大移民现在越来越难办了，移民局不停地提高中国人的移民门槛，很多人经过数年漫长的等待之后，只好选择放弃。即便有些人用钱砸开加拿大的国门，可是登陆之后，语言不通，工作难找，孤独煎熬几年后，多数人只好选择回国。

所以大春一直不敢过来。他总是说，要在国内把一辈子的钱全部挣完之后再过来。可是一辈子的钱到底需要多少？

"确实踩了狗屎运。不过，我对于移民加拿大并不太热心，我觉得中国挺好。"薛说着，把一勺肉馅放入饺子皮中，又为封口捏出漂亮的花边。

"那你为什么要过来？"

"因为我太太喜欢。"薛淡淡地说，头也不抬。

"你太太喜欢，你就过来了？"我惊讶地问。

"是啊！"他说着，把手机递给我看。手机的屏保照片不是他的女儿，却是一个年轻女人，不算美女，五官甚至还略显平淡，但那笑容却是明媚而又甜美的。我知道这肯定是他的妻子了。

"我太太晓珑是学英文的,可一直没有出国过。她总说出国定居是她的梦想,我正好有这个机会,就算圆了她的梦想吧。"

我怔怔地看着他。他依然在麻利地包饺子,动作比我还熟练。我注意到他十个修长的手指,简直应该去弹钢琴。

这一刻,我居然有点羡慕照片里的那个女子了。

艾美

第四封信

加拿大女人最不理解中国女人的地方

亲爱的朋友：

我打赌你一定听说过一个词"留守儿童"，可是你听说过另一个词"留守女人"吗？

在加拿大，我们称自己为"留守女人"。老公在国内挣钱，老婆带着孩子在国外陪读。老公像候鸟一样每年飞来一到两次探望，剩下的日子，就只能纤云弄巧飞星传恨银汉迢迢暗度。

有一天上英文课，幽默的英文老师穿了一件极小的冰球队服，袖子衣长都短了好大一截，于是他一边讲课，一边动作夸张地拽衣角逗我们发笑。

"给你们三次机会猜一猜我为什么穿这件衣服？"他眨着眼睛问我们。

"因为你是这个球队的粉丝！"一位西班牙同学说。

"不对！"

"因为你喜欢这件衣服！"另一位穆斯林同学大叫。

"不对！"

"因为这是别人送你的礼物！"

"不对！"

英文老师慢慢看过我们每一个人，诡异地笑了："因为我没！有！衣！服！穿！了！"

为什么？我们捧腹大笑。

"因为我的衣服全部都堆在洗衣房没来得及洗，一件衣服也没得穿了，所以我只好偷我儿子的冰球服穿来上课。"他绘声绘色地连说带比画。

我笑得肚子疼，说："老师，如果这话是从我老公嘴里说出来可不好。因为别人会指责我而不是他。作为他的妻子，他的形象是我的责任。别人会认为我很不称职。"

没想到老师的表情突然严肃下来："这句话，你永远、绝不能对一位加拿大女士说。"

"为什么？"

"因为我们都已经是成年人，每个人只需要为自己负责，妻子不需要为丈夫负责，丈夫同样也不。"说着，他眯起眼睛，用手指敲打起络腮胡子做出一脸困惑状，"你知道加拿大女人对中国女人最不理解的地方是什么？"

"什么？"

"中国女人居然同意和丈夫分居很多年，放弃工作，放弃家庭，只为了陪孩子在另一个国家读书！她们说，什么？天下居然有这么不可思议的事情？中国女人们疯了吗？艾美，我很尊重中国文化，但是对于这一点也很不理解。到底为什么?"

为什么?我想起大春自信满满的表情,想起俏俏越来越可爱的小脸,有点困惑,也有点甜蜜。我沉思着说:"我们中国人认为,一个家庭才算得上'我',家庭内每一个人都只是'我'的一部分。我自己好不算好,只有整个家庭好才算好。为了让孩子有更好的成长,我愿意放弃工作,忍受两地分居。有时候为了整体的好,个体的暂时牺牲是必须的。"

英文老师点点头,似懂非懂。

亲爱的朋友,作为"留守女人"的一员,长期以来我一直靠这个信念坚持下来,我知道如果女儿和老公不开心,哪怕在外面赢了整个世界,我自己也不会开心。反之如果他们幸福开心了,即便我一生暗淡无光又如何?

可是此时此刻,我怎么又有点隐隐怀疑?已经黎明了,灰白色的晨曦穿过百叶窗投射进来,在地面上留下一条一条的阴影。这个清晨看上去不仅冷,而且多了忧伤的味道。被窝里好凉好凉,我暖了整整一个晚上也暖不热,于是只好紧紧抱着自己,听着门外的铲雪车轰隆隆地经过。

又是一夜大雪,今天的出行更成问题了。不过好在今天是周末,孩子不用上学,我也可以趁机赖会儿床。睡是怎么也睡不着了,于是我趴在被窝里看手机。和往常一样,依然是上百条未读微信,不过90%都是各个群里乱七八糟的废话。姐姐给我发了一个微信,说是妈妈吃了我前段时间寄去的软骨素效果很好,让我有空再寄几瓶。还有一个是以前的同事,告诉我杂志社快要倒闭了,问我愿不愿意帮她提供加拿大的特色农产品,一起开个微店做微商?

微商？我笑了起来。如果我在朋友圈做微商，天天暴力刷屏，还有多少个朋友会保留下来？

现在国内已经晚上 7 点半了，估计大春正在看电视。"嗨!"我顺手给他发了一个笑脸。

"睡得怎么样？冷吗?"他很快就回了。

"挺好，不冷。"

"俏俏呢?"

"还在睡。你感冒好了吗?"

他没有回复，却发来了一张照片：一个精致的电炖锅，小半锅鸡汤。

"你做的?"我惊讶极了。

他还是没有回复，又发来一张照片：一个扎着围裙的女人正冲我伸出剪刀手，那不是媛媛是谁？

哦，原来媛媛果然去探望大春了！"哈哈，她真暖，"我笑着打字，"代我谢谢她。"

"她要和你视频电话。"他刚发过来这条信息，手机里的微信视频声便尖厉地响起，我赶紧摁掉了。

"这会儿不行，不方便。"我输入。

"?"

"俏俏还在睡。"其实我不是担心吵醒俏俏，而是担心吵醒隔壁的薛。

不过，我没有把这位新房客告诉大春。不是担心，而是懒得费口舌解释，两地分居的日子里，事情还是越简单越好。

吃过简单的早餐,我给俏俏裹上厚厚的雪衣雪裤,然后开车带她去家附近的书店。我想薛应该在睡觉,把孩子带走,可以让他尽快倒好时差,不耽误周一去上班。

看来昨夜的暴风雪真够猛烈的,社区里六七辆大大小小的铲雪车悉数开动了。它们像坦克一样压过被积雪覆盖的路面,一边撒盐,一边在道路两边堆起像小山般的雪堆。雪后的天空蓝得刺疼眼睛,气温低得哈气成冰,可是即使这样,铲雪工人依然光着膀子笑眯眯地坐在高高的铲雪车上,一手端着咖啡,一手操作方向盘。

我看着他们像动物般油亮又壮硕的臂膀和胸膛,心中暗暗纳闷,他们到底是不是人类?

我小心翼翼地开过湿滑的路面,感受到雪胎在冰面上微微地打滑。

俏俏被捆在儿童座椅里,嘴里含糊不清地唱着一首英文歌。我感觉虽然来到加拿大快一年了,可她的英文并没有我想象中的进步神速,很多发音还是很不清楚。都说小孩是天生的语言家,怎么就在俏俏身上没有体现出来呢?

"妈——"俏俏在后面突然大叫。

"怎么了?"

"看外面!"

我定睛一看,一个小黑点像只企鹅般从茫茫雪原中挪过来。积雪太深了,而且人行小径还没有来得及被扫开,只见那个人影一脚深一脚浅地艰难挪动在起码有 20 多厘米的积雪中,双手还提了两个巨大的购物袋。

这个傻瓜,暴风雪天怎么可以步行呢? 太危险了! 我缓缓开过去,打算让他搭个顺风车。可是靠近一看，居然是薛！

还是那一件臃肿的羽绒服，遮住半张脸的毛线帽。可是下身却是一条薄薄的牛仔裤、运动鞋。积雪早已经把他半条腿和鞋子全"攻占"了。最可怕的是，这家伙居然没有戴手套，细伶伶的手指像鹰爪般勾着购物袋带子。

我打开车门，他狼狈不堪地上车，几乎要瘫倒。

"喂，你疯了吗？你怎么不睡觉？"我忍不住吼他，"大雪天乱跑？"

他半躺在后车座上，闭着眼睛呼呼地往外冒热气。我注意到他像冰雕般的十指，赶紧丢给他一个羊毛手套。"居然还不戴手套，手还要不要？"我又训了一句。

他慢慢地把手插入手套中，过了好一会儿，才艰难地冒出一句话："他妈的，这是什么地儿啊！"

我"扑哧"一声笑了起来。活该，所有的移民都会经历这一关。

"我早上起来看冰箱里没有牛奶了，鸡蛋、面包也没有了，就想着到附近超市买一点。哪想到就这么一点距离，居然能把人给走死？"他渐渐活过来了，摘了眼镜擦擦镜片，笑着说，"出门前，我明明看了谷歌地图，说步行只有 15 分钟。"

我也笑了："人家那是路况良好的情况下。下雪天，你就把步行时间都乘以 5 吧。"

"妈的，难怪我的一个同事说，他在登陆加拿大的第一天就想打道回府了。"

"哈哈！"我笑着打趣他，"怎么，你也想回了？"

"没有。"

"为什么?"

"连你一个女人带着孩子都待下来了,我一个男人这点苦都受不了,还是男人吗?"

通过后视镜,我看到他通红的眼睛,忍不住又笑了。"这算苦? 真正的苦还没开始呢,慢慢体验吧。"我打趣着,小心翼翼地把车开回家中。

艾美

第五封信

困难是每个移民的必经之路

亲爱的朋友们：

薛一直好奇我最开始是如何在加拿大度过的。你好奇吗？好奇的话，那就容我当一回祥林嫂吧！

我是去年3月登陆渥太华的。不得不说，上帝的确在冥冥之中帮助了我。3月是加拿大的冬末，冰雪只剩下一个尾巴，也就是说，我感受到了传说中加拿大的冰天雪地，但还没有来得及痛恨它，无比可爱的春天突然就来了。

本以为最大的难关是语言，可没想到比语言更难若登天的是生活习惯。

刚开始时，我怎么也弄不清楚市政发给每户的四个大垃圾桶：黑色的、灰色的、绿色的和蓝色的，后来好不容易才弄明白，原来一个是装厨房有机垃圾，一个是装生活垃圾，一个装可回收的纸类，一个装不可回收的容器类。有一次我把护肤喷雾罐放入生活垃圾中，垃圾工人居然拒收，理由是：分类不准确。还有一次我把拆除的地毯费尽九牛二虎之力拖出门口当垃圾扔掉,垃圾工人居然给我留下一个纸条和详细说明书,告诉我必须把地毯裁成规格小于多少英尺以下才可以当垃圾处理。于是我不得不开车跑到工具店,买来专门裁地毯的刀子,然后用尺子量着一点一点裁,那份工夫和精力几乎可以买新地毯了。

刚搬家没多久,车库的自动门就坏了,因为不会修,只好任它大开着。那几天我把家里的暖气炉开到最大,把所有的壁炉也打开了,可是从车库吹进来的冷风还是把俏俏冻得直蹦。其实我并不担心冷,而是担心夜里有黑熊从车库大摇大摆地进屋,即使不吃我们娘俩,可也绝对是不速之客。所以那些天我夜里都不敢脱衣服睡觉,有一点点动静都会立刻从床上惊跳起来,把卧室门死死堵上。

去移民局办理手续,走到路上,突然发现手机没电了。没有网络,没有电话,看不懂路牌,辨不清方向,听不懂说话。于是我唯有站在陌生的街头,对着茫茫车海进退两难。那一刻我的无助,如同到了火星般茫然孤单,无可依傍。

第一天去车行里提车,下着大雪路上全是冰。卖车的销售仅仅告诉我"刹车"和"油门"的位置,然后问我:"怎么样,能开回去吗?""能开。"我只能这么说,然后一咬牙就上了车。漫天雪花中,我是如何哆哆嗦嗦在冰面上驱动着车子,真是一点儿也没有感觉了。只记得远远于雪花中看到"家"那个白房子时,我的眼泪都快掉下来了。

考驾照考了四次!第一次考试,因为我在"STOP(停)"前没有及时停车而没通过。第二次过一个路口,本不该让对面来车我偏偏让了,过于"善良"也不能通过。第三次我痛定思痛,练车几乎练到吐血,可是靠边泊车时因为远了一点点又失败了。在那一刻,我气得哭了起来,大声质问那个吹毛求疵的女考官："你是因为我是中国人搞种族歧视吗？"虽然她连连否认，但我分明看到她脸上心虚的表情。

……

很多很多，往事如烟。

其实这些困难我没有向任何一个人说过，包括大春。因为说了对方也不懂。就好比那个小王子听说流浪儿童没有馒头吃，问侍卫："那他们怎么不吃蛋糕？"

所以这些困难我也不想和薛说太多。因为困难是每个新移民的必经之路，既是必经，就绝不会因为你的懂得而减轻一分一毫。

亲爱的朋友，如果不是这场暴风雪，如果不是林夫妇的到来，我估计薛很快就会从我这里搬走。

虽然我给薛尽可能提供了舒适便利的处所，虽然相处和睦，可是毕竟孤男寡女同居一屋，我们自己心里多多少少都会有些芥蒂。正当我为这件事情发愁时，突然收到了林夫妇的邮件。

林夫妇来自福建，邮件说是一家三口，需要预订两个房间。因为有薛的前车之鉴，我在林夫妇抵达前 24 小时内不敢外出，生怕他们扑了空。为了欢迎他们，我把从没有用过的床单被罩用热水清洗然后再高温烘干，而且又为他们预订的两个卧室里分别添置了一个宜家小沙发和组合柜，我甚至去超市买来昂贵的新鲜铃兰插在他们床头的花瓶内。

林夫妇抵达渥太华时已经是雪后。要知道为了化雪，市政铲雪工人每天都会往街道上撒很多盐，导致路面损坏严重，有些地段坑洼不平。雪后道路极其难走，到处都是渐融的雪泥，出行必须穿专业雪靴。

林太太刚一下出租车便差点摔了一跤,我看到她的鞋子,居然是 7 厘米以上的细高跟,而且那个银色后跟还做成最不稳当的酒杯形! 如果加上温哥华 6 个小时的转机时间,这漫漫快 20 小时的国际航班,她就靠这双鞋子走天下?

和许多有钱有闲的太太一样,林太太是看不出年纪的,可能 40 多岁,也可能 50 多岁。她的皮肤保养得细若凝脂,可显然美容院去太多了,又显得过分通红。她的儿子林淞比她快高出两个脑袋,戴着时髦的套头耳机,头发修剪成莫希干式,发梢挑染成深紫色。

林先生却是个矮小精干的南方中年男人,手脚麻利地把一个又一个大包从车里拉出来,吆喝着儿子和他一起合力搬进房间。他们的行李可真多啊,至少七八个超大号出国行李箱,还有无数件旅行包和大大小小的袋子。不一会儿,一楼便被行李堆得满满的了。

林太太习惯性唠叨着,踮着脚尖走来走去,像领导视察般在房子里四处视察。走到二楼,她的脸色有点不悦了。

"这两个卧室的价钱一样吗?"她指着薛的卧室和自己的问。

"一样的。"

"可是那一间明显要大很多,这个价钱收得不合理。"

"没办法,这位房客先入住的。"我有点不高兴。

"他什么时候搬走?"

"这我不确定,他已经付了三个月的房租。"

她不吭声了,想了想又说:"这不公平啊,他明明一个人,住那么大的房间。我们夫妻两个人却住小卧室,付的价格还一样。"

这么说确实有点。可是我一则嫌麻烦,二则按照先来后到的固定思维，就把二楼的所有卧室报出统一的定价。本以为不是什么大事，可是碰到稍微挑剔一点的房客就不得不多费些口舌。

"可是他已经先入住了，这毕竟是家庭旅馆，我不可能保证每个房间一模一样。"我解释。

"既然价格相同，那我们换换行不行？"她很快地问。

"当然不——"

"换就换吧，没关系。"我的话还没说完，便被楼下一个声音打断了。是薛。他正好下班回屋，一进门便在楼下听到我们在楼上的争执，于是痛痛快快地做了安排。

他可真能当好人！我扶着楼梯瞪了他一眼。他站在一楼门厅口仰脸看着我，悄悄眨了一下眼睛。

把林夫妇安顿好，我步行去超市买洗手液。林太太说她的卫生间里没有洗手液了，按理说，家庭旅馆是不提供这些日用品的，可是懒得解释太多，我宁愿出门去买。

走在被积雪覆盖的小径上，我听到鞋底发出咯吱咯吱的声响。一两只不怕冷的小松鼠在雪地里跳跃而过，忽地一下钻进树林中。厚厚的积雪正如棉被一样盖住每一寸土地，再过一两个月，待到积雪消融，泥土下的花花草草便会像泉水般汩汩冒出，挡也挡不住。

迎面走来一个白人，穿着深灰色雪衣和一双及膝大雪靴，脸上罩着一副超酷的运动款雪镜。和所有的路人一样，他冲我友好地点头微笑，只是没有继续走路，却是停了下来。

"请问你是中国人吗？"他居然用普通话问我。

我大出意外。"是的。"我点了点头。

他笑了起来，摘下挡住大半张脸的雪镜。他大概 50 岁模样，风度极好，有一双温和的灰蓝色眼睛。"我叫迈克斯，两周前我们全家刚刚搬来这个社区，很高兴认识你。"他说着，指指身后的一幢房子，"看，这就是我家。"

那是一幢豪宅，精美的法式建筑，拥有壮观的大理石门廊和漂亮的铁艺大门，夏天的时候，爬藤玫瑰爬满前院的大部分墙壁，像画廊里出售的风景油画。据说，原房主因为破产无力支付房贷了，只好将豪宅变卖。看来，是这位先生买入了。

"非常漂亮的房子。"我赞美道。

"是的，非常漂亮，我妻子琼非常喜欢。"他开心地笑了，想了想，略有些不好意思道，"这么说来可能有点冒昧，你有空的时候能不能经常来我家里做客？"

我惊讶地望着他。

"我的妻子琼，她也来自中国。这个社区的中国人很少，所以她经常感觉孤独。"他说着搓了搓手，表情似乎更加难为情了，"所以……所以我想，如果她能有更多的中国朋友会好过很多。"

我越来越惊讶了，看着他灰蓝色的眼睛，那么温和澄静，一如这冬日的天空。

艾美

第六封信

生活就是生活,不要搞得这么文艺好不好

亲爱的朋友:

你今天过得好不好,心情怎么样?咱们一起来聊聊"爱情"怎么样?

我知道你一定会问我什么是"爱情"?

我觉得薛和他的妻子一定有爱情。薛很少谈到他的妻子,却有一个雷打不动的生活习惯,那就是:每天早上起床洗漱完毕,一定会端着一杯咖啡坐在客厅的小茶几边打国际长途,每次一打准是一个小时。他打给国内的妻子,他的清晨便是她的傍晚,她有充分的时间和他絮絮叨叨,而他多半只是微笑着倾听,有时候回以一两句可有可无的废话。

我奇怪薛怎么有这么大的耐心去听一个女人的唠叨,每天固定一小时,雷打不动风雨无阻,他们真的是所谓"知心爱人"吗?不过我更奇怪的是,每当我看到薛挂上电话,呷完最后一口咖啡,心满意足地上班去,为什么我总感觉有点不舒服,难道是怨他占了一个小时的电话线吗?

我觉得林夫妇之间也有爱情。他们是那种相爱相杀的伴侣,依然会像孩子似的拌嘴,小到怎么拌一盘豆腐丝,大到儿子林淞选择哪个专业,

各自主意极强，互不相让。可是在出国移民这件事情上，两人又有惊人的默契和统一。林先生告诉我，他从年轻时便开始在福建和广东一带做瓷砖生意，从一个小铺面慢慢做到一个小有名气的连锁公司，眼看着后半生的财富积累得差不多了，于是夫妻两人通过中介办理了投资移民，把唯一的儿子林淞送来加拿大读高中。和所有的中国式陪读一样，林太太陪伴儿子读书，林先生继续在国内挣钱。

"再挣个几年，我就把公司卖了，然后飞来加拿大和娘儿俩团聚。我打算提前退休，老婆照顾家辛苦了，后半生我就带老婆游山玩水周游世界了。"每天之中，林先生无数次对太太说起这句话，好像一个誓言。而每每此时，林太太再也不反唇相讥，脸上却有一种近乎催眠般的幸福。

其实类似的话，大春也经常对我说，所以我和大春之间当然也是爱情。只是我不像林太太那么享受，却有一种无可奈何的忧虑。因为我不知道"几年"到底意味着多久，两年，五年，还是十年？

所以当遇到迈克斯之后，我立刻感觉到我们所有人的爱情在迈克斯面前都显得如此薄情。他没有誓言，也没有承诺，甚至不见得懂妻子的心事，可是他忧虑着她的忧虑，快乐着她的快乐。这种不动声色的关爱，就像冬日里的壁炉，平淡却持久温暖。

一个晴朗的周末，我决定去拜访迈克斯的太太琼。那是一个冷天，一丝云彩也没有。因为没有云层的保温，气温低至呵气成冰；阳光无遮无挡地直射下来，经白雪反射，令那天空蓝得凌厉而且刺眼。我终于明白加拿大人为什么一年四季都戴太阳镜了，也明白了本地人说的："只有最冷的天才有最蓝的天空。"

我带了一盒自己包的饺子,估计老外不喜欢韭菜馅,所以放了芹菜和柠檬汁。琼的家离我家并不远,于是我索性拉着雪橇让俏俏坐在上面,俏俏非常喜欢,一路上大呼小叫的。

到了她家,我们刚刚放好雪橇,还没有按闹铃,门就立刻被打开了。原来琼一直就坐在窗边等我们,看到俏俏递过去的饺子,她惊喜地接过去,动作夸张地闻了闻陶醉道:"还是中国的味道好啊!"

令我惊讶的是,琼看上去非常年轻,几乎仍然可以视为女孩。事实上我推测她起码过了 35 岁,因为她的儿子约翰比俏俏还要高出一个年级。也许是被精心呵护的原因,她依然有一种少女的气息。她的五官很美,头发很美,个头虽然不高却身材曼妙。当她弯腰的时候,漂亮的黑发像瀑布般从肩头倾泻下来。

老实来讲,西方人不一定欣赏得了琼的美,他们更认可邓文迪、吕燕这种"花木兰"式的东方野性与健美。而本地华人又与她有点格格不入,因为在生存的压力下,多数中国女人早已经放弃了美,她们不修饰,不化妆,不穿高跟鞋,渐渐变成生活里一件经久耐用的工具。

琼显然是不同的,甚至有些另类。她不像多数家庭主妇似的把头发随便束在脑后,而是任长长的头发披散下来。即便在家里,她也化着淡妆,穿着半高跟式拖鞋,一件绣花牛仔裤。这种式样曾经在多年前的中国非常流行,可如今已经很少看到了。

我问琼:"你来加拿大多久了?"

"10 年。"

"你上一次回国是什么时间?"

"10 年前。"

"你十年没有回过国?"我惊讶地问。

"是的。不可思议吧? 我自己也觉得不可思议。"琼笑着,带我们进了屋。

不用说,琼的房子非常棒,不仅仅只是豪华,而且是优美。这是一幢加拿大老建筑,相比于新建筑,老建筑都有一种更加稳重优雅的气质。它有漂亮的旋转楼梯,空旷通透的挑高会客厅、拱形的门厅,充满设计感的窗户,还有很多处舒适的小角落,可以看书,喝茶,陪孩子做游戏,更适合夫妻俩依偎着聊会儿天。

很大的花园。虽然被厚厚的积雪覆盖着,但我能想象得出那夏天的盛况。

和所有的加拿大本地人一样,迈克斯非常擅长手工。他亲自动手,把整套橱柜从原来的桃木色换成琼最喜欢的象牙白,而且把所有的门框和窗框粉刷成同样的浅色系,这样令整个房子的色调明快许多。

琼告诉我,他们一家本来住在另一个城市,后来听说渥太华的中国移民越来越多,于是迈克斯便放弃原来的工作,在渥太华重新求职,然后把全家搬了过来。

"你们搬家就是为了这个原因?"

"是啊!"

"那对于你先生来说,岂不是很大的损失?"

"这没有什么。加拿大认为家庭第一,工作第二。他们做的所有决定都会首先考虑到家庭。"琼自然而然地说。

我想了想,决定不把迈克斯主动邀请我来陪伴琼的事情告诉她,因为这多少会显得她有点可怜。有多少人愿意自己被同情?

为了不影响两个中国女人聊天,迈克斯和我寒暄几句之后,便找了一个借口去地下室做木工去了。他们唯一的儿子约翰带着俏俏去花园里滑雪。他是一个非常漂亮的混血儿,有一头黑亮的卷发和湛蓝色的眼睛,只是神情居然比俏俏还腼腆。

坐在漂亮的厨房里,琼不一会儿便搬出一大堆好吃的,有西式的点心,也有中式小吃,甚至还有一包洽洽瓜子。"我喜欢渥太华,这里华人超市的东西真是丰富,快赶得上国内的超市了。"她笑着,为我倒了一杯绿茶。

"确实够意外的。"我承认道,"要知道去年登陆的时候,因为担心吃不上中国饭,我还背了好多袋方便面和榨菜呢,真是够傻的。"

"的确够傻。"琼毫不客气地说,"要是我,根本就不会移民加拿大。"

"为什么?"我问,内心被她的过分直率刺疼了。

"加拿大有什么好? 没有好吃的,没有好玩的,亲戚朋友也不在,跟国内比起来,简直就是一个乡下。"她撇了撇嘴。

"那你为什么来这里?"我奇怪道。

"我不同。我是没办法才这样。"她说着,表情黯淡下去。

琼是一个中国新娘,10年前,通过跨国婚姻中介所从贵州嫁到加拿大。那时候她才25岁,正是一个女人最好的年华,既没有家道中落,又没有看破红尘,之所以有勇气远嫁异国他乡,只有一个年轻时最理直气壮的理由:情伤。

她谈了7年恋爱,几乎快要谈婚论嫁的男朋友突然提出分手,理由是她不够成熟,不一定适合做一个好妻子。她一气之下决定远离家乡,远离那个令她锥心疼痛的男人,不管是哪里,只求今生再不相见。

于是婚介所给她介绍了来自加拿大的迈克斯。加拿大在哪里? 她除了知道那里冰天雪地,再没有更多的概念。她想也没想便同意了,因为只求离开,越快越好。

其实以琼的条件,世俗一点来讲,根本是轮不到迈克斯的。因为他比她大了 15 岁,而且又不是富豪,只是一名普通打工者。他们在贵阳市中心公园第一次相见,那一天,她万念俱灰,穿了一件洗得发黄的棉布白裙子,头发随意披散着。迈克斯则在中介的拙劣指点下,穿了一件正式的黑色西服,白衬衫,还夸张地打了领带。结果,中国南方小城的燠热令他一个劲地冒汗,汗水很快便浸透了衬衫,他不敢脱,连领带都不敢松一下,生怕一不小心便破坏了中国习俗。

直到现在,迈克斯还清晰记得琼当时的模样:可爱的,美丽的,可就好像一个圣诞节没有收到圣诞老人礼物的小女孩,眉头动不动便皱起来。

迈克斯让翻译不停地问中介:她是不是真的确定要嫁人? 在得到好多次肯定的答复之后,那天晚上,迈克斯仍然不放心地向酒店前台要来一张信纸,然后给琼写了一封信,问她是否真的同意嫁给他。

第二天,琼收到那封信后,看也没看便当场告诉中介:我同意。事实上,以当年的英文水平,她也看不懂那封信。及至多年后,当她已经在加拿大结婚生子,渐渐熟悉了这个五彩斑斓的枫叶之国,她再次重读那封信,发现他是这样写的:

　　许多人觉得我很快乐,可是我自己不这么认为,因为我的快乐

没办法和人分享。我不是一个会说爱的人,但知道什么是爱情。我
希望能有一个人可以分享我的快乐,可以让我在生活中表达爱情。
我希望这一个人就是你,你同意吗?

这可不算是一封浪漫的求婚信,可是真正读懂之后,却令琼湿了眼
睛。因为迈克斯并没有食言,他用数十年如一日的关怀慢慢温暖着她在
异国孤寂的心灵。他带她去吃中国食物,带她参加中国人的聚会,他甚
至参加了汉语班,以惊人的毅力去啃这个世界上最难的语言之一。

刚开始是赌气,接下来是无奈,慢慢的便是感动。琼感动于迈克斯
的包容与关爱,觉得自己这么一个性格孤僻的异国女子,这位加拿大男
人愿意花一生的时间去等待,无论如何也算是幸运。尤其后来又有了漂
亮的儿子约翰,她感觉浮躁的心思越来越沉静。有时候看着约翰在花园
的树屋里喂猫头鹰,有时候看到迈克斯和约翰一起在草地上大呼小叫地
割草,她隐隐感觉,自己的生命可能也属于这片土地。只是对于家乡,自
己却是再也回不去了。

"为什么?"我唏嘘不已,如同听到一个伤感的爱情故事。

"因为我爸爸不希望我回家。他是一个军人,自己的女儿不听劝阻
嫁给一个外国老头子,他觉得是他一生的耻辱。"琼说着,眼圈红了起来。

"不会吧?"我惊讶地叫起来,"都什么年代了,还有这么老古董的思
想?"

"真的。我每次给家里打电话,他总是不接,都是妈妈接电话的。"

"可是迈克斯呢,约翰呢?"我几乎要愤愤不平了。恰在这会儿,我
看到窗外两个正在滑雪的孩子摔了一跤,在雪地中状如两头黑熊似的翻

滚成一团,于是忍不住笑了:"约翰这么可爱,你爸爸怎么可能不爱?"

"不知道,我给他寄过照片,可他从来没有回复。"

我百思不得其解。这到底是一对怎样的父女啊?在那个雄性世界里,面子真的要高于血缘亲情?

"琼,我觉得你应该回一趟国。"我突然建议道。

"为什么?"

"很多事情都在变化。中国在变化,你的父母在变化,你自己也变化了这么多。10年啊,想想人生能有多少个10年?你们这样僵持着,如果错过了,可能真的就没办法弥补,真的要后悔终生了。"我劝着,越说越激动。

"想过这个问题。可是我不敢回国。"

"不敢?"

"是的。很多人,很多事,相见不如怀念。"

我扑哧一声乐了。"琼,生活就是生活,不要搞得这么文艺好不好?"

"不要劝我,我真的不敢。"琼说着,站起来走到窗前。窗外正是白茫茫的寂静雪原,而窗内她细伶伶的黑色剪影,在白雪的映衬下,看上去格外孤独,格外寂寞。

艾美

第七封信

美丽的屋子才有家的味道

亲爱的朋友：

　　抱歉，我似乎有一段时间没有给你写信了。你是否还在期待我的来信？至于我，之所以没有写信，是因为突然之间忙了起来。

　　如今，我的家庭小旅馆事业终于正常运行了。目前我的房客有薛、林夫妇，还有林淞。本以为开家庭旅馆就是把房间打扫干净给房客住，别的一概不用管，可事实上真正操作起来后，我发现需要操心的地方还真不少。

　　我不能睡懒觉了，因为薛每天起床很早，而且还要给国内的妻子打电话。我也不能早睡了，因为晚上林先生又要开始工作了，我们的晚9点便是国内的早9点，他通过微信电话、语音、视频等各种互联网手段遥控着国内的生意，尽管人在加拿大，可是国内的事情却一点没有落下。

　　因为房子里多了几个人出来，每天的打扫工作也多了许多。擦地板、吸尘、洗床单、擦厨房、擦卫生间……有时候难免会有抱怨，当我在微信里向大春诉苦时，这家伙居然丝毫不同情，反倒嘲笑我：明明是你自找的嘛!

的确是自找的。可抱怨归抱怨,内心深处却是愉悦的。每当我看到房间里被擦洗得干干净净,看到明亮的阳光透过大玻璃窗洒进来,看到被热水烫洗过的餐具在玻璃橱柜里闪闪发光,总会感受到一种劳动过后的舒畅与满足。我很奇怪自己在国内时,一个小三居都懒得动手,又是雇小时工又是雇保姆的,可事实上自己也没有做出什么惊天伟业来。

时间都去哪儿了?

虽然生活有些不方便,不能蓬头垢面随心所欲,可是俏俏却非常喜欢家里有人住进来。她的安全感明显高了许多,不再像小尾巴似的缠着我从楼上到楼下,也敢一个人睡觉了,不再怕黑怕鬼怕妖怪。她最喜欢和薛在一起。每天薛下班回来,她总会把学校里拿回来的手工作品、作业展示给他看,而他也总是兴致勃勃地问这问那。我猜他的女儿和俏俏差不多大,因此也想多了解一些本地的教育情况。

琼偶尔会过来帮忙,有时候散步时她便带着约翰来串门了。俏俏和约翰去房间里画画,我们两个女人便窝在厨房里给孩子们准备第二天的食物。琼很惊讶我做家庭旅馆,在国外生活久了,她也很看重个人隐私,无论如何不能接受和别人住一起的生活方式。但这对我来说不是问题,我喜欢中国式的大家庭生活,人说到底是群居动物,只有在人群中,我才觉得安宁且温暖。

我打算过段时间去家装店买一些装饰画挂在每个房间里,还打算把林夫妇房间的吸顶灯换成枝形水晶吊灯。我喜欢把房间布置得美美的,美丽的屋子才有家的味道。

今天下午，我开车带林太太去附近的购物中心买菜。林先生带着儿子去车行提车，他们前些天订了一辆宝马 SUV，今天刚刚到货。

"艾美，你怎么不买一辆好车呢？这边车的价格不比国内划算太多？"等我们上了路，林太太不解地问。我开的是一辆银灰色的美国福特车，这种车的价位反倒和国内差不多。

"买得起开不起啊！"我说。要知道，在国外，大家把牙医和汽车修理商并称为"两大强盗"。在维修点，一个小小的汽车零件更换便可能开出天价，而高档车的维修费用更是令人咋舌。去年琼不小心把车撞到一辆铲雪车上，汽车受损严重，于是保险公司建议他们索性报废，因为那个天价维修费根本不是保险费可以支付的。

但是林太太显然不懂这些，也可能是不在乎。"哈，"她不屑地笑了，"咱们新移民和老移民不同，人民币现在也值钱了，咱们不需要勒紧腰带了，来这里是要享受生活的，干吗这么委屈自己？"

"我觉得不委屈啊。"我奇怪地说。不明白为什么"简单生活"在某些人看来，就是委屈自己。

"你老公不也在国内开公司挣钱吗？你就安心享受便是了，干吗这么拼，又是开旅馆又是上学的，还这么省吃俭用？"

哦，原来是这个原因。我忍不住乐了，打趣她："当然多少要拼一点点，万一在加拿大活不下去怎么办？"

林太太冲我翻了一个白眼："怕什么，有钱不就行了？ 有钱还怕活不下去？"

我笑而不答，看来这个话题真没办法继续下去了。我很想告诉她，钱在加拿大不是万能的，这是一句真话。

在超市里,我买了一盒牛奶、两盒鸡蛋,一大块三文鱼,还有一些新鲜蔬菜水果,林太太象征性地买了一袋大红提和一盒酸奶。正当我们打算去收银处付账时,林太太突然看见超市新开辟了一大片折扣区,里面全是一线、二线箱包、化妆品、名表等奢侈品,估计是从专柜淘汰下来的过季商品。她惊呼一声,三步两步走上前。

中国人挺多。Coach、MK、Kate spade、GUCCI……几十种国际名牌如今像大白菜似的堆在货架上,被人们漫不经心地翻来翻去。林太太也眼明手快地翻抢着,身上像披挂满满的圣诞树,越挂越多。

包包、化妆品、香水、手表……我看着她抱不下了,赶紧给她推了一个推车过来。她一股脑把所有东西扔进车里,问我:"艾美,你怎么不买?"

"用不上,真的。"

"在国内时天天眼馋这些大牌,现在遍地都是了,你又不要了?"她说着,又抱来一个大盒子堆在车里。我打开一看,原来是 MK 的一件吊带长裙,以林太太的身高,这种吊带裙必须搭配 10 厘米以上的高跟鞋才好看。

"这件你穿?"

"是!"林太太说,"我在时尚杂志里看到过,这里的价格还不到国内的三分之一。"

"再便宜,你在这边也用不上的。"

"用不上,我摆着看看也高兴。"她居然气势汹汹地来了一句。

我啧啧称叹,看看表,发现俏俏马上就要放学了,再不回去就有可能错过接她的校车。看林太太兴致勃勃没有丝毫要走的意思,我于是提前告辞,并且反复告诉她回去的公共汽车路线。这个购物中心离我家不算很远,也不用倒车,林太太漫不经心地记下来。

　　回到家里,我发现林先生父子还没有回来,估计是开上宝马 SUV,这两人兴奋地到公路上飙车去了。我让俏俏先写作业,然后去厨房准备晚餐。水槽里堆了一大堆碗,不知是谁午饭后没有清洗,我有点不愉快,但也无可奈何地戴上手套做清洁。

　　过了一会儿,薛回来了,不好意思和大家抢厨房做饭,他在回来的路上买了一个三明治。我看那三明治又硬又凉,决定晚餐时多做一个菜,邀请薛一起吃。

　　对着菜谱,我先用厨房纸把三文鱼擦干净,把红糖、盐、黑胡椒粒均匀涂抹在鱼身上,然后从冰箱里拿出一个黄柠檬,一切为二,把汁液挤到鱼上。最近我特别喜欢用柠檬做菜,柠檬维生素 C 含量特别高,而且口感清新,如果用柠檬汁代替醋来调味,无论中餐还是西餐,都会令菜产生格外新鲜的口感。

　　薛看到我做三文鱼,伸手把我丢弃的柠檬捡起来,找到一个礤刀把柠檬皮擦成细丝,然后拈了一小把铺到鱼肉上。就这么小小的几缕明黄,令寡淡的鱼肉看上去立刻鲜活起来。

　　"谁教你的?"我惊喜地问。

　　"我自己琢磨的。"他笑着洗洗手。

　　"看不出,你做饭还挺有天赋的。"

　　"看不出吧?"他略略得意地说,"知道我的梦想是什么?"

"什么?"

"当一个好厨子,开一个好餐馆。"

我笑了,注意到他今天穿了一件浅灰色羊绒毛衣,白色的衬衫领子从里面露出来,看上去非常干净。因为微笑,他的眼睛更显得细长,眼角的鱼尾纹亦随之温和地绽开了。我突然想起台湾影星赵文瑄演的《孤独的美食家》,那唯美的食物,优雅的内敛,在这一刻,居然和他有某种神似。

柠檬煎三文鱼、凉拌芦笋、意大利面和咖喱豆腐,不一会儿,我便把几个家常菜准备好了。俏俏欢快地跑上楼请薛一起吃晚餐,他很不好意思地推辞了半天,后来架不住俏俏的坚持,并且保证这个周末要带她去玩蹦床。

当我们三人刚刚坐下,门开了,林先生父子热火朝天地闯进来,估计外面冷得厉害,两个人站在门厅大笑着用力搓脸。

"哟,好幸福的一家人!"林先生笑着打趣。

我没有理会他,而是问:"林太太呢?"

"她不是和你在一起吗?"林先生说着,脱了雪衣挂在壁橱里。

"没有啊!我和她一起逛超市,我提前回来,以为她给你打电话你们一起回来。"

林先生正打算换鞋,猛地把脚缩了回去。"没有的事。"他赶紧打电话给太太,可是那边却传来关机的声音。他握着手机,脸色沉了下来。

现在已经是晚上 7 点半,林太太还没有回来。我们来不及互相抱怨,赶紧出门去找她。外面不知何时下起了冰雨,这可真要命,冰雨可比雪讨厌多了,不仅冰凉刺骨,而且令整个路面变成一面滑溜溜的镜子。你如果没有超强的车技和要事,这种天气最好不要出门。

我们三个人数薛的车技最好,于是薛开车带我们沿着去超市的公路慢慢寻找。事实上,外面漆黑一团,我们什么也看不见,但我还是把脸趴在车窗上,努力辨认驶过的任何一个黑影。

林先生一言不发坐在后座上,脸色阴得要攥出水来。

哪里有人? 只有偶尔疾驰而过的几辆车。冰雨扑扑嗒嗒地砸到车身上,那连续不断的声响令人更加焦灼了。前方道路全部结了冰,铲冰车还未来得及出动,薛只好小心地开车,为了更好地控制方向盘,他把皮手套都脱了。

到了超市后,我们发现超市已经快关门了,寥寥几位顾客在排队付账。我们分头找了半天,哪里有林太太的身影? 于是再次跳上车,沿着附近小道漫无目的地开。就像北京的胡同,渥太华的小道也是九曲回肠,蜿蜒迂回,经常一个小道可以通向好多个出口,而任何一个小道,只要你坚持走下去,总能回到起点。这样复杂的小径在白天可能趣味盎然,但是到了夜晚尤其冬天,就显得像迷宫一样令人费解,甚至心悸。

看到一个小道还算宽阔,薛掉转车头驶了进去。我听到车胎在冰上吃力地打滑着,暗自庆幸方向盘在薛的手中。起码我是不敢开这种路况的。

漆黑的夜里,茫茫白雪安静得瘆人,散发着若有若无的紫雾。我看到几只动物在冰雪上跳跃,看到不远处是一大片湖泊,如今湖面上结了厚厚的冰,一个黑色影子似乎从冰面上蹒跚走过。

我赶紧让薛停车,然后立刻推门下去。冰雨立刻淅淅沥沥地砸面而来,我不由得打了几个哆嗦,感觉骨髓几乎都要被冻住了。薛也下了车,快步走过来,伸手帮我把帽子戴上。

林先生踮着脚尖伸长脖子左看右看:"哪里?哪个方向有人?"他焦急地问。

我再次仔细看了半天,那模糊的黑影又消失不见了,冰面上空旷无人,死一样静寂。"抱歉,我可能看花眼了。"我沮丧地说。

"咱们上车吧,继续找。"薛说。

可是还没有等我们走到车跟前,林先生突然爆发了:"我说你们这是怎么回事?不是明明一起出门的,怎么一个回来一个不见了?"

"抱歉,我要赶回来接孩子。"

"赶回来接孩子也不能把我老婆扔下呀,你明明知道她不会英语,不会开车,不认路,都是中国人,怎么一点互相关照精神都没有!"

我张口结舌,内心明明委屈得很,却不知道怎么反驳才好。我听到他继续抱怨,越来越生气:"告诉你啊,我老婆没事就算了,要是有事,你也逃脱不了干系的。"

我气坏了,正要反驳,突然听到薛的声音:"找人要紧,你现在情绪失控有用吗?"说着,他用力推了推林先生,"走,上车!"

他的气势沉着而且强硬,有一种不容置疑的坚定。林先生不再说话了,乖乖地跟着他上了车。

艾美

第八封信

移民不是风花雪月，也不是浪漫梦想

亲爱的朋友：

现在几点了？1点、2点还是3点……

唉，算了算了，你还是不用告诉我了，知道几点又有什么用呢？这个夜，看来我是注定难眠了。我听到花园里的树枝被冰冻住，又喀吱喀吱地断裂下来。我听见地下室的暖气炉轰轰隆隆地运转着，好像一辆古董老火车。

我哭了，不过眼泪也早已经干了。移民加拿大一年多来，不管多大的苦和困难都不曾令我落泪，但是此时此刻，这个寒冷的深夜里，我却一个人趴在被窝里泪流不止。

林太太当然找到了。

事实上，当我们后来再去超市寻找时，薛立刻便看见林太太坐在一个咖啡馆靠窗的位置，手里正抱着一个苹果平板电脑津津有味地看着，身边的座位上堆满了大包小包。

看到我们过去，林太太立刻开开心心地给我们展示"战利品"：一个

MK 包包，一件 MK 长裙，一个 Coach 男式双肩背包，两个 GUCCI 太阳镜，一双 Kate spade 高跟鞋。原来林太太采购完毕，根本就没有试图寻找公共汽车，而是径直来到咖啡馆休息。她知道我们肯定会来找她，于是舒舒服服地买了咖啡和蛋糕，然后一边看电视剧一边等我们。

"你是皇后娘娘吗？"看她这种没事人的样子，林先生立刻就火了。

"你说什么？"林太太一头雾水。

"你为什么不给我打个电话呢，就让我们黑灯瞎火地满世界乱找？"林先生愤愤不平道。

"我的手机没电了。"

"没电了你不知道想办法？外面就有投币电话，你也可以借别人的手机给我打一个。"

"那种投币机我根本不知道怎么用，再说我又不会英语！"林太太也不高兴了。

"你这也不会那也不会到底怎么办？"林先生急了，嗓门一下子提高了好几度，"我很快就要回国了，你让我怎么放心把你和孩子留在这里？"

"对我不放心算了，找一个你放心的女人过来。"林太太也气得很，那自打登陆以来所有的委屈如同决堤的洪水倾泻而出，"你以为我愿意来这个鬼地方？要吃没得吃，要穿没得穿，说话听不懂，办事办不成，公共汽车不会坐，连个出租车也看不见，我辛苦半辈子了最终被你发配到这里受洋罪了。我回国，你爱怎么着怎么着！"

林先生几乎要暴跳起来，薛赶紧把他拉住了。"这是在国外，小心别人投诉咱们。"他警告说。

的确,已经有好几桌顾客冲我们投来异样的眼神。我们四人赶紧收拾了东西,快速离开。

亲爱的朋友,隔着薄薄的墙壁,我听见林太太抽抽噎噎地哭了大半个晚上。林先生一直低声下气地给她赔不是,又是赌咒发誓,又是好言相劝的,后来又给她打了一盆热水帮她泡脚。

他是有求于她的,所以必须赔上十万分的小心。那么我呢?难道因为只是商业关系,他连句"对不起"都可以省了吗?

我很愤怒,但更多的是委屈。我根本没有义务带他的老婆逛街,更没有义务在危险的冬夜带他四处寻找。我的热心只是出于做人的良善,然而成了他泄怒的工具,原来"农夫与蛇"的故事在生活中比比皆是。

在这一刻,我无比想念北京的家,想念大春。我打开微信,给大春发了一句:"在吗?"

我紧紧盯住他那个戴着眼镜的卡通头像,是一个做动漫的朋友帮他义务设计的 LOGO(标识),他喜欢这样的风格,风格鲜明的假正经。

好半天过去了,没有回复。想想也正常,现在是中国的下午 2 点多,这会儿他应该在单位里忙。

我翻了翻微信,发现朋友圈的状态更新了好几屏,各路朋友热火朝天地在微信上忙碌着,转段子、转鸡汤、秀自己、秀小孩、卖东西、积点赞……大家玩得真欢快啊,似乎每个人都在我眼前逗乐,可不知为何,我却不好和任何一个人联系,因为和任何人联系都是一种打扰。近在咫尺,远在天涯。实际上,也的确是天涯。

我还是习惯性地找媛媛:"亲,在吗?"

"在！"她立刻就回复了。

这就是媛媛，这就是闺蜜，永远都在你身边，我的心一下子暖和了不少。

"你怎么不睡觉？"她又问。

"失眠了。你在忙啥？"

她没有回答，却给我发来一个照片：一个五星级酒店的宴会厅，许多张铺着雪白桌布的大圆桌子，扎着金色蝴蝶结缎子的高背椅子，无数个水晶高脚杯、银餐具闪闪发光。

"我正在东方君悦布置会场，晚上庆功宴，年度业绩前十颁奖。"

"好棒！有你吗？"

"那还用问？"她配上一个得意扬扬的表情。

"恭喜。那你忙。"不知为何，我感觉自己的内心不舒服地颤动了一下，于是匆匆下了线。

我这到底是怎么了？媛媛又一次获得公司业绩前十，作为好姐妹，我当然应该为她高兴。可是内心深处，我怎么有一种很不舒服的滋味？那样豪华的盛宴，那样被众人崇拜的成就感，我不是一直都很不屑，一直觉得不过一场浮云吗？可为什么此时此刻，我却连多看一眼的勇气都没有？难道我一直都在装？

不能深想下去了，只感觉浑身燥热难受，于是我披上睡袍下床。

我下楼去厨房里倒水喝。可是刚走到楼下，却惊讶地发现客厅亮着一盏小灯，一个人影正伏在茶几上工作。

是薛。听见响声，他从电脑屏幕前抬起头来，我们四目相望。

我悔极了,想转身上楼可是又来不及了。因为我头发凌乱,衣衫不整。我光着脚,只在薄薄的睡裙外披了一件毛巾袍子,脸上的泪痕估计还没有干透。

我硬着头皮下楼梯,感觉自己的脸越来越红了。

薛一直注视着我,昏黄的灯光里,他的眼神似乎流动着一种异样的光彩。

"你——"

他突然跳起来,把电脑搁在沙发里。"我今天晚上加班,需要和国内同事一起解决一个 BUG(程序漏洞)。抱歉,我过的是北京时间。"他不好意思地搓搓脸,"是不是影响你休息了?"

"没有没有,我下来喝口水。"我赶紧说。

我走到厨房里,用玻璃杯倒了一杯水,也给薛倒了一杯递给他。他接过,感激地笑笑。

"谢谢你。"他双手捂着水杯,郑重地说。

"谢什么?"我随意道。

"我是认真的,"他再次强调了一遍,"真的要谢谢你。"

我惊讶地望着他。

他看着我,微笑着说:"你每天把我们的桌子擦得干干净净,把浴缸擦得干干净净,把洗手池的每一滴水珠都擦掉,把镜子擦得那么光亮……"

我的鼻子猛地酸了。我听见他继续说:"你还每周帮我们换洗床单,帮我们换干净的毛巾,我注意到你又买了好多幅画挂在墙上,那些画真好看……"

"因为我要开家庭旅馆,我要做生意。"

"当然不是,你完全可以不这么做。我也看过别的家庭旅馆,你提供的条件比别人的好很多,可是定的价格却比别人的低不少。"

我苦笑着说:"因为我刚开张嘛,刚开张总要花点心思。"

"我不这么想。"

"你不这么想,别人会这么想。"我酸涩地说。

他深深地看着我,目不转睛,这过于直率和真诚的目光令我都有点难为情了。"不要在意别人怎么想。该看到的人都会看到,不该看到的人,他看不看到也无所谓。"

我低头琢磨着他的话,不管怎样,心里感觉好受许多了。但我不想就这个话题说下去,因为承受不起别人的赞美。

"你太太什么时候过来?"我问。

"我不知道。"

"你会不知道?"我惊讶道。

"是的,我现在有点不确定了。"他说着,把水搁在茶几上然后坐回沙发里,"我看着你,渐渐对于移民这件事情有点怀疑了。"

我一头雾水地看着他。他揉了揉头发,略显疲惫地继续说:"我看着你,就知道移民不是风花雪月,也不是浪漫梦想。国外生活挑战很大,很多方面并没有国内舒适。一个女人,如果没有强大的内心和生活能力,恐怕很难在国外坚持下去。我不想让她抱怨,但更不想让她后悔。"

哦,我明白了,安慰他:"根本没有你想象的这么可怕。很多挑战是自己找的。比如你看我忙里忙外收拾屋子,看我风雪无阻送孩子上各个辅导班,看我天天背单词,看我自己开车去换轮胎修暖气炉子……你说

59

是挑战,我反倒觉得挺有意义。人生多一种生活方式不相当于又多活了一遍吗?"

他听着笑了起来,眼角的鱼尾纹优美地绽放了。天哪,真该死,我怎么觉得他的笑容这么动人?

"人和人是不一样的。"他淡淡地说,"她和你完全不同。"

那么他的她,到底是哪一种类型的女人?我感觉自己好奇得都有点八卦了,可不想显得多事,于是收了话题匆匆上楼去。

背后有一束温柔的目光。是的,它温柔得令我意乱情迷。

艾美

第九封信

美好的人性，是没有国界的

亲爱的朋友：

告诉你一个好消息，漫长的雪季，要结束了！重要的事情说三遍：要结束了，要结束了，要结束了！

今天早上我一出门，立刻发现门口的雪人仿佛一夜之间瘦身许多。马路上的积雪还在，可是湿润极了，水和雪混合着，在阳光下发出亮晶晶的光泽。积雪融化而成的许许多多条小水流沿着马路欢快地流动着，大自然仿佛突然睡醒了，蓬勃的生机蠢蠢欲动。

我仰脸看天空，依然那么蓝，蓝得通透而且纯粹，没有一丁点的杂质。但是不再刺人眼睛，却有一种被水气亲吻后的温暖与滋润。

我听见 CBC 的主持人用一种近乎夸张的亢奋腔调嚷嚷着：该死的冬天终于走了，迷人的春天已经来了！各位赶紧抓紧一切时间享受春天，准备好你们的野餐毯、烧烤架、帐篷、双肩背包、沙滩排球，赶紧去收拾你们的湖滨度假小屋，检查你们的房车，给你们的游艇加满汽油……

我忍不住笑了起来。我猜想，世界上恐怕没有哪一个民族比加拿大人对四季更敏感,对冬天又爱又恨,对春天像对情人般珍惜,对夏天像对妻子般慵懒,对秋天又像贵族般骄傲与悲情。

一个四季分明的国度,终究还是更加迷人的。

这个春天,迈克斯决定带我们一起去林中采集枫糖。他有一个表兄在郊区拥有一个农场,那里有好几个山头,山里尽是一望无际的枫树。每年春天,他们兄弟都会雇佣一些工人去林中采集枫汁,然后自己动手加工成枫糖,按照等级的不同销售给不同的商家。这是他们的家族产业,迈克斯也有股份的。

我们于一个周末动身。因为要走山路,迈克斯开了一辆动力很大的越野车,还准备了一大筐胡萝卜。他教我们把胡萝卜用清水洗干净,再用小刀切成四五份长条。"这是我们的路费。"他神秘地说,用一个白布袋子把胡萝卜条装起来。

一路上,俏俏快乐得像只出笼小鸟。她和约翰一起缠着迈克斯给他们唱儿歌,一支又一支,从"玛丽有一只小羊"到"林子里的瑞本鸟",从"小星星"到"我们在一起",从儿歌唱到圣诞歌,到后来连情歌都出来了。两个孩子又唱又叫,而迈克斯则快活地一手握方向盘,一手给他们打拍子,好几次车头都差点闯到雪堆里。

"迈克斯,小心!"琼尖叫。

"亲爱的,相信我。"迈克斯笑着拍拍琼的手。

可是车子还没有开稳当一会儿,他又唱起来。两个孩子像不安分的小动物,随着他的歌声手舞足蹈,幸好被安全带捆着,否则真会在车里跳起舞来。我终于明白加拿大交警为什么对儿童乘车要求甚严,如果看到哪个孩子没有坐在专门的儿童座椅上,没有扣安全带,一定会狠狠地重罚。

我扭脸看窗外,只见白茫茫的雪原温柔地覆盖着大地,有些地方的雪已经薄了很多,甚至有黑色的泥土露出来。我知道再过一个月,大自然这个魔术师会把五颜六色的春花缀满每一寸土地,如同一块鲜花地毯。

当我们开出城市,开过农庄,开过田野,开进山林中后,远远的,我便看见几只小黑点慢慢悠悠地朝我们踱过来。迈克斯放慢了车速,任车子沿着惯性缓缓朝前驶过去。

居然是好多头驯鹿!

这些印在加拿大钱币上的动物,也算是本地人的图腾之一了。它们起码两米多高,泥土色的粗糙皮肤,身材壮硕而且力量惊人,公鹿脑袋上的鹿角像华丽的树枝一样好看。

迈克斯用力拍着一只公鹿的脑袋,亲切地问:"嗨,老伙计,你好吗?"

公鹿温柔地蹭着他的手掌,似乎在回应。他笑着从口袋里拿出一只胡萝卜,公鹿把脑袋低下来,张开嘴巴慢慢咀嚼。尽管唾液流了一地,可是那吃相却文雅极了。

我们忍不住大笑起来,每个人都拿着胡萝卜下了车,渐渐的,越来越多的鹿走了过来。除了鹿,还有几只黑熊,迈克斯告诉我们别怕,因为我们有胡萝卜,相比人肉,这些黑熊更喜欢吃胡萝卜多一些。

原来迈克斯说的"路费"便是这个了。若想进山,必须先把山里的动物们喂饱。俏俏一开始有点害怕,但是当她勇敢地喂完两条胡萝卜后,胆子明显增大许多。看到一只黑熊走过来,她雀跃着伸着胡萝卜踮起脚尖——我吓了一大跳,赶紧试图把她抱开。

"别!"迈克斯制止了我。他把双手按在俏俏肩膀上,鼓励她把胡萝卜举起来。俏俏果真举了起来,而那只黑熊则低下头,弯下肥厚的后背,张开细密的牙齿,津津有味地嚼起胡萝卜。

我看得心惊胆战,可是俏俏和迈克斯一脸镇静,安之若素。

迈克斯的表兄名叫欧文,是一位身材壮硕、满脸通红的加拿大男子。他在林中有一个采集枫糖的小木屋,此时正穿着橡胶背带裤,拿着一个大木勺站在锅炉边熬枫糖。

看我们一堆人深一脚浅一脚地踩着泥浆走过来,他赶紧放下勺子出门迎接,老远便冲迈克斯伸开双臂,两个男人像狗熊般抱作一团。"迈克斯,欢迎回家!"他大声说,拉起琼的手亲了一下,"琼,你一年比一年更漂亮。"

迈克斯把我和俏俏介绍给欧文:"这是我们的新朋友艾美和俏俏,她们从中国来。"

欧文和我热情地握手,问:"欢迎你们。你喜欢加拿大吗?"

我环顾了一圈,发现这个山林被一望无际的大枫树覆盖着,积雪还没有融化,空气中有一种冰雪和枫糖混合的清冽香甜。

"我喜欢。"我真心实意地说。

"加拿大是世界上最美的国家。你若爱它,它一定会更爱你一千倍。"欧文夸张地说。

我们所有人都笑了起来。

一只斑斓多姿的大鸟从林子里走出来,它有鸵鸟般的体态,孔雀般的五彩尾巴,可是脑袋却像一只雄赳赳的大公鸡。看到我们,它停住脚步,歪着脑袋思索半天,立刻掉头跑入林中。

"妙极了!"欧文冲回小木屋拿出两把长长的猎枪,一支扔给迈克斯,"走,迈克斯,准备我们的火鸡大餐吧!"

迈克斯和欧文一起去林子里打火鸡,我和琼则带着孩子去枫林里采枫糖。

来到加拿大一年多了,虽然枫糖吃掉了好多瓶,亲手采糖对我来说可是头一遭。我看到好多棵大枫树上贴着标签,树干上绑了一个铁皮桶,桶上方的位置有一个小刀划开的口,那积攒了整整一冬天的甜蜜的枫树浆便从小口里顺着树干蜿蜒流入铁皮桶里。

待桶里的糖浆积攒得差不多了,我们便把铁皮桶摘下来,更换一个新的铁皮桶,并且在树干的标签上做下记号。每当采集了一定数量的桶数之后,迈克斯就会把树干上的口封住,再用胶带缠紧,如同为树包扎伤口一样。

每棵15年以上树龄的健康枫树每年可以采集20桶糖浆。事实上,应该还可以采集更多,但是他们不会无节制地继续采集,相比商业利润,他们更热爱枫树。

琼戴着厚厚的皮手套,动作熟练地把铁皮桶从枫树上取下来端到小木屋里。屋内,一整套熬糖工具正散发着氤氲热气。琼把糖浆倒进池子里,池子边上有一道细细的水流,那是经过过滤后的山泉水。当糖浆与泉水混合稀释后,缓缓流入熬煮的锅炉中,被小火慢慢熬煮,渐渐变黏变稠,然后汩汩冒出水泡来。

琼观察着那些水泡,用木勺子不停地搅拌。

琼告诉我,这种纯手工的做糖方式即便在加拿大也不是很多了,因为它太过麻烦,经常忙碌一天还得不到几瓶糖。可是迈克斯一家就是喜欢一切手工制作,他们冬天自己做糖,夏天则养蜂采蜂蜜,做蜂蜜香皂、护手霜和润肤乳,更别提生活中那敲敲打打的各种手工了。这是一家典型的加拿大人,不怕麻烦,不怕辛苦,热爱泥土,享受动手的快乐。

"你看你多幸运。"我羡慕道。

"为什么说我幸运?"

"迈克斯多好,包括他的家人也这么好。"这绝不是廉价的赞美,而是我的真心话。如果说以前我总觉得迈克斯是一个情深义重的好丈夫,那么此刻,我更觉得他像是一位心灵手巧的手工匠人,也终于明白他平和性格的缘起了。

美好的人性,其实是没有国界的。

然而琼似乎不这么想,也许她已经习以为常了。"他确实是个好人,可是不知为何,我却始终爱不起来,和他在一起只是互相陪伴而已。"

"爱情,如果可以互相陪伴,已经是足够好了。"

"这么简单?"

"就这么简单。"我耸耸肩。说实话,我真不要听大春那些信誓旦旦的诺言和种种支票,我只想让他陪在我身边,长长久久,日日年年。

这时,琼已经熬好一小锅枫糖。她用一个古老的银勺子舀出一小勺糖浆出来,然后小心翼翼把糖浆摊到门口的雪地上。待糖浆稍稍凝固变成糖稀,她又找出一根小树枝放在糖稀一头慢慢地卷,就像小时候吃麦芽糖似的。

"我觉得爱情不是这样。"她专心致志地卷着糖,头也不抬地说。

"是怎样?"

"怦然心动,脸红心跳,朝思暮想,赴汤蹈火……就好像电影里演的那样。"

我接过她递来的枫糖卷,舔了一口。天哪,实在太好吃了,新鲜的枫糖居然甜而不腻,滑溜溜的入口即化,散发着一种浓郁的森林的甜香。那传说中的琼浆蜜露,便是这个味道吧。

"琼,你真棒!"我来不及评论她的爱情观,满口都被甜蜜的糖浆堵上了。

艾美

第十封信

多活一种人生,是值得庆幸的

亲爱的朋友:

人间四月天。

北京已经快入夏了吧?我记得每年四月,正是京城柳絮翻飞的季节,满城柳絮像雪花般漫天飞舞,此时颐和园百花盛开,春光明媚,如果你恰好在昆明湖上泛舟,放眼所及一定是水波潋滟,湖光山色。

渥太华也是春天了。仿佛突然一夜之间,冰雪消融。最令我诧异的是,那被厚厚积雪掩盖一冬的大地早已经偷偷泛青,白雪还没有完全融化,绿色的小草便势不可挡地从雪地里探出脑袋。阳光依然明亮,但因为少了白雪的反射,不再像冬天那么刺眼。空气中混合着水汽和青草的味道,既清洌,又芳香。

这个季节对于本地人来说格外痛苦,因为各种奇奇怪怪的过敏症纷纷发作,过敏性鼻炎、哮喘、花粉症……如果你出行在外,会经常看到本地人捂着鼻子红着眼睛不停地打喷嚏不停地说"Excuse me(对不起)"。如今,西方人的过敏症是越来越严重了,花粉过敏、坚果过敏、海鲜过敏,甚至草莓过敏、枫树过敏、青草过敏，最恐怖的是，我还听说过一个孩子面粉过敏，真不知如此敏感的体质，长大之后怎么办？

还好，中国人几乎很少有过敏症的，我们经常嘲笑那是因为我们在国内早已经"五毒不侵"了。

自从有了宝马 SUV 之后，林夫妇一家变得忙碌多了。他们开车去了蒙特利尔、魁北克小城、多伦多、尼亚加拉大瀑布……试图在林先生回国之前力所能及地多玩几个地方。林先生的归期快到了，夫妇两人变得格外恩爱，他们不再争吵，彼此包容，林太太还听从了先生的建议，乖乖地报了英语班和驾校。不过这也是必需的，会英语和开车是在加拿大生活的两个基本能力，一个代表嘴，一个代表腿，否则你就是又聋又哑又残的残疾人。

薛似乎也忙了一些，以前周末他还可以陪我们一起逛逛超市和书店，可是现在经常一天不见人影。每天回来之后，他总有很多电话打，有时候讲中文，有时候讲英文。他的社交圈也扩大了，经常有人开车来找他，有一次还有一个非常漂亮的金发女子，开着一辆大红色的敞篷跑车，很刺眼。

春天到了，每个人都像冬眠过后的动物，神采奕奕，连眼神都变得好奇许多。大春告诉我，他计划最近安排一个春假来看我们，而我的生日恰好是五月，这样他既度假了，又为我过生日了，我们全家还可以坐游艇去美国奥兰多的迪士尼玩一通。

当我把这个计划告诉俏俏，她的小脸像被火炬照亮了似的。这段时间她正在痴迷《冰雪公主》，听说在迪士尼可以预约和冰雪公主一起喝下午茶,于是她就成天趴在电脑上琢磨如何提前预约成功。实际上,她还不懂得如何使用电脑,可是那装模作样的小小背影令我忍俊不禁。

有一次,我把俏俏的背影拍了照片发给媛媛,告诉她这件事情。她过了很久才回复:"迪士尼有什么好玩的?"

"孩子喜欢啊!"

"可是你呢?"

"我当然无所谓,孩子喜欢我就喜欢。"

"你也太没有自己了。听说把自己的世界建立在孩子身上,这是自私的母爱。"

我打趣她:"你连母亲都没有当过,也懂得什么是母爱?"

"智慧不一定来源于经验,太多经验反倒会拉低女人的智慧。"

我笑了,早已经习惯了媛媛式的尖锐。关于这个问题,我和她没什么好争论的,明明就是鸡同鸭讲嘛!"你的人生大事有进展了吗?"我问。

"没有。"

"一点点都没有?小心别成了剩斗士。"

"你比我妈还操心。我忙得很,哪有工夫谈恋爱?"

媛媛告诉我,今年她被保险公司提拔成了高级经理,负责一个50多人的销售团队。她感觉挑战很大,压力也很大,不过她喜欢这种压力,觉得一个人生活也很好,因为工作已经带给她足够的成就感和满足。

我为媛媛骄傲。一个单身女子,在竞争激烈的京城独自打拼多么不容易。作为好朋友,虽然我们走向两个迥然不同的方向,但还能够彼此欣赏与关爱,这样的友谊弥足珍贵。尤其当我到了国外之后,也许是孤独的原因,对于友谊更加珍惜了。

周日的傍晚,我拿着笊篱站在前院草坪上清除腐烂的草根。这是春天护理草坪的必要步骤。待积雪融化,你必须用笊篱把前后草坪均匀有力地犁几遍,这样就可以把头一年坏死的草根清理出去,令新鲜空气和阳光顺畅地照进土壤,唤醒里面的各种有机物。

一辆黑色尼桑慢慢驶了过来,在我家门前停住了。车窗缓缓打开,薛的笑脸露了出来。

"艾美,上车,我带你去个地方。"他冲我挥挥手。

"现在吗?"我低头看看自己干活穿的运动裤和平底鞋,脏脏的,上面沾满了泥土和草根。

"就现在,走吧。"他又挥了一次手。

俏俏去同学家玩了,林夫妇开车去中国城购物去了,此刻屋里没有人。我想了想,摘下工作手套,打打身上的灰土和草根,上了车。

我注意到薛戴了一个奥克莱运动款太阳镜,这是本地男士一年四季都离不开的装备之一,柔软的硅胶镜框,极其贴合其脸型的设计。侧面看过去,感觉薛居然也很酷。

"去哪里?"我问。

他笑而不答。

我索性不再问,舒舒服服地把腿伸长。

的确是春天到了啊!白天变得长了许多,分明已经是傍晚,可太阳还高高地悬在空中,明亮的光线斜射过来,令前方的道路一片金光灿烂。

我们驶过一个公园，驶过一所天主教高中，不知不觉中驶入一片林木茂盛的社区。道路两旁的参天大枫树已经开始发芽，可以试想那夏秋的盛况，一定遮天蔽日，斑斓壮观。

在一幢浅灰尖顶的别墅前，薛缓缓停了车。这是一幢典型的欧式巴洛克建筑，有精美的走廊，拱形的门厅，高大的门柱上还有小天使浮雕。

前院花园一定经过专业人士的设计，各种花卉植物按照层次被错落有致地栽培，草坪显然已经做过护理，草根已经被松动过，营养丰富的黑土被均匀地施撒于草坪上，几个固定在地面上的喷嘴正往草坪上喷细密的水雾。

"这个房子怎么样？"薛问我。

"很棒！"我说。不用进屋，我就知道这又是一处豪宅了。

薛笑笑，带我走上门厅按响了门铃。门很快就开了，房东是一对北欧模样的老年人，似乎与薛很熟悉了，老爷子用力拍着薛的肩膀："真高兴又见到你，年轻人！"

"这是你的妻子吗？她可真美丽。"老妇人端着两杯茶走过来，赞美道。

我和薛的脸同时红了，我还没来得及张口说话，薛赶紧纠正："不是，这是我的朋友，我想让她帮我参谋一下。"

这时我才终于明白，原来这是薛看中的一所房子，他打算近期买下来。原来最近一段时间他都在忙这个了。

这可真是一幢精美华丽的好房子。尽管一年多来，我已经在加拿大看过不下50套房子，可还是立刻被这套房子深深吸引了。它占地起码3000多英尺，一共三层。一层是会客厅、餐厅和厨房；二层是洗衣房和四个大卧室,每个卧室都有独立卫生间和按摩浴缸,主卧室还有一个半圆形的阳台,上面摆着一套白色的藤编阳台沙发和茶几,精美的白纱帘被风徐徐吹动。

一层铺了深色的实木地板,整体厨房全是用最高档的实木和西班牙进口的大理石台面装修而成。整整一面的玻璃酒柜,里面的餐具、高脚杯闪闪发光。厨房里光水池就有三个:一个用来做饭,一个用来清洗水果,还有一个小巧玲珑的,呈优美的曲线形。我仔细地看,怎么也想不出它的用途,最后老先生告诉我,它是用来举办派对时,专门用来堆放冰块用以冰镇酒水饮料的。

地下室非常豪华,被装修成家庭图书馆和影音室,居然还铺了昂贵的纯白羊毛地毯。后花园的私密性极好,除了豪宅标配的游泳池和烧烤台,花坛旁边还多了一处室外温泉池,椭圆形的实木池体,里面的热水正徐徐散发热气。

我啧啧称叹,为西方人对生活舒适度的极致要求。

老先生告诉我,他们夫妇是一对来自瑞士的老移民,努力工作一生了,积攒下来这一幢房子。可如今年岁已大,老两口实在没有力气去打理这个房子了,于是考虑出售,然后搬到生活方便的市中心老年公寓。

"你打算买下来?"我问薛。

"有这个打算,不过还想听听你的意见。"

有什么好说的?我看着那足足有五米多高的挑高大客厅,一盏起码有上百个灯头的宫廷式水晶灯从客厅尖顶处悬挂下来,整整一面墙壁的大落地窗正对后花园,相信再过几天,信手推开窗户,窗外的姹紫嫣红便会呼啦啦地涌进来。

"很美的房子,相信你的妻子一定会喜欢。"我真心实意地说,内心不由得隐隐羡慕起来。

看完房子,我们婉拒了房东老夫妇请我们吃晚餐的邀请,而是驱车沿另一条小道回家。因为冬天封路,这条小道最近才开放。如今道路两旁摆了一些临时小摊,有卖热狗的,卖棉花糖的,还有卖本地著名的特色小吃"海狸尾巴"的。其实在我看来,这就是一张煎得金黄的热油饼,上面撒满了白糖。不明白本地人为什么吃得津津有味。

有一个手工面包小店,门口摆着木头桌子,上面放着一篮子刚出炉的面包,油亮的外皮、诱人的香气勾得我们立刻感觉饥肠辘辘了。

我们买了咖啡和面包,然后找到一个户外的位置坐下来。天色终于晦暗了一些,热情的阳光也过了劲,不再明亮刺眼,而是为大地铺上一层柔和的金色。

晚霞出来了,紫色、红色、金色、靛蓝……各种不可思议的颜色围绕着夕阳晕染开来,不是中国水粉画似的清淡写意,却是西方油画似的浓墨重彩。

"快看,晚霞。"我指着天空给薛看。

薛抬头仰望天空。"真美啊!"他赞叹道。

"不仅仅美,更是神奇。"我告诉薛,"我发现渥太华的天空特别神奇,不知道是空气干净还是更接近北极的原因,天空的颜色比别的地方要丰富很多很多。以前我经常觉得西方油画太夸张,天空的颜色怎么可能那么厚重斑斓,可等我来了西方之后才明白,原来是自己鼠目寸光了。"

"是啊，人都是坐井观天嘛！你不走出那个井，怎么能想象得了井外的天空？"

我笑着点点头，喝了一口咖啡。这种加拿大家庭式小咖啡馆的咖啡总有一种特别的香气，更苦却也更醇香。

薛把面包撕成一小块一小块的，蘸着撒了黑胡椒的橄榄油吃。这真是一种奇怪的吃法。"有个问题我一直想问你，你不要介意。"

"不会。"

"你后悔吗？移民来加拿大。"

我奇怪地看着他，不明白缘何有此问。

"最近我听到越来越多中国人说后悔移民了，毕竟国内生活要舒适便利许多，尤其对于女人来说。我看你这么辛苦地学语言，打理房子，做饭买菜，接送孩子，自己开车去办理各种事情……你累不累，烦不烦？"

我感觉自己的心被揪了一下。说一点都不累不烦不后悔那是假的，可是好不容易人生一场，如果仅仅因为舒适安逸便缩在安逸窝里享受终生，是否也是一种浪费？我记得很小的时候看过《尼尔斯骑鹅历险记》，中间有一段讲家鹅和野鹅的辩论，家鹅看不起野鹅风餐露宿，颠沛流离，不明白它们为什么不找个舒适温暖的窝，被农夫们养起来。野鹅反驳说：我们怎么可以为了一点舒适的生活，就放弃了看远方的雪山、湖泊、大海还有五彩斑斓的天空？

我把这个故事讲给薛，薛笑着摇摇头。"生活不是文学，我们还是要现实一些。"

"现实一点的话，我说不后悔。在特别难办的情况下，比如修车库门、换车胎、通马桶的时候，我经常感觉到沮丧，但没有后悔过。因为这些困难并非不可逾越，是可以通过自己的学习克服的。在我看来，同样一场生命，如果你可以多活一种人生，应该是值得庆幸的。"

"是的，我也这么认为。"薛沉思道，"所以我觉得我家晓珑应该会喜欢这里。"

"当然会。尤其你还在这里，而且给她买了这么棒的房子。"我说着，感觉自己都要妒忌了。同为中国女人，有的一来便拥有一切，而有的却不得不经过炼狱般的锤炼。

"所以我必须赶紧把这个房子买下来。如果让她和孩子租房子住，在大雪天里因为等公共汽车冻成冰雕，估计她们很快就落荒而逃了。"他说着，笑起来。

"你太太什么时候过来?"我问。

"签了购房合同就让她订机票。"薛说，"下周我就去银行申请贷款。"

我点头称许。咖啡已冷，我徐徐咽下，感觉这黑色的液体更苦了。

她的到来便意味着他的离开。我有隐隐惆怅。哦，好吧，不是隐隐，是很多。

艾美

第十一封信

我有没有需求？

亲爱的朋友：

林先生终于要走了。

一大清早，我便听见林夫妇在房间里窸窸窣窣地忙起来。令我惊讶的是，林先生一个人回国，居然和他们全家来时带的行李差不多。

林太太买了许许多多的包包、名表、化妆品让林先生带回去，她说是送给亲朋的礼物，可是我怎么也无法相信居然需要送那么多人。所以我猜林太太可能是捎带着做了一把代购，起码把往返的机票钱赚了回来。

林太太给林先生做了叉烧包和小馄饨当早餐。她说，林先生必须把她做的东西全部吃掉，否则就再也吃不上了。林先生笑话她什么叫"再也不"，明明说好了，很快就过来看她和林淞。

"最多两个月。"林先生又强调一句。

"吃吧吃吧，信你，这一回。"林太太催促着他，无可奈何地说。

我注意到林太太化了淡妆，还喷了香水，穿着一件新买的 RL 印花毛衣裙，似乎想把最漂亮的形象印在先生脑子里。

吃完早餐,林太太帮先生最后一次检查行李。她为林先生买了一个CHLOE真皮手包,里面放他的护照、机票等各种旅行证件。因为买的奢侈品太多,担心海关检查,她非要林先生手提一个GUCCI女包,然后又往他的胳膊上戴了两块手表。林先生着急地要脱:"最多一块,最多一块,我有病啊戴两块表?"

"现在哪个人没有病,你见过几个正常的?"林太太反驳他。

我扑哧一声乐了,感觉林太太这句话真精辟。

出租车来了,林先生来不及摘掉手表,赶紧把大包小包搬到出租车上。林太太一路小跑忙来忙去,可实际上又没有帮到太多忙。

"夫人,我走了,一切拜托你,辛苦了!"上车前,林先生搂了一下太太的肩膀。

林太太忍不住哽咽了。

触景伤情,我在一边看得也难过了。

"艾美,好多事情我做得不好,你大人不计小人过,拜托有空关照一下我夫人。"林先生也有点伤感,和我用力握了握手。

"放心吧。"我说。我知道让这个要强的男人说出这句话来,着实不容易。

林先生坐进出租车内,车子徐徐开动起来,他把脑袋伸出窗外,冲我们挥着手。

林太太也冲他用力地挥手,挥着挥着,突然跟着车子跑了起来,带着哭腔喊:"你回国给我老老实实的啊,不许跟人滚床单!"

我不知道林先生听没听到这句话。但是我听到了,并且愣住了。

也许是心情不好，林先生一走，林太太的脸上立刻多了一种失落感。我感觉她说话的底气低了不少，就连走路的样子也没有以前敏捷了。

此时正是上午 10 点钟，我一如既往地开始收拾房间，林太太居然找了一块抹布帮我抹起桌子来。我赶紧让她放下，可是她死活不肯。

"艾美，拜托你让我干点活，否则我干坐着只会心慌。"她央求。我只好随她去。

林太太絮絮叨叨地问我："艾美，你老公上一次是什么时候来的？"

"四个月前。"

她"哦"了一声，又问："那他下次打算什么时候来看你们？"

"一个月后。"

"基本半年一次？"

"这个说不好，看他的工作情况，有时候多点，有时候少点。"

"少能少到什么程度？"

我被她细致的追问烦住了，直截了当地问她："林太太，你在想什么？"

"你不想啊？"

"想什么？"

林太太摊开双手，自然而然地说："咱们和老公都两地分居这么久，还是两个国家，你不担心他和小三滚床单吗？"

哦，滚床单？我忍不住笑起来："如果担心的话，一开始就不会这样选择了，对吗？"

说来奇怪，我从来没有担心过大春，"小三""滚床单"这样的字眼似乎早从我的世界里消失了。在我看来，与其担心小三，不如担心我的英语怎么还没有明显的进步更实际一点。

"那可不一定。"林太太摇摇头,忧心忡忡地坐在沙发里,"人心都是会变的。"

"他变,你也变呗!"我漫不经心地回答,继续干活。

林太太看着我,那探究的眼光如同动物学家观察一个科学实验里的猴子。"艾美,"她暧昧地笑了,"我再问你一个问题。"

"什么?"

"你如果不担心他,难道不担心自己吗?"

"为什么要担心我自己啊?"我好笑起来。

"算了吧,我们都是女人,又都生过孩子。"她略有点不屑地撇了撇嘴。

我恍然大悟,立刻感觉面红耳赤起来。"这个问题嘛——"我思忖着,犹豫着怎么用最合适的字眼解释,"我感觉……我感觉好像没有别人的欲望那么强。也可能,哈哈,我老了吧。"

"你老了?"林夫人笑了,"你就别在我面前哭老了。不过你哪怕再老也是一个女人,磕开一个鸡蛋里面都有受精卵,就连母鸡每天晚上都有公鸡暖和着,更别提咱们女人了。"

我惊叹不已地看着林太太,不由得满心佩服。不能不承认,她确实一语道破最关键的问题。

我有没有需求?这简直是一个废话。我正当盛年,身心健康。两年来的移民生活,我一共只和大春见了三面,同床共枕也就十来个夜晚。你说我有没有需要?

但奇怪的是,如果我不是性冷淡的那种女人,那么就是移民生活的压力导致,我感觉自己身体上的需求并不旺盛,更多的是心理上的需求。我更希望有个异性可以在寒冷的雪夜里陪我聊会儿天,希望有个异性可以分享我大费周折烤出来的蛋糕,最多最多的是,孤独的夜里,我希望有一个宽阔的胸怀可以让我趴着歇一歇。

也许相对于身体,我更希望一种心灵上的慰藉。

那么大春呢?我从来没有和他讨论过这个问题,作为妻子,我可能真有点不合格。

今天晚上,通过微信,我和大春非常认真地讨论起这个问题。

"大春,你觉得我们的婚姻出问题了吗?"我问他。

他立刻就回复了,往常可不会回复这么快的。他连字都来不及输,而是按了好几行的问号。"?????????????????????????? ……"

我笑了,想起他每天清晨胡子拉碴的下巴和惺忪睡眼,内心不由得一阵温暖。以前我们夫妇在一起的时候,他睡醒的第一件事就是抓我的手,如果抓住了就会再眯着眼小睡一会儿,抓不住的话便像瞎子似的在被窝里乱摸,直到把自己摸个彻底清醒,无可奈何地起床。

"你想我吗?"我又问。

"你到底怎么了?"

"没什么,就是问你,有没有想我?"

"想啊,天天都想,不是告诉你了吗?"

"我是说——"我想了想,略有点害羞地把这句话发送出去,"我是说,你晚上睡觉时想不想我?"

对方沉默了半天。我看到对话框的提示栏上一直在提醒"对方正在输入中……",可见我这个问话把他难住了。

好半天,我才看到他的对话亮起来。"当然想。这还用问吗?"

"那怎么办?"

"一个字:忍。"他又发了一个痛苦的表情过来。

"这可不是忍一天两天,而是忍一年两年、三年五载的。"

"没事。小不忍则乱大谋。"

我笑了,问:"那你会不会找小三?"

"有病啊我?"

"好多男人不都那样?"

"那些叫有病。小三多花钱,我养你们两人就足够了,没钱养小三。"

"现在据说小三也都独立了,不要花你的钱。"

"那也麻烦。我工作这么忙,没钱也没工夫找小三。"他回复,过了一会儿又发来了句,"你是不是听到什么谣言了?"

"没有啊。什么谣言?"我被他没头没脑的话问糊涂了。

"没有就好。不要随便轻信别人。"

"不要和陌生人说话。"我接了一句。他也笑起来。

"当然不用,你们两人在国外需要有点社交生活。所以你开个家庭小旅馆我也更放心些。"

"的确,起码有点事情做,也有些人陪着说说话。要不然我会闷死了。"

"现在几个人了?"

"三个"。

"不对,你不是说林先生走了,应该只剩下他老婆和孩子两个人啊。"

我哑然,突然想起自己从来没有把薛这位房客告诉过大春。至于为什么没有说,刚开始觉得解释起来不方便,到了后来,索性就忘记说了。

"今天刚刚收到邮件,有个中国女人下周要从上海过来。"我赶紧解释。幸好今天早上收到一封邮件,一位来自上海的名叫米娜的女士预订了我的房间。

我也算是急中生智了,不是故意要瞒着大春,而是觉得隔着千山万水的距离,很多事情只能越描越黑,越解释越糟糕。

"原来是这样。三个人最好,不要多于三个人了,否则你会太辛苦。"他说。

我答应下来。不知为何,心里有点小小的内疚。

艾美

第十二封信

职场就是这么残酷

亲爱的朋友：

你能想象吗？薛并没有买下那幢美丽的房子。

薛有两天没去上班了。刚开始我以为他休假了，可是后来当我看到他白天也无所事事地坐在房间里，有时候玩手机，有时候在电脑上下棋，就感觉有点不妙了。

今天早上我把俏俏送到校车上，回来后发现林太太和林淞都去附近的语言机构学英语了，可是薛居然还没有出门。他似乎也完全没有出门的打算，而是端着一杯水，坐在后花园的凉台上发呆。

"薛，你身体不舒服吗？"我走到花园里问他。

"没有。"

我看到他的头发有点凌乱，胡子一定两三天没有刮了，刺拉拉地长满整个下巴。薛不是一个特别讲究的男人，可也很少不修边幅，这会儿他看上去颓废许多。

"那你这两天休假吗？"

"不是这两天。"薛晃了晃手里的玻璃杯子,神情怪异道,"是我将一直休假了。"

我惊讶地望着他。

他苦笑:"我被裁员了。"

因为利润下滑,今年薛所在的公司调整了财务预算,大刀阔斧地砍掉许多部门。要知道这可不是一个两个地裁员,而是几个部门,数百号员工被连锅端掉。不管你有多么优秀敬业,只要不幸地属于被削减的部门,就没有一点可以生存的机会。

薛很不幸地中招了。最不幸的是,他刚刚被从北京调过来,北京的职位也已经被取代了。

在 IT 领域,工作变动应该是个常态。因为这个领域发展变化太快,作为技术人员,你必须随时面临着项目重组、取消或者变更的残酷现实。可问题是,薛是一名在国外工作的中国人,拿的是一年期限的工作签证。在这一年之内,如果他不能顺利找到工作,便不得不离开加拿大,重新回中国。

"这么残酷?"我听得惴惴不安,无法理解也就一两周的时间,怎么天地完全调转了方向。

"职场就是这么残酷,我早已经习惯了。"

"我听说前一段时间,多伦多有一个华人工程师因为被裁员,把自己的两个上司刺伤了。"我想起前几天读到的新闻,赶紧告诉薛。

薛笑了。他居然还笑得出来?"这个实在太幼稚了。都咱们这个年纪了,起码也有十多年的工作经验,什么样的大风大浪没有见识过? 一个小小的裁员就能把他绊倒,只能说这个人的心智根本就不健全。"

我完全认同,看到薛的心情还好,于是稍微放心一些:"那你现在是怎么打算的?"

"找工作啊!"

"如果一年后还没有找到呢?"我忧心忡忡地问。其实哪里还有一年,薛已经登陆四个月了,也就只剩下八个月。

"怎么可能?"薛笑着站起来,把喝剩下的清水徐徐倒入花圃里的郁金香上。那一片土壤里,已经冒出好多片油亮的郁金香叶子了。

"我好歹也是一流大学毕业的研究生,十多年国际通讯巨头的工作经验,如果连我都找不到工作,我看通讯领域也就玩完了。"他自信满满地说。

我放心地笑了,觉得自己实在是杞人忧天。"那就好,我可不希望少了一位好战友。"我开玩笑道。

"放心,我暂时从你这里搬不走了。"薛苦笑着说,"房子我是买不了了。没有收入证明,也就没法获得银行贷款。不过倒也省心了,买了房子谁帮我打理呢?"

"你太太她们——"

"她们不过来了。"薛自然而然地说,"我现在这种情况,怎么可能让她们过来呢?"

"哦……"我无话可说。不过想想,也是这样。

"只是有一点需要拜托你帮个忙,"薛说着,有些难为情了,"如果晓珑她打电话过来,如果恰好你接了,不要告诉她这件事情,就说我去上班了好吧?"

"为什么?"我惊讶了。

"告诉她有什么用呢?"他微笑着摊开双手,一副无可奈何的样子,"告诉她也不能帮我找工作,只能徒增她的忧虑。我自己的困难,还是自己来扛吧。"

我答应着,内心久久不能平静。花园角落有一株大丁香树,一只黑色的松鼠正在枝头快活地跳来蹿去,不知为何,这一刻我非常羡慕它。

艾美

第十三封信

来加拿大，就是为了合情合法地把孩子生下来

亲爱的朋友：

就在昨天，来自上海的米娜到了。

她是一位非常高挑的中国姑娘，皮肤有点粗黑，长卷发，宽阔的下巴和高颧骨，笑起来的时候嘴巴显得很大很性感。

她到的时候我正好从超市买菜回来。她从出租车里下来，拉着新秀丽的大号行李箱，身上背着一个爱马仕双肩背包，湖蓝色镶水钻，全球限量款。那一刻，我略略吃了一惊，因为从来只在官网上见过这个背包，就连这边的精品店，你也必须提前预订才能看到它的真容。

坐了十多个小时的长途飞机，米娜看上去累坏了。她脸色苍白，双手一直捂住胸口位置，要吐可又吐不出来的样子。我赶紧带她进屋，给她倒了一杯热茶。

林太太正好也回来了，目光锐利地盯着她。我想米娜的年轻貌美和满身名牌在某种程度上令她不舒服了。

我给米娜留了一个小卧室，这几乎是整个房子最差的房间了，朝西

北,阳光不好,而且窗户有点小。但没有办法,我只剩下这个空房间了。

米娜看都没有仔细看,她匆忙谢过我,脱掉鞋子便瘫倒在床上了。我非常同情,想到自己头一次来加拿大,那十多个小时的长途飞行几乎要了我的半条小命。落地时,要不是大春撑着我,我恐怕都没有力气找到住的地方。

我给米娜端了一杯柠檬茶,然后拿了几块自己烤的蛋糕。"谢谢你,艾美。"她躺在床上闭着眼睛说。"没关系,你好好休息吧。"我帮她拉上百叶窗,关上门。看来这位的时差也得倒差不多一周了。

我一出门便和林太太撞个满怀,原来她一直站在米娜的门边看。

"这可不太好。"林太太赶紧把我拉到一边,神神秘秘地说,"这个房客我看你还是趁早打发了吧,她怀孕了。"

米娜在第二天下午睡醒了。当时琼正好在我家,手把手教我烤瑞士卷。不知是不是蛋白打发的原因,我总是烤不好瑞士卷,要么表皮干裂,要么蛋糕发起的程度不够。

米娜走下楼来喝水。她刚刚洗过澡,穿了一身浅灰色的休闲衣,湿漉漉的长卷发被漫不经心地挽在脑后,完全一扫刚落地时的灰头土脸,整个人看上去美丽清新极了。

看到我们打发蛋白,她好奇地凑过来,不明白小小一碗鸡蛋清怎么可能在电动打发器的工作下,渐渐膨胀起泡,最后变成满满一大盆柔软的雪花。

"你以前没有做过蛋糕吗?"琼问她。

看得出,琼有点喜欢米娜。她的时尚、气质、谈吐各个方面都有一种扑面而来的都市感,这和小家碧玉式的琼是完全不同的。

"我以前只吃过蛋糕。"米娜笑起来。

"是啊,我们在国内哪里需要自己动手做蛋糕?好利来、味多美恨不能开到你家楼底下,有自己动手做的工夫还不如下趟楼去买。"我把面粉筛入蛋黄液中,无限留恋地说。

中国移民在加拿大最大的挑战之一就是食物。也许是咱们的中国胃太强悍了,无论如何也很难接受西方食物,如果想满足自己的胃,那就只好亲自动手了。

"自己动手,丰衣足食。在国外,什么东西都得靠自己这双手慢慢摸索。比如烤蛋糕,一开始我连如何打蛋白都不知道,完全就是零基础,硬生生做坏了起码有几十个蛋糕才渐渐有点经验。"琼说着,嘲笑自己,"我就是一个吃货。"

"若不是因为吃货,或许你也在加拿大待不下来。"我打趣她。

这倒是有可能的。琼告诉我,刚来加拿大那会儿,自己成天想念中国,想念亲人,每当想得痛不欲生时,迈克斯便带她去吃各个馆子:印度餐、法国餐、意大利餐、日本餐……当然最多的是中餐。而每当她吃了各国美食后,心情总会好过许多,直到下一次思乡病发作。

"你真幸福,人在国外,有这么一个疼你的老公。"米娜羡慕地说。

"这算什么,你老公也很疼你吧?"琼反问。

米娜帮着琼清洗蓝莓,然后把蓝莓一粒一粒铺到蛋糕上。"我还没有老公呢。"她淡淡地说。

"男朋友总有吧?"

"男朋友也没有。"

"不信,你条件这么好。"琼摇摇头,显然以为她在开玩笑。

"一个女人有没有好归宿,和条件好不好关系不大。"

"那和什么有关呢?"琼饶有兴趣地问。

米娜咬了一粒蓝莓,沉吟着说:"和命运。信不信,命运不是我们可以掌握的。别说婚姻了,哪怕就是出国移民这件事情,很多时候是命运选择了我们,而不是我们选择了命运。"

我心中一动,这个观点倒是头一次听说。不过又何尝不是呢?以前在中国的时候,我从来没有设想过有朝一日会在异国生活,更没有设想过有一天会和两个华人女子在异国的厨房里烤蛋糕,这一切只是因为命运潮水的推动。

晚饭过后,俏俏去地下室的游戏室玩。本来她的游戏室在楼上,米娜来了之后,我便把俏俏的所有玩具搬到地下室,把游戏室腾出来给米娜住。

我正洗着碗呢,俏俏突然跑上来示意我蹲下,然后抱着我的脑袋悄悄耳语:"妈妈,新来的阿姨正在地下室里哭。"

我吓了一跳,赶紧按住她的小嘴:"嘘——不要乱嚷嚷。"俏俏点点头,一蹦三跳地上楼去缠薛了。

我没有下楼看,而是先洗完所有的餐具,然后把灶台擦干净,再顺手把第二天俏俏需要带到学校的午餐包准备好。我知道一个人哭的时候最好不要去打扰,先让她痛痛快快地哭出来吧。

林太太和林淞从学校里回来了,每个人手里都提了一包学习资料。一进屋,林太太又照例夸张地长吁短叹:"年龄大了又去学英语,真是没事找罪受!"林淞没有理她,三步两步冲到楼上自己的房间里。林太太扎上围裙赶紧张罗着做饭。

趁着林太太做饭，我去地下室里看看。

地下室里没有开灯，光线非常昏暗。俏俏说得没错，米娜正坐在角落的沙发里发呆。

我轻轻走过去。看到一个苹果手机放在她的腿上，而她脸上的眼泪还没有干。

"米娜，你怎么了？"

"没什么，"她擦了擦眼睛，把手机放在茶几上。我猜她肯定刚才通过手机和某个男人吵架了。"真抱歉打扰你了。"她说。

"这么客气？"我看着她。

她也看着我，长长的卷发从脖颈一侧搭至胸前，显得脖子和脸形的曲线格外迷人。"有件事情估计得告诉你，我怀孕了。"她说。

"我知道。"我轻声说。

"你知道？"

我点点头。虽然刚来 24 小时，我已经注意到她好几次在吃东西的时候冲进卫生间了。

"已经四个月了。"她下意识摸了摸腹部，那里还是平坦一片。

"你打算怎么办？"我问。

"生下来。"她苦笑着说，"要不然我孤注一掷千辛万苦地来到加拿大干什么，不就是为了合情合法地把孩子生下来？"

哦，原来她来加拿大是为了这个。我有点明白了，安慰她："这也挺好的，越来越多中国孕妇来加拿大生孩子了。"

"我不同。我的孩子有可能是没有爸爸的。"她说着，眼泪又涌了出来。

我不敢说话,也不知说什么好。生怕任何一句话都有可能戳中她内心的伤疤,显然这伤口还是新的。

她无声无息地流泪,把脸埋进双手里。我把手搭在她的肩膀上,那里真瘦啊,瘦得几乎摸得到骨头。这哪里会是四个月的孕妇呢?

"别担心,也别在意。在这里,你选择什么样的生活方式都是正常而且自由的。"我只好这么说。

她哭了很久,似乎放松了一些,哽咽道:"这也是我决定来加拿大的原因之一了。"

"说不定再过两年,你会觉得今天的自己无比明智和勇敢。"我拍了拍她的肩膀,建议道,"要不要上去吃点东西?"

她泪眼蒙眬地摇摇头,微笑起来。这时候我终于明白为什么西方人会更喜欢大骨架的东方女性,因为她们看上去更加刚毅和勇敢,哪怕流泪的时候。

艾美

第十四封信

留学垃圾，你听说过吗？

亲爱的朋友：

我从来没有问米娜的过去。

这么一个才貌出众的女子，几乎在最好的年华，放弃曾经拥有的一切，怀着一个幼小的生命独自飘落异国他乡，那背后的故事一定不是简单的。

我并没有瞧不起她，反而更多几许仰视与钦佩。换位思考一下，我是没有这个勇气的。

可是林太太却不同了，也可能国外生活太单调无聊了，新来的米娜成了她臆想的最好对象，时不时便和我耳语："艾美，你可别犯傻，千万不要相信她的话，这个女人满嘴谎言，我一眼就看出她是一个小三，不知道在国内傍上了哪个大款，想通过肚子里的孩子扶正上位。"

"就是那个'北京遇上西雅图'。不过她是上海人，这里又是渥太华，我看就叫'上海遇上渥太华'了。"林太太鄙夷地说。

因为是"正宫"，林太太有资格痛恨一切小三侧室狐狸精们。她说现在的小三太可恶,还不如以前旧社会的三妻四妾,以前的偏房还得看正房的脸色,可现在呢,整天就想着篡位逼宫,还要把正房赶尽杀绝。

显然林太太看太多宫廷戏了。我笑话她,既然国外这么无聊,不如写一本《甄嬛传》续集吧?

最近几天我睡得有点晚,因为答应为米娜提供饮食。米娜不太会做饭,尤其怀孕期间需要格外多的营养,外面吃饭又不方便,于是问我可不可以提供一些简餐?为此,她开出了一个非常高的价钱。

我答应下来。不是为了赚她的钱,而是因为做饭对我来说本来就是一件容易事,反正我和俏俏也得吃,也就在餐桌上多加一双筷子的事情。

我买了一些孕妇食谱放在橱柜书架里现学现用。估计这会儿所有人都已经睡下了,我于是坐在吧台边,为自己倒了一杯冰酒,然后随便抽出一本看。正翻着呢,突然"咣——"的一声巨响在头顶炸开了,我吓了一跳,立刻意识到是二楼的动静,于是三步并作两步冲到楼上。

令我目瞪口呆的是,林淞的房间门大开着,地上扔了一地的书本和资料,衣服袜子丢得到处都是,一个苹果电脑被摔在地板上反扣着,电脑屏幕还一闪一闪的,微信的聊天提示音像鸟鸣般叽叽咕咕响着。

林太太披着一件睡袍,蓬头垢面,气得满脸涨红。我从没见过她如此震怒的样子,居然这么可怕。

她大声训斥林淞:"天天都叫困,天天都叫累,原来时间都用在这里了!"

林淞看都不看她一眼,手里拿着一根铅笔翻转着玩。

看我进来,林太太赶紧拉住我评理:"艾美,你看看现在的孩子还得了？我和他爸爸不惜血本供他出国留学,我放弃一切陪他来国外读书,可是他呢？居然成天晚上不睡觉,和狐朋狗友们网上聊天,居然还早恋,和国内女同学谈恋爱！"

"妈——"林淞吼了一句,厌恶地制止林太太。

可是林太太却好不容易可以倾诉似的,逮着我滔滔不绝:"你知道吗？我这儿子到现在不能入学,因为英语不过关。我给他报了语言学校,还花高价钱请了一个私教,我这么用心良苦为了什么？不就为他可以赶紧上学读专业,在国内读不下去咱们怨国内教育体制,好了,你在国外读书也读不下去,你让我的脸往哪里搁去……"

"妈你有完没完？"男孩气得额头的青筋都跳了起来。

我赶紧拉住林太太不让她继续说下去,这些话太伤人了,尤其对于青春期的少年。可是林太太却一点儿也不管,也许是自己的压力,再加上对孩子的失望,此刻一股脑儿全部爆发了:"我真是脑子进水了生了你,自打有了你我就没一天轻松日子过,幼儿园的时候你就被老师全园点名批评,上学了你数数多少次被劝退？为了你上学这件事,我和你爸爸求爷爷告奶奶的,脸都丢尽了！好了,现在来到国外了,你还好意思让我继续丢脸吗？我丢脸给谁看,谁在意？我真后悔生了你,真恨不能小的时候一生下来就溺死——"

"啪"的一声,铅笔断了。林淞怒不可遏地丢下铅笔跳起来,用力推开我们,夺路而逃。

他的力气真大,差点把林太太推倒在地。幸好米娜站在林太太身后,一把扶住了她。薛也醒了,试图拦住林淞,可是没有成功。

我们一屋子人面面相觑,只好赶紧去追他。

夜色里,我和薛开着车漫无目的地到处转。现在虽然已经是春末了,可是加拿大昼夜温差大,夜里依然很冷。

我记得林淞只穿了一件短袖 T 恤,一条薄薄的睡裤。"这么冷,林淞千万别冻病了。"我说。

"放心,男孩子比你们想象中坚强得多。"薛一边开车,一边说。

"就他妈妈那张嘴,多坚强的孩子也被骂蔫了。"

薛的眼睛直视前方道路,笑而不答。作为男人,他显然不愿意评价另外一个女人。

"留学垃圾,你听说过吗?"薛换了一个话题,问我。

"什么?"

"我出国前和一个英语培训学校的校长吃饭,他告诉我这样一个词:留学垃圾。他说现在中国孩子出国留学的年龄越来越小了,心智根本就不成熟,有很多还是在国内学不下去的,仗着家里有点钱办出去留学,可是出国后,语言不通,文化不通,听课听不懂,作业做不成,于是这些中国孩子就混在一起,逃课找枪手代写论文,沉溺网络,有的还染上毒品。现在的中国留学生已经完全不是当年的模样了。"

我听得心里一阵阵发冷。"林淞绝对不是这样的,起码他有妈妈陪伴着。"

"让一个不成熟的妈妈陪伴,还不如自己单枪匹马闯天下。"薛不屑地说,"孩子大了就应该放手,你们觉得是陪读,可孩子成天像被看管的囚犯似的,一举一动都在妈妈眼皮底下,这样的男孩子能长大吗? 尤其在这样一个强调独立的国度里,这样的男孩子能不自卑吗?"

我惊讶地看着薛，不得不承认，虽然我自诩为一位合格的妈妈，可是这样的亲子问题，我可从来没有思考过。

大半个小时后，我们终于在公园里找到了林淞。当时他正独自坐在足球场的守门处，小小的身影陷在巨大的绿茵场上，如同一只孤独的小蚂蚁。

我走过去，足球场上的绿草长得可真好，脚踩上去如同踩着一大块柔软的地毯。薛没有跟过来，而是坐到一张椅子上，点燃了一根烟。

他抽烟了？

我来不及深想这个问题，而是快步走到林淞身边坐下。"阿姨。"他很有礼貌地喊了一声。其实这个男孩已经比我还高了，此时恭恭敬敬地喊"阿姨"，真令我有些难为情。

"别怪你妈妈，好吗？她只是着急。"

"我不怪。"

"所有的妈妈都是爱孩子的，你妈妈更爱你。"

"是，我妈爱我。"男孩说着冷笑起来。夜色中，我看到他脸部清秀的侧面，如果在国内参加快乐男生选秀节目，说不定也是一位潜力选手呢。

"我妈爱我？不如说她更爱的是她自己。"他慢慢地说，慢慢地揪着草。

这话我可不赞成了。"这就不对了，她如果爱自己，怎么可能花这么大的代价送你出国读书？还放弃一切到国外陪伴你，照顾你？"

"就是这样，我才觉得她更爱她自己。"男孩说，"我根本不想出国留

98

学,她问都没问就给我办了出国。好吧,出国就出国吧,可她为什么还要陪着我,吃穿住行都管着,让我感到天天受监视似的,还美其名曰'牺牲自己,为了下一代'?"

说实话,我着实被震住了。同样作为妈妈,我只知道"做",很少去问问孩子的感受。我只是一厢情愿地认为对孩子好,可是孩子的内心究竟怎么想,我怎么从来没有认真考虑过? 我听见林淞还在继续说:"我真的不喜欢出国,不喜欢学英语,我在国内有那么多朋友,那么多事情要做,为什么非要来国外读书?"

"既然不想来,那你为什么不抗议?"我问。

"抗议过,可没用。我妈说我年纪太小,思想不定型。"

"你妈的确也是为你好,"我好言相劝,"她也是希望给你提供最好的教育,让你顺利成才。"

"嘁!"男孩鄙夷道,"她自己成不了材,就强迫我成材?"

我被这一句话噎着了,想了想,不甘心地继续劝:"好吧,就算你不想,可看看你现在,起码不用像以前的留学生那样,靠打黑工挣钱,吃不饱穿不暖,连给国内家人打电话都舍不得。可你妈妈在冰天雪地的加拿大陪着你,照顾你,不让你受一点点苦。若不是她的牺牲,你怎么可能这么舒舒服服地生活,安心读书呢?"

林淞有点厌倦地皱起眉头:"你们所有人都说我妈的牺牲、牺牲,显得她多伟大似的。可是她牺牲什么了? 她在国内不也天天打牌逛街做美容的,怎么到了国外就成了牺牲了? 算了吧,别给我扣这个帽子,我承受不起,牺牲了她的吃喝玩乐。"

我真有点无话可说了。现在的孩子,有着令我吃惊的敏锐与深刻,直率得吓人。我突然在想，我们是否也在重复上一代的老路，渐渐变得与孩子们鸡同鸭讲，形同陌路起来？我更加恐惧的是，身为"陪读妈妈"的我们，这一场跨越千山万水的全心付出，到底是自私还是无私，是勇敢的前进，还是无奈的逃离？

这些问题，让我头疼。

艾美

第十五封信

没有衣锦，返乡的路在哪里？

亲爱的朋友：

打是亲骂是爱，林太太和儿子当然很快又和好如初了。只是不知道是否因为感觉吵架丢面子的原因，没过多久，他们一家就搬走了。

通过房地产中介，林太太在靠近大学的地方买了一座独立屋，价格不菲。林太太说，她打算陪林淞到读大学，如果儿子顺利考上大学，房子就算提前给儿子留下来的产业。但如果没有，她也可以把房子卖了赚钱。

这就是中国父母的思维，极端精明，可对孩子却倾其所有。

分别的时候，林太太亲密地拥抱我："艾美，别只顾着干活，咱们都要幸福啊。过了30岁，女人说老很快就老了。"

她送了我一个礼物。一个精美的心形粉色礼物盒，用银丝带扎着。"等我走了再看，"她眨了眨眼睛，"有一天，你会感谢我的。"

是吗？我现在就挺感激她的，付了这么多天的房租。

等她走了，我坐在客厅里打开礼物盒，里面塞满了暧昧的粉色装饰纸,一个粉色柔软的男性性器官赫然出现在眼前。当然是硅胶的。

我吓了一跳,差点失手把盒子扔到地上。幸好没有人看见,我赶紧捂着它跑上楼,把它丢到衣柜的最里面。面红耳赤。

林太太母子搬走后,房子里突然安静了许多。薛和米娜都是安静而且极有修养的人,我们几个彼此谦让,又彼此关照。薛喜欢动手,一旦有空就帮我做些敲敲打打的小活,比如修水龙头,贴瓷砖,安装从宜家买来的家具。而米娜则不知不觉中承担了晚上陪俏俏读书的任务,她的英文发音非常标准,也特别喜欢读一些文字优美的英文散文。每天晚上临睡前,俏俏总是钻进她的被窝里缠着她一起读书。

不知是不是米娜的功劳,上周学校开家长会,老师居然告诉我,俏俏的英文进步非常快,很有语言天赋。

我非常感激这两位房客的陪伴,尽可能提供更好的条件让他们感觉"宾至如归"。最近我给薛住的房间里配了一个非常昂贵的纯羊皮电脑椅,也给米娜换了一套从国内背来一直没舍得用的高档桑蚕丝被褥。琼笑话我做赔本生意,大春则经常提醒我"生意就是生意,不要投资感情"。我承认他们说得都对,可说来奇怪,我并没有觉得自己在做什么生意。佛说,百年修得同船渡,千年修得共枕眠。跨越了大半个地球,我们几个原本陌生的中国人又在这个小小的白房子里共同生活,这是多么大的修行?

即便他们都是房客,早晚会有一天离开再不回来,我也依然忍不住会顺手给薛端去一杯刚刚榨出的果汁,亦会在逛超市时顺手帮米娜买回一个婴儿奶嘴。我没觉得这是什么感情投资,只是一个自然而然的反应。

亲爱的朋友,我知道你一定见过郁金香,可你听说过郁金香节吗?

可以说,郁金香节是渥太华每年最盛大的节日之一了。每年5月,渥太华河边的数万头郁金香次第竞放,五彩斑斓的花海延绵几公里,如同春末的狂欢以及盛夏的前奏。

这个周末,我们也来凑热闹了。此时正是花开的旺季,多数花头还像酒杯那样拢着,隐隐约约露出娇嫩的花蕊。这是观赏郁金香最好的时间。再过几天,如果花苞盛放,渥太华毒辣的阳光会立刻令其发蔫失色,很快便凋谢了。

和日本樱花一样,渥太华的郁金香也美得惊心动魄。可是也就两周的花季,那繁花美景倏忽就不见了,错过花季的你,只好久久惆怅。

迈克斯告诉我们:渥太华是没有郁金香的。渥太华的所有郁金香都来自荷兰王室的馈赠。二战期间,备受德国法西斯蹂躏的荷兰危在旦夕,而加拿大士兵则从海上登陆荷兰,和当地士兵一起抵抗德国,最终赢取胜利。而战争期间,荷兰公主流亡加拿大受到政治庇护,战争胜利之后,公主顺利返回家乡。为了表示感谢,从那时起,荷兰王室便开始向加拿大赠送郁金香,至今已经成为一个美好的传统。

"要知道,加拿大人在荷兰可是很有地位的。"迈克斯绘声绘色地给我们讲着,"我年轻的时候去荷兰旅行,到酒吧里喝酒,一看我是加拿大人,老板立刻不收我的钱,到处都有人争着请我喝酒。"

"迈克斯,我怎么从来没有听你说过呢?"琼笑着揭发他。

显然,迈克斯是一时兴起做美梦了。也是,春光明媚,碧波荡漾,一眼望不到边际的郁金香花海比大海还壮阔,金红色的像火焰,明黄色的像蝴蝶,还有白如雪,高贵紫,热烈橙……大自然几乎把所有强烈的颜色都泼洒过来了。

此时正是上午,游人如织。我怀疑渥太华全城的人都出来看花了,因为登陆这里一年多以来,我从来没有见过这么多人。

俏俏和汤姆手拉手在草地上奔跑,我和琼慢慢走在花圃之间的小道上,小心避开拍照的人群。我听见身后的迈克斯正在指点薛一些面试技巧。

已经一个多月了,薛投出了上百份简历,可是居然连一个电话约见都没有。要知道,薛已经非常努力了,他参加了好几次求职讲座,按照专业的要求多次调整简历,一个人对着镜子练习最地道的面试英文,就连迈克斯都帮他做了两次推荐。

可是全部都石沉大海。

薛已经有点着急了。此时分明置身于姹紫嫣红,可是他却无心观花,皱着眉头听迈克斯的分析。迈克斯说:"薛,不管碰到怎样的情况,你绝不能对自己失去信心。要知道,加拿大是一个多元文化国家,这种'多元文化'也渗透到各个商业公司里。比如人力资源招聘,它一定会根据人种设置出不同的比例配置,比如印度人占几成,穆斯林占几成,黑人占几成,亚洲人占多少,这么分配之后,表面看是文化多元了,但实际上却是对才华的很大挤压。比如中国人,哪怕你很有才华,可如果公司的亚洲人比例已经满额,你就再没有机会了,不得不败给一个各方面都不如你的穆斯林。你说公平吗?从政治上看很公平,但从才华上讲,它是极

104

大的不公平。"

"哦,难怪如此。"薛明白了,表情有点放松了,"我觉得自己再差也不可能差到连一个电话约见的机会都没有。"

"永远、绝不能说你自己差。"迈克斯正视着薛,目光炯炯有神,"任何时候都要对自己充满自信。你这么优秀的一位工程师,只需要做好准备。要相信上帝一定会在最好的时刻把幸运给到你。"

薛紧皱的眉头终于释放了。他望着面前无际的花海,感叹道:"渥太华真美啊!"

"当然。渥太华是世界上最美丽最包容的城市。你看这些来自荷兰的郁金香都正在盛放,你这位来自中国的软件工程师就不能盛放吗?"迈克斯笑道。

这个比喻令我们所有人大笑起来。因为薛的放松,我感觉内心有一小块紧紧攥着的部位也放松了。

但是有一点迈克斯是不明白的。薛是无论如何不能和郁金香对比的,因为上帝给他的时间并不多。他只有八个月,不,甚至不到七个月的找工作时间了。

中午我们坐在草坪上野餐。

琼带了野餐毯和好多样头天晚上准备好的食物:寿司卷、蛋糕卷、三文鱼三明治、蔬菜鸡肉沙拉,她甚至还从花园里摘了一把薄荷,塞进保温桶里,然后注入热水,等水温凉之后,她又加入自家农庄的枫糖和姜汁。

虽然已经嫁来加拿大多年,可她依然无法适应本地人吃冰的习惯,走到哪里都要带上热水。

她问我米娜为什么没有来看花。

我说米娜最近注册了一所大学,选读护士专业,全是网上课程,本来两年的课程她决定一年之内读下来。因为选课太多,她不得不每天好几小时在图书馆里通过电脑上课。

"她是一个强人。"我说着,喝了一口琼带的薄荷姜茶,感觉淡淡的辛辣之后,是悠长的甘甜。

琼点头称是。因为生活优渥,她根本用不着重新回到校园里苦读专业找工作,甚至不用像我这样去语言机构学英文,自己的先生迈克斯就是她免费的英文老师。所以功利一点来讲,对于女性而言,最便利的出国方式就是嫁人了。

"要不你也帮米娜介绍找一个?"我热情地建议道。

"我不敢。"

"为什么?"

"并不是所有的跨国婚姻都是幸福的。"琼说着,给我讲了一段故事。多年前,一位广西小姐妹和她一起通过中介公司嫁来加拿大。当时琼心灰意懒地选择了迈克斯,而那位姐妹则选择了一位家境富有的公子哥。当时,那位公子哥在中国教英语,两人一见钟情。如果说琼的婚姻多少有点不搭配,可是那位小姐妹的婚姻则无疑是郎才女貌,天作之合。他们在国内举办了盛大的婚礼,那美好的场景和浓郁的异国情调成为许多女孩的梦想佳缘。

可是姑娘一来到加拿大便傻眼了,自己英俊的老公在本国根本没有什么正经工作,家境富有是个事实,父母在渥太华的富人区拥有价值百万的房产,可是这和孩子们有什么关系呢?在许多加拿大的家庭中,孩子一旦 18 岁便离开家庭,父母如果在经济上给予支持那是"慷慨",如果不给则是天经地义。

她的公婆便不给,不仅分文不给,而且对于这门亲事有些生气。因为他们家族有法国血统,虽然嘴上没有说,可是父母内心里依然想保持血统的纯粹与高贵。儿子招呼都不打一声带了一位东方女子回家,这对于父母而言,不仅是失望,也是不尊重。

和所有的中国女子一样,这位姑娘勤劳而且坚强。在渥太华,她去健身俱乐部靠当游泳教练养家糊口。可是她那位加拿大帅哥先生却一直懒得上班,甚至在妻子怀孕生女之后,也不愿意出门挣钱,而是上网约见网友,最终染上了毒品。

这位姐妹只好离婚,带着孩子重新生活。有一天半夜她给琼打电话,说自己正租住在一个地下室里,女儿睡着了,夜深人静中,她听到老鼠正在偷吃桌子上女儿的零食。她不敢开灯,只好紧紧抱着女儿的身子哭泣。

"她为什么不回家,回中国呢?"我听得唏嘘不已,一位中国女子抱着孩子在满是老鼠的地下室里瑟瑟发抖的身影像画面一样浮现在我的脑子里。

"她不愿意回。"

"为什么?"

"尤其像我们这种靠嫁人过来的中国女人,既然留给家乡一个风风光光的回忆,就想让那回忆一直风光下去。外面的生活,再苦再累再心酸,打碎了牙齿也要吞到肚子里。衣锦还乡,衣锦还乡,没有衣锦,返乡的路在哪里?"

琼说着,拿起一把餐刀切奶酪。我看她把又黏又硬的奶酪切得薄如纸片,再把奶酪片夹到每个三明治里,不明白一双如此灵巧的双手,那背后曾经有过多少寂寞时光的练习?

不知为何,置身在这浩瀚的郁金香花海里,耳边响彻着悦耳又陌生的英文,我感觉自己的内心失落极了。

艾美

第十六封信

我理解他，可是谁理解我呢？

亲爱的朋友：

不知道你喜不喜欢古龙？我是喜欢的，喜欢他的豪迈悲情，更喜欢他的深邃凝练。我尤其喜欢他在《离别钩》里的一句话：离别，是为了更好地相聚。

最近，我经常想起这句话。其实对于我们这些漂泊在外的游子来说，远行，也是为了更好地回家。

昨天在朋友圈里看到这样一句话："没有钱，你拿什么维系你的亲情，稳固你的爱情，联络你的友情，靠嘴说吗？别闹了，大家都挺忙的。"这句话几乎快把我惊呆了，如果此言成立，那么没有钱的人，就不能享受亲情友情和爱情了？那些在国外没有暴发的华人，就没有脸回国了？

虽然琼一直不敢回国，但是最近却不得不回去。她大姐的女儿今年结婚，正好又赶上琼的妈妈八十大寿。一大家子人终于说服了固执的父亲，邀请琼无论如何回趟国，这难得的喜上加喜时刻，全家福里不能少了一个人。

本是喜事一桩,可是琼却非常犯愁。10 年没回家了,她不知道应该以怎样的面貌回去。她花了大价钱烫头发,去了从没敢进去过的美容院做美容护理,磨了皮肤,还用激光消除了两块晒斑。就为这两块若有若无的斑,她几乎刷掉迈克斯一半的月薪。她说,绝对不能让朋友们猜到她在国外生活辛苦,要让所有人以为她一直在享受生活。

迈克斯给了她一个无限额的信用卡让她给家人买礼物,于是琼几乎天天拉着我奔波在各个购物中心奢侈品店。10 年的缺失,尤其又生活在发达国家,普通的礼物她是拿不出手了,起码也得是一线大牌。

今天,琼又让我陪她去里多购物中心买 Chloe 红色小猪包。

"什么是小猪包?"我奇怪地问,真是闻所未闻。

"我也不知道,我外甥女指名要的,她说大明星高圆圆都在背。"

我啧啧称叹。虽然生活在名牌遍地的北美,可是我们对于奢侈品牌的认知还没有国内一个小女生多。

除了小猪包,琼还要买一双 AIR JORDAN 限量版篮球鞋,还必须是 2016 年最新推出的"公牛"系列。不用说,这是一个侄子开出的礼物单。

我看着她大包小包地往车里放,心里猜测,这家人这个月估计只能啃面包了。

周末一大早,琼带着汤姆还有大包小包的礼物起程了。她化了妆,穿着一件 MK 的长款薄风衣,戴着一副香奈尔太阳镜,浓密的卷发披散在肩头,看上去突然成熟许多。

"琼,你现在真的成了衣锦还乡的归国华侨了。"送行时,我打趣她。

她摘掉太阳镜,居然很大的两只熊猫眼,脸色也没有以前好了。"别

110

笑话我了,我已经好几天没睡着觉了。"

"为什么?"

"回家恐惧症。"迈克斯笑道。

"是的,我太紧张了,越到出发前越紧张,现在一个劲地想上厕所。"

"琼,你为什么这样紧张?"我奇怪地问,"不管你是怎么样一种状态,你的家人都是高兴的,毕竟你们是亲人啊。"

"可是我希望他们满意。如果我的状态不好,他们会很失望的。"

"绝对不会,你想太多了。"

"我忍不住不想,时间太久了,我对很多事情不确信了。"琼心事重重地说,突然看到迈克斯抱着汤姆冲进卫生间,于是赶紧追了过去。

小小的汤姆正趴在马桶上呕吐,瘦小的身子痛苦地缩成一团。

"怎么回事?"我惊讶地问。

"他的呕吐症又发作了。"迈克斯说,扭过头冲我们摆摆手,"没关系,上飞机前记得给他吃药就行。"

琼告诉我,汤姆属于极其敏感的孩子,一旦碰到情绪紧张、压力过大的时候就会出现呕吐症状。她怀疑自己的紧张情绪传递给了孩子。

把琼送走之后,我回到家里做园艺。渥太华的春天特别短,也就不到一个月的时间,所以留给人们做园艺的时间也就短短一个月。如果你想犯懒不干活,那么错过这一个月之后,你就等着被园子里的蚊子像轰炸机般袭击吧。

我打算把花园里的一株老玫瑰移到凉台向阳的位置。因为这株玫瑰已经老了,而且被栽种在一株日本红樱下面,成日见不到阳光,这两年只长叶子不开花了。琼告诉我，开花的植物都是喜阳的，必须接受充分的日照。

我拿了一个铲子和铁锹去挖玫瑰。土壤很硬，我费力踩下铁锹，听到"咣——"的一声，铁锹撞击到岩石上。我扒开土壤一看，原来里面全是碎石。我叹了口气，蹲下去用铲子挖，用刨子刨，好不容易挖出一个小坑露出玫瑰的主根，可那主根几乎和俏俏的胳膊一样粗。这是上个世纪种下的玫瑰吧？老得简直要成精了。

阳光很毒辣，我涨头涨脑地挖着坑，感觉浑身都湿透了。许许多多小蝇虫被汗水吸引，纷纷扑到我的身上来。我不停地打着，真希望现在有个摄像机可以把我拍下来，然后把这段视频公布到网上，看国内那些成天叫嚣着"花园梦"的城市人还有没有勇气要一个花园？

不知道挖了多久，渐渐的，我的双手被磨出了好几个血泡，浑身也被玫瑰的尖刺扎得遍体鳞伤。主根终于越来越清晰地出现了，我放下工具，使出吃奶的劲抓住那粗壮的根往外拔，吭哧吭哧……我憋足气和老玫瑰僵持着，可最终还是手一滑，一屁股坐在草坪里。

几个尖硬的大刺划过我的胳膊，双臂立刻鲜血淋漓。可老玫瑰呢，依旧纹丝不动。

我沮丧得几乎要流泪，只好放弃打玫瑰的主意，回到房间里包扎伤口。包之前，我拍了一个照片，把流血的双臂发给大春看。

"你快来吧！"我写道。

"怎么了？"过了一会儿，大春回复了。已经快12点了，他居然还没有睡觉。

看到他的头像，我突然变得像孩子般委屈，眼泪不争气地涌了下来。

"刚挖玫瑰受伤了。"

"你好端端地挖玫瑰干什么?"

我知道他一定是这个态度,他不明白我为什么要在初春时买来上百袋黑土撒到草坪上,不明白我为什么要去买油漆刷楼梯,不明白我为什么要顶着毒辣辣的太阳去种花……

此刻我不想和他争论。反正他快过来了,我打算带他去看看琼的菜园子,那个几乎有游泳池般大小的菜园子里种满了番茄、黄瓜、辣椒、草莓、南瓜、丝瓜……那瓜果丰美的盛况,不知能否让他联想起琼是怎么样运来一袋又一袋黑土,又是怎么样顶着烈日浇水施肥捉虫的?

子非鱼,很多事情都是鸡同鸭讲。

"你的机票订好了吗?"我问他。

"俏俏呢?"

"去同学家玩了。"

"你的胳膊没事吧?"

"没事。"

"你那么忙,就不要没事找事了。"

哦,原来我这是没事找事。好吧好吧,我暂不理论,问他:"现在的机票应该挺贵吧?"

过了好半天那边都没有回复,我以为他有事暂时离开了,于是我去厨房给自己倒了一杯水,信手翻了翻当日的报纸。等我再次拿起手机,发现那边还是"正在输入中……"

等了好久好久之后,我赫然看到大春给我发来一句话:"我估计过不去了。"

"为什么?!"我惊得立刻拨通了他的电话。电话那边,他的声音非常困倦,感觉迷迷糊糊的样子。也是,国内快 12 点了。

"老婆真抱歉,我最近过不去了。"

"为什么? 我把你的一切都准备好了,牙刷、拖鞋、枕头、杯子……我还预订了去迪士尼的游轮和门票——"

"退了吧,要不你们两个去玩?"

"到底为什么?"

"有个投资人突然撤股,搞得我融资一个项目很不顺利,我现在一天也不敢走开,生怕再出什么乱子。最近这段时间真的挺特殊的,抱歉,你多多理解吧。"

我理解他,可是谁理解我呢? 可是他是百万千万的项目,而我只是种不好花,管不好园子,修不好车库门,我当然应该理解他了。

"那……那你什么时候过来?"

"看情况,等把这段时间的事捋顺了就过去。"他说,过了一会儿又加了一句,"再说,我也挺想你们娘儿俩了。"

我简直要哭了,可是哭有用吗? 只能惹他包括我自己厌倦。我不知道自己是怎么结束电话的,只记得自己一直怔怔坐在花园里,突然对着满园芳菲失去了兴趣。

艾美

第十七封信

我想我是进入移民心理"困惑期"了

亲爱的朋友：

你最近的心情好不好？

我最近的心情糟糕透了。

我想我是进入移民心理"困惑期"了。出国移民之前，大春带我去参加一个移民心理讲座。心理咨询师告诉我们：新移民在登陆加拿大之后，除了生活上的变化，心理也会发生一系列变化。比如第一个阶段，即头一两年是移民兴奋期。刚到一个全新的环境，移民们的心理通常都是兴奋的、好奇的、热情高涨、充满希望的。可是这个阶段过去之后，一切见怪不怪，一切新鲜也变成了习以为常，语言、文化、风俗的障碍就明显凸显了。因为找不到工作，看不到发展方向，许多移民就开始产生自我怀疑，困惑、怀疑、纠结甚至痛苦，甚至有些人开始打退堂鼓。这被称为移民心理第二个阶段：困惑期。

当大春告诉我他不来了之后，我突然觉得很多事情变得毫无意义。我懒得种花，懒得收拾草坪，懒得学英文，甚至连家庭旅馆也不想做了，一连拒绝了两个预订房间的邮件。我每天只是机械地做饭，送俏俏上学和上各种辅导班。今天和昨天的一个样，明天和今天也一个样……下个月和这个月也不会有什么区别。

除了花开了草长了树叶茂密了，我几乎看不到时光的流逝。有时候早上站到洗碗池前，几乎眨眼之间，晚上又站在洗碗池前了，而早上洗过的碗还没有干透。每周末带俏俏去上钢琴课，走在同样的道路上，我经常会有一种错觉，仿佛这个星期就是上个星期，而上个星期又和刚开始学钢琴时没什么两样。

每天都是一样的。这种一成不变的单调生活，让我感觉越来越窒息。

我告诉米娜大春不来的事情，她若无其事地说："正常。"

我不知道这个"正常"意味着什么。是指他明明口口声声说着要来却最终没有来正常，还是指他本来也没打算要来所以最终不来当然正常？……

唉，我把自己绕晕了。

最近，家附近开了一个中国大型超市。这可是个好消息，房产中介们纷纷说，伴随着中国超市的开张，这个社区的房价将会上涨起码三成。

因为中国超市将会吸引大量的华人搬家过来，华人多的社区带动好的学校，好的餐厅，好的商业气氛，而这些配套也将反哺整个社区，拉升房价，令每个社区居民受益。

对于房价我并不在意，只在意中国超市有没有淡水鱼卖。来加拿大这么久了，一直没有吃过淡水活鱼，于是这天午饭过后，看那天空蓝得诱人,我约米娜一起到新开的中国超市买鱼。她已经怀孕五个多月了,依然还是很瘦,但小腹已经微微鼓起来了。

她穿了一件淡灰色宽松格子衬衫,一条瑜伽弹力裤,光脚夹着一双人字拖。我觉得女人个子高挑真有优势,再普通的衣服到她身上也是大牌范儿。其实那条裤子是在沃尔玛打折时买的,合人民币才二十几块钱,至于鞋子更别提了,估计就是买什么东西的赠品。

她没有背包,只是手里提一个白色环保布袋。我突然想起好多天没有见她的爱马仕背包了,于是问:"你怎么背这种袋子了,你的蓝色包呢?"

"镶钻那个?"

"嗯,爱马仕的。"

"我卖了。"

卖了?我惊讶地看着她。她笑了:"这边的二手市场真发达。我上周刚贴到 KJJ 网站上,立刻就有几个人要买,卖的价格还不错,比我想象中好多了。"

我突然想起她脖子上的一条蒂法妮锁坠钻石项链也不见了,还有配套的耳环。"你卖了不止那一样吧?"我问她。

"是啊!"她反倒很开心地说,"卖了五六样呢,够我一整年的生活费了。"

我差点说"不要卖",可是想了想又把这句话吞回肚子里。米娜因为怀孕目前没办法工作,当然刚刚登陆一个多月,也不可能去挣什么钱。她需要付房租、吃饭,还需要付学费,付昂贵的公交费,没有钱怎么可能活下去?

可是,难道她没有一点点国内积蓄吗？她到底经历了什么?

到了超市,我们又一次被震到了。因为今天并非周末,可超市里依然人满为患,除了中国人,白人居然也很多。他们拿着冬瓜、萝卜这些传统的中国蔬菜好奇地打量着,向身边的中国人反复咨询着菜谱。

推着购物车,我买了老干妈辣椒酱、南乳花生米、糯米鸡、汤圆等,米娜挑了新鲜腐竹和东北云耳。前面有一条长长的队伍,估计是试吃某种食物的,一时好奇,我们放下推车也排进队伍中。

等到快轮到我们的时候,我才发现原来是中国煎饺。本地人很喜欢中国的饺子,尤其煎饺。试吃的人非常多,不少人吃了一个还要第二个,那个做煎饺的先生忙得脚不沾地。

他穿着一袭洁白的厨师衣,戴着一顶高高的厨师帽,手脚麻利地把一袋冰冻饺子打开,一个一个摆放在刷了油的不粘锅里,略略生煎一下,再打开锅盖往里面注入一点清水。趁着煎的时候,他又拿出一根食物温度仪插入之前煎好的饺子里,看那温度合适,于是用刀子把煎饺一剖为二放入纸杯里,然后双手托着一一分给大家吃。

他的脸上挂着礼貌而略略讨好的笑容,用英文问大家试吃的感觉。一对白人夫妇冲他竖起大拇指,并且当即买走两袋饺子,他感谢得立刻弯腰下去。

当他把煎饺送到我面前时,我的眼眶有点湿润了。

是薛。

薛也万分惊讶地看着我,我们尴尬地四目相望。幸好米娜伸手接过薛做的煎饺,笑道:"薛,真没想到,你居然还有两下子?"

"是啊,你们想不到的事情多了,以后慢慢发现吧。"薛笑着说。

我也回过神来,尝了一口煎饺,味道很不错。"你这个家伙太神秘了,偷偷摸摸跑来超市打工居然也不告诉我们一声,是不是害怕我们拜托你下班后帮买打折菜回去?"我调侃他。

他爽朗地笑了。看到身后长长一串等吃的队伍,赶紧又回到操作台边忙碌了。

"晚上再说。"他冲我们眨眨眼睛。

说来惭愧,薛什么时候开始打工的,我居然一点儿印象都没有,也真够粗心大意了。不过仔细想想,他最近确实经常不在房间里,有时候走得很早,有时候回来得特别晚。我一直没有多问,以为他出去找工作了。

傍晚下班后,薛告诉我,他一直在找工作,既然这个超市急需用人,而且又离住的地方很近,每天权当锻炼身体过去劳动一会儿,不仅练习英语了,还可以领取工资,他觉得挺棒的。

他尽量用一种轻松的、调侃的语气跟我说这件事情。"你看这里的总理小特鲁多以前也在超市打工,还干过麦当劳服务生,用脑太久了,做做体力活,算是一个调整。"

我没有瞧不起蓝领,尤其在加拿大的土地上,蓝领拿的工资有可能比普通白领还要高。可是如果你要因为这个原因认为蓝领是一桩美差,那就大错特错了。要知道干蓝领的人通常都是人高马大的黑人兄弟,要么就是来自拉美的墨西哥壮汉。有一次我从商场买了一个实木柜子,送货的黑人汉子居然像抱玩具似的,把那重达几百磅的大柜子像玩具般抱起来,我看得简直目瞪口呆。

在北美,我们羸弱的亚洲人很难做得了蓝领,光从体格上便被判了死刑。于是我们通常也只好扬长避短,在计算机、会计、统计等领域大放光芒,也因此形成了"中国人数学好"的普遍思维。

薛讲得轻松无比,甚至下班后,经常绘声绘色地给我们模仿起超市内部的段子。他说熟食区有一个本地黑人非常下流,每次用推车推面包的时候,总会用推车的轮子故意去撞身边的同事。上司还真拿他没办法,因为他属于残疾人,一只眼球是假的。当他肆无忌惮地横行好多天后,终于被一个火暴脾气的穆斯林大哥打了一顿。他也不敢投诉,因为最近一段时间新总理上台,穆斯林的地位可比残疾人的地位还要高。

他还讲了一件趣事:一位60多岁的中国大妈染了头发去应聘,招工的经理看她一副老实善良相,于是安排她去收银台收银。可是等到上了班才发现这位大妈满头白发,脑子糊涂,连最简单的算术都算不过来。怎么办,又不可能辞退,否则大妈便告经理"年龄歧视",于是只好把大妈打发去蔬果部,每天择择菜聊聊天,也算是人尽其用了。

……

这些生动的段子每天都把我们逗得捧腹大笑。

但是,我再也没有去过那个超市。以后无论多远,我也宁愿开车去别的地方买菜,不想看到薛那一脸讨好的笑容。

艾美

第十八封信
渥太华猪排节

亲爱的朋友：

今天一大早，我收到了一个 UPS 发来的国际快递，打开一看，是一个施华洛世奇的水晶手镯，银色的真皮镯面，上面镶满了水晶，还有一只经典的水晶天鹅吊在搭扣处。

真是美翻了！

是媛媛快递给我的，祝我 36 岁生日快乐。一张精美的生日卡片，上面用银蓝色的笔迹写着：

"20 多岁的时候，我们觉得 30 岁已经老了；30 岁的时候，我们觉得 40 岁没法活了。可是妞儿，你还是这么美，一如我们初次遇见。36 岁的你给我信念，原来岁月是用来拥抱的。

"不光生日，每天都要快乐，记得我会监督你。"

我反复看着这张卡片，然后又把手镯戴到胳膊上，那只晶莹剔透的小天鹅被阳光穿透，宛若水滴。

我喜欢极了，于是把胳膊举起来，拍了一个照片，然后发给媛媛。

没想到,她也立刻发给我一个照片,是她的胳膊,手腕处有一个一模一样的水晶天鹅手镯。

"?"我惊奇了。

"我上个月去香港出差,看到店里卖这个手镯,正好剩下两个了,所以我就全部买下来,你一个我一下,戴上就不许摘下来了,以后走丢了还可以靠这个认出来。"

"好主意。我太喜欢了,谢谢你。"

"我知道你一定会喜欢的。"媛媛说,"因为我也一眼就看上了。"

这倒是实话。虽然个性不同,但我和媛媛在很多方面都一样:都喜欢吃米线,喜欢穿雪纺长裙子,喜欢看科幻电影,喜欢三毛和彼德·梅尔,不喜欢《简·爱》却喜欢《呼啸山庄》……唯一不同的,是我们在对异性的审美上。

我喜欢学者气息的男人,而她更喜欢气场强大有商业气质的男人。十多年前,大春还是一名从中科院刚毕业没多久的研究生,戴着眼镜,穿着圆领 T 恤和卡其色西裤。我介绍大春给媛媛认识,她一副痛心疾首的样子:"这人是农村的吗,怎么穿皮鞋配白袜子?"

当然她也带过很多男人给我看,我也没一个看得上眼,总笑话她:"戴着珍珠给猪看。"

但是这一点儿也不妨碍我们的亲密。每当她失恋时,我会陪她一起骂那些狗男人,当然每当我和大春生气时,她温暖的小窝也是我永远的避风港。在这一刻,我无比想念她,想念我们在北京一起泡过的酒吧,一起淘过的书摊,一起在各个胡同里吃过的米线小馆。

"我好想和你一起逛街啊!"我告诉她。

"我也想啊!"她说,"你走之后,我几乎不逛街,天天也就是淘宝了。"

"干吗不找别人?"

"懒得找,不习惯。"

衣不如新,人不如故。其实我也一样,虽然在渥太华我也很顺利地结识了新朋友,比如琼、米娜,可是不知为何,总没有和媛媛在一起时的放松酣畅。也可能我们亲眼见证了彼此的成长,那些眼泪和欢笑,那些糗事和小小的得意,甚至那些自私和刻薄……因为共同走过,所以就有了亲人般的放心依赖。

"这样我就放心了,否则我会妒忌。"我开玩笑道。

"哎呀太专制了,你现在被老公孩子宠爱着,孤苦伶仃的我多交几个闺蜜都不行?"她也笑了。

"快别提了,我老公可不在。"

"大春没过去? 他居然敢?"

"敢啊。他说他的投资人撤股,最近公司有点动荡,自己一天也不敢走。"

"是的,他最近融资一个新项目,有点不太顺。"

看来媛媛也知道了。"你们最近见过面?"我随口问。

"没有。"她很快回复了。

"我是前一段卖他保险时,听他说起的。"她很快又加了一句。

大春买了保险? 什么险种? 为什么没有听他说起过? 我懒得多想,随他去吧,鞭长莫及的,他不可能事事都向我汇报。

今天是渥太华猪排节。实际上进入夏天,我就感觉渥太华简直成了节日之都,几乎每个星期都有节日。前几天是意大利节,然后是亚洲美食节,今天又是猪排节,许许多多烧烤商家开着巨型大卡车,在市中心人气最旺的几条街道依次排开,架起烤炉,在炉中塞满木柴,然后在烧烤架上放整整半扇猪排骨用大火猛烤,直到烤得那排骨表皮焦黄香气四溢,最后再往烤好的猪排上刷满各种酱料,这便是美味诱人的渥太华烤猪排了。轻轻咬上一口,表皮香脆,醇厚的肉汁能顺着你的胳膊淌下来。

从超市下班回来后,薛热情高涨地带我们去参加猪排节。我们欣然答应下来,正好懒得做晚饭了。

盛夏的傍晚,渥太华市中心比白天热闹多了。

许多街头艺人站在街上表演,有的蹬杂技自行车,有的表演哑剧,有的表演魔术,有的穿着中世纪的服装唱歌剧,还有的在身上抹满铜锈色,像一个雕塑般一动不动,可是待你稍微走近,他突然变了一个造型,吓你一大跳。

在一个角落里,我看到一位日本歌伎。她穿着非常艳丽的大红色和服,淡黄色的腰带被繁缛地系成一个蝴蝶结系在腰间,极其精美的手工刺绣,和服下摆上是秋天淡黄色的苇草图案,正好与腰带呼应起来。

她盘着发髻,化了妆。因为经常接受阳光的暴晒,即便打了很厚的粉底,皮肤依然非常黝黑。

此时,她正坐在一小马扎上忘情地弹奏着日本的三弦琴。我看着她染着大红色指甲油的手指灵巧地弹拨着琴弦,看到汗珠从她额头上渗下来,在这一刻,我的内心隐隐难过。

这本是用来在庙堂宫廷或者贵族官邸弹奏的高贵音乐,怎么就漂洋过海,流落到北美大陆的一个市井街头了?这三弦琴东方式的悲凉婉转,怎么可能令明快洒脱的北美人理解?

行人很多,几乎没有人注意到她。尽管她非常卖力,但单薄的弦声立刻就被沸腾的人声淹没了。

我站在一边静静地听着,听她弹完一首曲子,然后往她面前的袋子里放了五块钱。这是怎样的一位日本女子啊,就连那个袋子都精美无比。

我不敢再听下去,赶紧在人群中寻找薛他们。

此时,薛已经买好几盒烤猪排,并且非常幸运地抢到一个好位置:紧挨里多运河,抬头便是渥太华标志性建筑国会山。

运河的风徐徐吹来,无数只海鸟在我们头顶上盘旋。我们一边看着国会山那变幻的灯光,一边大嚼手里的排骨。

俏俏开心得几乎要随海鸟飞起来。"我们明天还来吃好吗?"她大叫着问。

"当然不好。"米娜笑道,她显然也很开心,脸上洋溢着一种自从登陆以来从未有过的光彩。

"为什么?"

"那你不会成了小胖子吗?你那么多的公主裙还穿得进去吗?"

俏俏"唔——"了一声,低头继续啃排骨,吃相突然文雅了许多。我们看出她的小小恐惧,全都笑了起来。

薛告诉我们,渥太华烤猪排也和北京烤鸭类似,特别强调木柴。北京人习惯用梨树桃树的果树枝烤鸭子,因为鸭肉被果树熏烤,会留下一种果树的清甜。而渥太华人则用枫树烤猪排,把火烧得旺旺的,把枫糖逼出来像糖色一样挂满猪排,这样排骨表面便会呈现一种类似焦糖的口感。

我咬了一块烤焦的位置,果然,有点苦又有点甜,像我最爱喝的焦糖马其朵。

"薛,你懂的事情可真不少。"我赞美他。

他笑了,没头没脑地说:"因为喜欢,所以懂得。"

"你还懂什么?"

"我还懂……快点闭上眼睛!"

我被催眠般闭上眼睛,再一睁眼,只感觉千万束亮光直冲天空,在蓝紫色的天穹轰然炸开,一大朵一大朵烟花铺天盖地般盛放,然后成千上亿颗碎钻般的火光纷纷坠下,沉入浩瀚无波的河水中。

无数只海鸟受到惊吓,呼啦啦地齐齐飞起来,翅膀连着翅膀,几乎把天空都遮盖住了。

又有一排烟花冲上天空。我仰望着浩瀚的烟花,无比震惊地站了起来。

"许个愿望吧!"薛推了推我。

"为什么?"我惊讶地问。

火光中,他正在冲我微笑:"今天不是你的生日吗? 生日快乐!"

一定是被火光照耀的原因吧,我感觉自己的脸一下子滚烫了。

艾美

第十九封信

中国人理解不了的西方人的独立精神

亲爱的朋友：

我这是失眠了吗？分明都已经一点多了，居然还一点儿睡意全无。透过门缝，我看到一束淡淡的亮光。那是隔壁的米娜在苦读功课，她真是一位努力的女子，几乎没有 12 点前睡过觉。想起不久前看到的一句话："女人越自律，生活越爱你。"的确，不管之前经历了什么，我坚信一个像她这般自律努力的女子，一定会被生活再度宠爱的。

薛早已经睡了，隔着薄薄的门板，我能听到他均匀的呼吸声。不知从何时开始，我渐渐需要听着这个声音才能安然入睡了。

从猪排节回来之后，我们便很少单独说话了，偶尔的对话也无外乎日常例行的那几句。但是他记得我的生日，那一刹那的心动像一个珍贵而脆弱的秘密，与其粗暴地深究，不如小心翼翼地维护。

哦，也许只是我想多了，也许那只是出于一个房客的礼貌而已。我烦躁地翻身，突然注意到手机微信上有一连串的提示，于是随手拿起来看。居然是琼的。

"亲爱的,你睡了吗?"

"亲爱的,我急死了。"

"亲爱的,如果你没睡就告诉我一声,如果你睡了记得起床后第一时间联系我。"

看她这心急火燎的样子,我忍不住笑了。尽管已经很晚了,我还是披上衣服坐起来,拨通她的微信电话。没想到,她立刻就接了,显然一直如坐针毡地等着。

"艾美吗? 我是琼!"

呵呵,果然是琼。掐指一算,她已经回国三个多星期了,时间过得真快。

"你怎么样?"

"我很好,非常好!"她在电话那头大声强调,真是到自己的地盘了,我感觉她的气势比在加拿大强许多,声音也响亮了,"不过,问你一件事情,我快急死了。"

"什么事?"

"你最近见我老公迈克斯没有?"

最近? 我略略思索一下,告诉她:"一周前见过,他正在给你的菜园子浇水,你的西红柿结了好多好多。"

"之后呢?"

"之后就没有了。"我说,"到底怎么了?"

琼焦躁地告诉我,迈克斯失联已经一周了。她给他打电话不接,发短信不回,她甚至打电话去问欧文,对方也说不知道。她急坏了,恨不能插翅就飞回来,他到底在玩什么花招?

我也吃了一惊，这可不是迈克斯的风格，他在搞什么鬼？

电话那头，琼似乎并不是担心，而是生气。"他这样一连一个星期没影没踪的，也不打电话问问我们的情况，真太过分了。"她气急败坏地说。

我赶紧安慰她平静下来，告诉她我会尽快告知她结果。

挂了琼的电话，我立刻给迈克斯的家里打电话，果然和琼说的一模一样，电话那边根本没人接。我又打给迈克斯的手机，当然也没有应答。这时薛也被惊醒，知道情况后，想起自己有迈克斯的公司邮箱，于是赶紧打开电脑给迈克斯发了一封电子邮件。

"说不定天亮就回复了，别担心，还是先睡觉吧。"他安慰我。

我当然一夜没有睡好，梦里深深浅浅浮现着无数张画面：迈克斯光着膀子拿着电锯在锯木头，琼从前院把一块块砖头搬到后花园里铺路，她的手被砸出了血，毒辣辣的太阳把露在吊带背心外面的皮肤都晒脱皮了。

琼在医院里生汤姆，她撕心裂肺地疼着，可是汤姆太大了怎么生也生不出来，几个医生手忙脚乱地把他从母体子宫里扯出来，几乎把他的胳膊都扯断了。琼看到护士递过去的冰可乐哭了起来，迈克斯在零下30多度的气温里冒着暴雪走路去医院外面的咖啡馆给琼买热巧克力。

……

也不知道怎么熬到天亮的，我拜托米娜帮我把俏俏送到校车站上学，早饭也懒得吃，匆匆抹了一把脸就去琼家。

还没有走到她家门口，远远的，我便看到她家的草坪一定很多天没有打理了，蒲公英无耻地侵占了大部分领地，小黄花开得到处都是。门

129

口的郁金香早已经开败了,干巴巴的枯叶还没有被剪掉,东倒西歪在土壤里。这可不是迈克斯的风格,我诧异地看着这一切,按响了门铃。

门纹丝不动。

我以为门铃坏了,用力敲了好久的门,还是没有一点动静。

我四下望了望,看到琼的菜园里长出很多野草,如果再不赶紧处理,春天种的那些黄瓜西红柿豆角就全泡汤了。我走过去,蹲下去随手拔那些杂草,正在这时候,门开了。

迈克斯出现了,眯着眼睛冲我微笑,只是——他坐在轮椅里!

"艾美,好久不见了。"他笑着冲我招手。

我几乎无法相信自己的眼睛:"天啊,到底发生什么了?"

原来迈克斯是故意失联的。

一周前,迈克斯去森林里打兔子,为了看得更清楚些,于是爬到一棵树上瞭望,结果一失足从树上摔下来,重重砸到岩石上,当即便失去了知觉。

他昏了过去,不知过了多久清醒之后,发现自己一动不能动,下半身没有任何知觉。他打了911求救,急救车很快就到了,并且把他送到附近一所医院里。可是伤情太重,医院居然束手无策,于是又派车把他送到市中心专门的骨科医院。拍了片子照了CT之后,初步检查是腰椎骨受伤,起码需要半年的康复时间。

他在医院里躺了整整7天。7天里,他不能动弹,浑身麻木,连大小便都不能自理。他没有打电话告诉任何人,幸好加拿大的医院提供了完善的救助措施,他实际上也不需要找任何人帮助。

"可是,你至少应该打电话告诉琼啊,她急疯了。"我说。

"我的手机落在林子里了。"他说。也是的,可以试想那林中抢救时,每个人手忙脚乱的场景。

"那你稍微好点之后,也可以借个手机打电话给亲戚或者朋友,起码大家可以照顾一下你。"我不解地问。要知道虽然医院的救治完善,有医生护士,也有专业护理工,可是那心理的焦灼一定难以承受吧?更何况整整7天,迈克斯的下肢一直没有知觉,医生们一度担心他就此瘫痪了。

他是怎么样一连7天静静躺着,等待那有可能改变命运的医疗宣判?都说西方人独立,可是独立到这个程度,也就令人费解了。

"没关系,我照顾得了自己。"迈克斯说着,自己转动着轮椅去开橱柜,我见状赶紧帮他把柜门打开。

他不能弯腰,不能站立,连头都不容易转动,整个人像僵尸般被固定在轮椅里,看上去无助极了。可是他又一脸的轻松,还问我要不要喝他刚刚调好的鸡尾酒。

我帮迈克斯做了简单的早餐,然后又帮他把积攒了一星期的垃圾送出去。

迈克斯跟在我身后,用双手慢慢转动着轮椅,一脸感激之色。真无法想象,几天前还虎虎生风的男人怎么突然就变得像玩具一样不堪一击。

迈克斯乞求我一件事情:想办法让琼改签机票,不是早点回来,而是晚点回来,最好晚到两个月之后。

"为什么?"我莫名其妙地问,"我觉得她现在就应该回来照顾你。"

虽然已经出院了,但他仍然大部分时间需要坐轮椅。每天光一个起床动作就能折磨他好半天。因为下肢不能动弹,他只好用上肢力量把自己慢慢挪动到床边,沿着床边滑坐在轮椅上。前天迈克斯请求一个朋友帮他每周去超市采购一次,主要是冰冻比萨、汉堡、三明治、炸鸡腿等那些放在微波炉里转一转就可以吃的方便食品。

"你看你现在走也走不了,饭也做不了,睡觉上厕所都成问题。一会儿琼打电话过来时,我要让她改签机票明天就飞回来。"我说。

"不不不,千万不要这样。"迈克斯急忙制止了我,"让她在国内好好玩吧,我自己完全可以应付这一切。两个月后我就可以脱离轮椅了,行动会自如许多,她会感觉好受些。"

"迈克斯,你不能这样!"我简直要生气了,"我知道你们强调独立,可是独立到这个地步,摔成这样都不让人照顾,我觉得都疯狂了。"

"首先这是我自己的事情,我可以处理好这一切。其次我希望琼高高兴兴地回国,高高兴兴地回来。如果她回来看到我像残废似的样子,她会开心吗?"他振振有词地反问我,"我希望你能理解。"

"我不能理解。因为我是中国人,理解不了你们西方人的独立精神。"我顾及不了客气,几乎有点粗鲁地说,"但是我理解琼,因为她是中国人。我相信如果这会儿她正在照顾你,她才会感到开心。"

艾美

第二十封信

她的柔弱如此可怕

亲爱的朋友：

好多事情我是想错了。

我以为我是中国人，就可以代言中国人的所思所想；我以为我和琼是好朋友，就想当然地认为心有灵犀。但事实证明，太多事情我是自以为是了。

琼如期返回。没有提前，也没有推后。

考虑到琼需要倒时差，我一周后才去看她。令我惊讶的是，明明是迈克斯受了伤，然而琼却躺在沙发里，身上盖着一层薄薄的羊毛毯子。她的家里一团糟，回国的行李箱还没有收拾，衣服杂物、零碎小件在箱子里外堆满一地。餐桌上摆着隔夜的汉堡包和蔫掉的水果沙拉，桌子不知道几天没有擦了，面包渣和牛奶汁洒得到处都是。

迈克斯和我打了一个招呼后，便转动着轮椅去厨房里洗碗。也不知道多久的碗没有洗了，水池里堆了高高一大摞。迈克斯用热水冲掉餐具上的污渍，再把它们一一摆进洗碗机里。因为不能弯腰，每次摆的时候他不得不用一只手扶着桌子撑住自己,再用另一只手把碗放进洗碗机的支架上。

动作艰难如此,可是琼却视若无睹。

看到我进来,琼才算恢复点兴致。她从沙发里坐起来,抱着靠枕连哭带笑道:"你说我蠢不蠢?为什么这么多年不回国,我早应该回家看看了。"

真是一方水土养一方人啊,也就在国内待了短短一段时间,我感觉琼比以前漂亮很多。她把头发修剪成妩媚的斜分,长长的头发沿着脸庞自然垂下,显得脸型也有几分锥子感了。我怀疑她打了玻尿酸,因为以前略有些凹陷的脸颊突然出现了两块苹果肌。

琼告诉我,她震惊于国内十年的变化。十年前,家乡还是一个清淡朴素的小城市,可是今天再回去,家乡突然变成一个走在国际T台上的摩登女郎,一切都那么熠熠闪光。

城市完全变样了。再不见那些古旧的、充满趣味的小弄小巷,取而代之的都是几十层以上的高楼大厦,通体都是明晃晃的玻璃幕墙。小书店没有了,小馆子没有了,小摊更见不到了,到处都是豪华气派的购物中心、饮食广场、五星级电影院。印象中丁零零响的自行车完全绝迹了,迷宫般的立交桥上呼啸而过的是各种名车,而名车里坐的女人们,都有着一模一样的精致妆容和傲骄表情。

很多很多奢侈品店,里面的一线二线品牌居然比加拿大还多,而那价格,居然比北美还贵出很多很多!

"一个小小的MK手包超过很多女人一个月的薪水,可是即使这样,还是很多人排队抢购。"琼描述给我听,满脸的惊讶和不可思议状,"我不知道,如果买了包,她们怎么吃饭怎么生活?"

我一点儿也不惊讶,在国内时,我对于这样的事情早已经司空见惯。

"你的家人都还好吗?"我问她。

"很好。"她拿出手机给我看照片,居然是苹果最新款的玫瑰金PLUS。手机里面存了上千张照片,老人、孩子、年轻人、新郎新娘,还有热闹的婚礼……每一张都那么幸福,花团锦簇。

我一张一张地看着,那些照片越热闹欢乐,反衬得这里的生活越冷清寂寞。千咒豪宅又如何?绝美风光又如何?如果亲朋好友不在身边,再美的环境,再优越的生活仿佛也是枉然一场,因为没有人和你共赏。

在这一刻,我也有点想家了。

"我早应该回去了。"琼继续说着,"我怎么也没有想到,国内现在居然这么热闹,这么繁华,这么多的新鲜刺激和各种机会。以前一起相处过的,那些我都正眼不会看一眼的人,现在个个都名车豪宅,成功成名了。相比之下,我在加拿大这十年几乎是白开水一场。我后悔死了来加拿大,白白浪费了十年。"

我赶紧看了看迈克斯,提醒她不要再说下去。

没想到琼却毫不介意,不仅没有压低声音,反倒提高了嗓门,仿佛故意要让他听到:"没关系的,迈克斯知道。我从一下飞机就和他抱怨这件事情了,我不应该来加拿大,不应该在这里浪费生命。如果我在国内,现在一定也和那些朋友一样,即便不大富大贵,起码每天精彩纷呈。"

我惊讶地看着她,感觉短短几周的回国时光居然把她整个人完全颠覆了。以前她是安静的并且隐隐忧郁,可此时此刻的她,双颊绯红,眼神灼亮,身上的每一粒细胞都不知被什么东西点燃了。

如果说,中国的十年巨变令琼感觉震惊,那么更令她震惊的是,那位曾经令她锥心疼痛的男人又找她了。

毫不稀奇地,他们重逢在同学聚会上。也毫不稀奇地,他说他的婚姻不幸福。

十年未见,在琼的眼里,他胖了,头发也薄了;可是在他的眼里,琼更加美丽而且成熟了。当年,他们几乎到了谈婚论嫁的程度,他却突然提出分手,并且很快娶了另一位女子。而琼也因为他的负心一怒之下远嫁异国他乡。

时光真是最可怕的一味药,抚平了所有的丑陋和伤疤,却留下美好的青春浪漫供人反刍回忆。他记得他们恋爱时的点点滴滴,她的每一次赌气,每一次回心转意;他还记得她最喜欢吃那款草莓味道的口香糖,并且说那个口香糖广告女孩像极了琼,也因此他再也没勇气去吃那款口香糖。

他说结婚后没几个月他就后悔了,他的妻子不理解他,性格俗气而且暴躁。他很快就去找琼,可是琼已经远走,没有一个人知道她去了哪里,生活得好不好。有段时间,他每天晚上都会去琼住过的小屋附近守候着,那里有一棵巨大的合欢树,夏天的傍晚总是开满一树伞状毛茸茸的粉色花朵,远远看上去,像一大片粉色的雾。

他等了很久很久,直到有一天,小屋里亮起灯,但那是因为别人搬了进去。

他只好把所有的忏悔和思念倾注于工作,不是因为热爱,只是希望借助工作的力量冲淡相思之情。他工作得卖力而且出色,在当地石油系统里,他顺风顺水加薪升职,所有的领导都赏识他,认为他是前途不可限量的后起之秀。

他有了钱,有了财富以及社会的认可,他还有许多人眼中漂亮的妻儿。所有人都认为他是圆满成功的,可没有人知道他内心深处的缺憾,那揪心的青春之爱,没有随时光淡去,反倒在薄凉的人世中,被发酵得愈发珍贵,如同稀世之珍。

他问琼生活得好不好?

琼说:没有什么好,但也没有什么不好。这倒是一句真话。

他又问琼,是不是还在恨他?

琼说:见面前一刻,还在恨着。

那么此刻呢?

琼没有回答。

他们就这样好上了,旧情复燃了,比十年前的单纯相爱更加如火如荼。或许这并没什么奇怪的,更不新鲜刺激,就和电视剧里的那些狗血剧情一模一样。奇怪的是,明明我们嘲笑那些狗血,可现实中我们恐怕有过之无不及。

琼给我看那个男人的照片:一个极其普通的中国男子,微微谢顶,没有性格的面孔上挂满中年人的机警和倦态。

我看着这一切,有点吃惊,但更多的是深深的同情。所有在情欲之海上颠簸的人们,都令我同情而且伤悲。

我问琼:"你相信他吗?"

"我相信。"

"可他在十年前骗了你。"

"所以我才相信他,因为他不可能在十年后继续骗我。"

我长叹一口气:"你打算怎么办?"

"我不知道。"

"他呢?"

"他希望和我在一起。"

"怎么在?"

"他希望我回国,和他结婚。"

"你告诉他,他先离婚,然后你再考虑回不回国。"我给她出了这个主意。

"……"

"迈克斯怎么办?他还受了伤。"我又问她。这时,我才意识到这是我们第一次谈到迈克斯和他的伤情。

"我本来想一回来就告诉他这件事情。但是看到他受伤成这样,我现在开不了这个口。"琼的表情为难起来。

"你还真打算提出来?"我真有点惊讶了。

"有可能。"琼说着,垂下眼睛,"是不是很恐怖?"

"不是恐怖,而是残酷。毕竟迈克斯对你这么好——"

"是的,迈克斯对我很好,我很感激他。但是我勉强了又勉强,尝试了又尝试,我真的发现自己无法爱上他。"她说着,美丽的眼睛潮湿了,"艾美,我已经错过十年,不想再错过下一个十年。"

我越来越惊讶地看着她,在那一刻,我觉得她的柔弱如此可怕。

艾美

第二十一封信

婚姻讲究的是有用？

亲爱的朋友：

天气真是越来越热了。我感觉渥太华是没有春天的，也就几天的草长莺飞，待那郁金香花开过之后，火辣辣的盛夏突然就来了。

也许纬度更高，空气纯净，明晃晃的太阳光无遮无拦地刺下来，令人头皮发麻眼冒金星。开车成了酷刑一桩，好几次我推开车门不小心坐到皮座上，那如烙铁般的座椅把我烫得尖叫着跳起来，仿佛成了铁板上的烤肉。

老外是不怕阳光的，不仅不怕，还疯狂地热爱。他们在烈日下跑步，穿着吊带短裤在花园里除草，还把身上抹满明晃晃的防晒油，然后躺在沙滩上把皮肤晒成棕色。琼告诉我，亚洲人一定不能和西方人比，也许皮肤基因不同，亚洲人特别怕晒，稍微一晒便会脱皮长黑斑，而人家老外只会被晒得红通通的，晚上洗个澡，便又回归白白净净的肤色，只是不知不觉地，他们的皮肤早早松弛下来。

因为迈克斯腰部受伤，今年盛夏打理草坪的工作自然交给了琼。好几次,我看着她在烈日下推着笨重的除草机修剪那方圆接近一亩地的大草坪,感觉就像一只渺小的工蚁。她家后花园里种的两棵树也死了,树死是小事,可是把树挖出来就是大事了。因为嫌绿植公司的报价太高,她亲自上阵挖树,每天顶着烈日拿着铁铲挖一点点,如同中国的愚公移山。

不知道是家务活太重还是别的什么原因,她的脾气越来越不好了,经常莫名其妙地就冲汤姆大叫起来。有一回,我看到汤姆踢球的时候不小心把琼菜园子的围栏踢倒忘记扶起来,结果也就两个晚上吧,好几只野兔、花栗鼠和小浣熊闯进去,大摇大摆地把西红柿、黄瓜还有胡萝卜吃了个精光,不仅偷吃,还把菜园子里的菜踩得东倒西歪。

琼当即就爆炸了。她大声诅咒着"小偷"们,火冒三丈地把皮球用力踢了出去。幸好汤姆躲得快,否则皮球当时就撞到他脑袋上。

迈克斯见状,一言不发地把汤姆带走了。过了几天,他给汤姆买了一个大号蹦床安在后花园里,这样每当琼在花园里干活时,他就可以在旁边玩蹦床,不至于不小心破坏她的劳动成果了。

俏俏也非常喜欢那个蹦床,每天放学后书包一甩就冲到琼家和汤姆一起蹦,刚开始只是蹦高,渐渐的,居然学会了在空中翻个筋斗。

今天傍晚,5点之后,猛烈的阳光才算渐渐温和下来,蓝天不再像被水洗后干净得刺眼,而是渐渐涌上紫、粉红、金色、橘色甚至翡翠绿色等种种不可思议的颜色……这是一天中最舒服的时刻,凉风习习,空气中送来各种花的香气。

取信的时候,我注意到邮箱里堆了很多林太太的信。因为最开始登陆时留的我家地址,所以每周我都能在邮箱里收到几封她的信件。看天色还早,我于是决定给她送过去。

林太太住在大学城附近,更靠近市中心,也更加热闹些。傍晚时分,许多人坐在当街的酒吧里放松,还有很多坐在草坪上睡觉,晒太阳,喝咖啡。他们有的身上打着各种钉,有的刺满文身,也有的像好莱坞明星那样漂亮惊人。

我欣赏着这些夏日的风景,按照林太太发来的地址,慢慢找到她家。这是一片全新的独幢别墅群,因为刚刚交房,很多花园景观还没有建设起来,美感略有些逊色。但是从房地产角度来看,却是极具增值潜力的投资地产。说来奇怪,几个月来,林太太好多次打电话让我来她家参观,但我一直没有抽出时间。

她的房子很大,占据着一个山坡的高点,视野很棒,可以俯瞰渥太华河。门前的花园做得很不错,平整的停车道,漂亮的曲线形鹅卵石小径,半人高的花坛里种了本地常见的玫瑰和松果菊,一个漂亮的罗马浮雕喷泉矗立在花丛中。

我环顾着身边漂亮的景致,缓缓把车停在她的车道上,然后走过去按响她的门铃。门很快就开了,林太太穿着一件花朵图案的丝绸裙子走出来,一看是我,立刻喜出望外地笑了:"原来是你,怎么不提前打个电话呢?"

"我也是突然想到就送过来了。"我告诉她,跟她进了屋。

林太太的房子非常棒,因为崭新,到处都亮闪闪的。她新铺了深色实木地板,做了漂亮的旋转楼梯,厨房是和地板同色系的高档枫木。

我忍不住赞叹:"士别三日当刮目相看,我猜林先生现在都不敢认识

141

你了。"

"林先生?"她不屑地撇了撇嘴,"他是不敢认识我了,以前还说每个月都飞过来看我呢,现在连个电话都懒得打。"

"人家也是忙——"

"他忙,我不忙是吧?"她越说越气了,"你看看这买房、办贷款、装修、搬家、弄各种地税手续的,全指望我一个人跑前跑后,帮不上忙就不说了,连一句暖心话都没有。"

这点我是深有感触的。当初我买房子的时候,也是差点被磨脱了好几层皮。大春不仅没有帮上任何忙,还埋怨我没事找事瞎折腾。

"正常,咱们都得经过这一步,你慢慢就会习惯了。"我安慰她,随口问,"林淞呢?"

"他去学校上自习了。"说到儿子,林太太的神情眉飞色舞起来,"前几天我打电话给林淞国内女朋友的爸爸了,告诉他管好自己的女儿。"

"真的呀?"我惊讶道。

"当然真的。"林太太说,"林淞每天晚上和那个女孩聊天视频,多耽误时间!他现在已经来到国外,被一个国内女孩成天纠缠着,黑白颠倒的,把身体耗坏了,怎么有精力读书呢?"

"你和人家爸爸怎么说的?"

"我这么说的,"她笑着,声音因为刻薄而变得尖细了,"拜托,请你管好自家女儿,我家淞儿是不会回国了,他和你家女儿肯定没有可能。既然没有可能就不要彼此耽误,两个孩子还是各自安心读书为好。"

我问她女孩爸爸的反应,她说对方很无礼地挂断了她的电话。"那是一个没文化的家伙。"她说着,翻了一个白眼。

我大笑起来。

令我吃惊的是,林太太并非独自在家,房间里还有一位男士。当我们正坐在客厅里说话的时候,恰好这位男士提着一桶粉刷工具从二楼走下来。他大概50多岁模样,歪戴着一顶棒球帽,普通相貌,皮肤被晒得太黑了,如果不是那双狡黠的中国式小眼睛,本地人一定会以为他是一位拉美人。林太太向我介绍,这是她请的装修师傅周工,自从买了房子之后,周工一直在她家里干活。

今天周工帮她刷了二楼卧室的墙壁。按照林太太的意思,一个屋淡粉,一个屋浅黄,剩下一个华贵紫。看得出,周工做事情非常讲究,不仅把墙刷得平整光洁,还捎带着做了清洁,刷过墙的地板上连一个涂料印子都没有。

林太太感激不已,盛情邀请周工留下来吃饭,他想都没有想便答应下来。

我想林太太和周工一定早就商定了共进晚餐,因为我们刚一坐下,满满一桌子美味便次第上桌了:粉丝蒸扇贝,柠檬烤排骨,香煎玉子豆腐,桂花藕片,还有五香鸡肉……我惊叹着,怎么也想不到这是几个月前只会包馄饨的林太太的作品。尤其那个五香鸡肉,她先用各种香料把一整只鸡煮熟,把鸡肉撕成细丝堆在冰块上冰镇,然后用各种调料给予佐拌。我忍不住低头闻了一下,立刻感受到辣椒、麻椒、茴香、草果等十几味中国香料味热烈地蹿入鼻腔。

"林太太,有你这样的女人在,我看渥太华的中餐馆别想开了。"我赞美道。

林太太笑着，用眼角余光妩媚地瞥了一眼周工："怎么样周工，以后天天来我这里下馆子吧？你给我免费当工人，我给你免费当厨子？"

周工爽快道："可以考虑。"

看得出，他们两人早已经非常熟络了。对于林太太的厨艺，周工显然习以为常，反倒林太太，经常殷勤地问他这道菜是不是咸了，辣椒油是不是太辣了？

林太太告诉我，周工是附近社区最有名的华人装修师傅，六年前从东北辽宁移民过来，跟着各个国家的装修公司干活，从最初级的搬运工具材料开始，六年来，因为勤快聪明，现在已经可以独当一面承包各种装修工程了。他不仅做室内装修，还做室外的景观建设，自家门口那漂亮工整的景观就是周工的作品。

说这话的时候，林太太的表情有一种刻意的讨好："多亏认得周工。买下这个房子后我不知道哭了多少次，干啥啥不会，叫天天不灵，装灯装马桶铺地板修花园……哪一个活咱们以前接触过？哪一个活不把我们女人难死？多亏认得周工，也多亏他就住我隔壁，干活漂亮又随叫随到，否则我恐怕早就哭着回国了。"

这么说来，林太太确实幸运极了，不仅有可亲的邻居，还有随叫随到的"长工"。更可喜的是，这位"长工"居然还单身。当然他曾经离过婚，唯一的女儿都已经在东北上大学了。只身移民来加拿大之后，他一直忙碌无暇顾及终身大事，久而久之，反倒越来越享受单身汉生活了。

因为在国外做装修非常赚钱，周工经常回国。他出手阔绰，很受小女生欢迎。他说国内现在时兴他这样的"暖叔"，找一个年轻漂亮的老婆太容易了，太多年轻女孩想嫁给老外或者富裕华侨。就是因为太容易了,反倒让他失去了兴趣。

"你这样想就对了!"林太太给他夹了一筷子菜,正色提醒道,"那些年轻女孩子可靠吗? 她们不还是贪图你的钱和身份,没准儿只是把你当作一个跳板或者工具,跳过来立刻就扔掉。"

"不可能!"他不屑一顾地笑了,"首先我根本不考虑结婚。如果真有一天动了结婚的念头,那就提前签订婚前合约,做婚前财产公证,婚后必须生完孩子再办身份……"

我忍不住问他:"还没结婚就先提防着离婚,这样的婚姻还有趣吗?"

"艾美,你怎么比我还古老?"林太太放下筷子,惊讶地看着我,"现在都什么年代了,婚姻还讲有趣? 现在讲的是有用。婚姻就是一桩交易,各取所需,各为所用,否则人干吗结婚呢?"

婚姻讲究的是有用? 我被这个观点逗笑了,正打算反驳,扭头却看到林太太从丝绸裙子里袒露出来的胸部,那么雪白,丰满的乳沟若隐若现。我略略吃了一惊,因为头一次发现,原来林太太也是性感的。

艾美

第二十二封信

成为邻居,是一件值得庆幸的事情

亲爱的朋友:

昨天晚上我入睡很晚,一直在床上辗转反思林太太的一句话:婚姻讲究的是有用。

我承认它的现实性,但内心很难接受。如果婚姻都像商业交易那样理性与功利,那么这个世界也太枯燥无趣了吧?

我忍不住在被窝里给媛媛发了一个微信:"婚姻讲究的是有用吗?"

"你都已经结婚了,干吗还要研究婚姻?"媛媛过了好久才回。

"虽然已经结婚了,我发现自己并不懂婚姻。"我回复她。最近,我时常处于一种困惑中。琼的、薛的、林太太的甚至包括我自己的,我突然觉得每个人的婚姻都看上去好好的,像一个光洁的苹果,可或许那谁也看不到的果核中心,正悄悄地腐烂发霉着。

"为什么要懂? 有不就行了?"她又是过了半天才回。

"当然要懂。懂得,才能高质量地拥有嘛!"我和她开起玩笑。

她没有理我。

我想，她肯定在开会，忙得鸡飞狗跳。突然想起干脆给媛媛介绍一个身边的富有华侨，如果她可以嫁过来陪伴我就好了。周工吗？我立刻否定了这个人选，直觉不喜欢。虽然只身闯荡异国他乡，也算是见过世面了，但不知为何他身上总有一种狭隘的气息。这个发现令我吃惊，韩寒曾经讽刺别人：你都没有走出过国门，哪来的世界观？

错了。拥有一个高级开放的世界观，并不需要你走出国门。反之，哪怕你走遍全世界，如果没有诚恳的自省和接纳，也依然可能目光短浅而且肤浅。

今天早上，薛照例天不亮就去超市打工了。把俏俏送上校车之后，我赶紧回到花园里给花草浇水。因为太阳太强烈，浇水的时间必须保证在太阳升起之前或者落下之后，否则凉水浇到土壤里，立刻会被火辣辣的阳光晒成热水把植物根烫死。

已经是夏天了，蚊子很多。刚一走进花园，我便感觉脑袋和胳膊上被叮了几个大包。我气愤地一手驱赶蚊子，一手拿着长长的水管浇花。厨房水池里还堆了满满一池子未洗的餐具，房间里也该吸尘了，一会儿还得检查一下冰箱，估计又该去超市买菜了，下午还得烤蛋糕让俏俏带到学校当点心吃……

我想着一件一件永远也做不完的家务活，纵然玫瑰花开得正好，心里却愈发急躁起来。正着急上火呢，突然门铃响了，我放下水管从花园里走出去。

一位粗壮的白人汉子站在门口。不知是否因为太热，居然脸红脖子粗的样子，一脸怒色。

是我的邻居，一位瑞典人。这位芳邻似乎单身，每天都像隐士一样足不出户待在房间里，无论白天还是黑夜，所有的百叶窗永远关得紧紧的。搬来一年多，我一共也就和他打过两次照面。

"我是山姆。"他连"你好"都不说了，态度非常粗鲁，"住在你隔壁。"

"知道。"我点点头，也没有和他打招呼。

"我忍受这件事情很久了。"他气呼呼地说起来，"我决定今天不再忍受，必须来找你当面说清楚。"

"什么事情？"我惊讶极了。

"你每天都浇水，每天都浇！你看看你园子里的水都流到我的园子里了，把我的园子快毁掉了。"他愤怒地挥舞着拳头，"你跟我来！"

我大吃一惊，赶紧跟他走过去，看到他的花园后才明白，原来我的房子位置偏高，所以每次我浇水的时候，多余的水总会顺势流到他的花园里。巧的是，他花园里种的是仙人掌类的多肉植物，过于潮湿的环境令这些怕水植物长势不旺，有两棵都有点发黄了。

我叹了一口气："我很抱歉。可我总不能不浇水吧？"

"当然，否则你的植物会死掉的。"他居然认真地提醒我，"但是，你不能因为不让你的植物死就不管我植物的死活。"

"你有什么好办法吗？抱歉，我不太懂得园艺。"我诚心诚意地问他。

"有。"他摆出一副专家模样给我出主意，"你可以雇一个园艺公司，让他们重新改造你的花园，把所有的坡度填成平面，然后再在四边用石头固定住。这样你浇水的话就不会流到我的花园里了。"

我几乎不敢相信自己的耳朵："你的意思是说，我需要重新修建我的花园?"

"是的。"他肯定道。

这个家伙是不是疯了?他为什么不找施工队把自己的花园填平填高,既然懒得这么做,干吗还非要种多肉植物……我的脑子里盘旋着一千个问号,但还是尽量按捺住怒火,客客气气地说:"这个工程量太大。再说我买的房子就是这样的地势构造,我从没有改动它,也不愿意改动。"

"可是你影响了我。"

"我们最好互相体谅。如果我是你,就不会种仙人掌。有很多喜阴植物,比如丁香……"

"我讨厌丁香!"他怒气冲冲地打断了我,"种什么东西是我的自由。"

"当然,我不妨碍你的自由,只是给你建议。"

"你当然妨碍了我。如果你不修改你的花园,我会投诉你。"他开始威胁了。他居然比我还生气的样子,满脸的皱纹都抽动起来了。

"你尽管投诉好了。"身后传来一个女人的声音,是米娜。原来听到我们的争吵,她也下楼了,刚听两句就明白怎么回事了。

"我们购房的时候请验房师验过房屋,房屋结构、地势完全符合加拿大的地产规定,没有人有权利对我们的房屋指手画脚,我们更没有必要为别人去改造房屋和地势。而且如果我们改变了地势,也有可能对房屋造成永久性破坏,这个后果谁承担呢?"她一口气用流畅的英文说出来,几乎不给对方辩白的机会,"现在看来,明明是你的房屋地势不佳,所有购房者都会选择地势偏高的房屋,这样不至于积水排不出去。而且加拿大木质结构的房子,特别害怕潮湿,你当年购房的时候没有请验房师吗?"

"我没有。"山姆非常诚实地说。

"我们请了,而且请了两位。他们都告诉我们,一定要买地势高的房屋。因为这个原因,我们还放弃了好几个便宜很多的选择。"米娜滔滔不绝地说着。我听得几乎要笑起来,她这故事编得面不改色心不跳,真是太有才了。

"花园都是小事,你有没有检查你的地下室,有没有感觉潮湿有霉味?"她又热心地问。

"的确有点。"像被催眠似的,他有点恍恍惚惚地说。

"这可不太好,你赶紧去超市买一个除湿机放在地下室里除湿吧!长期这样,湿气会破坏你的房子。我前些天在超市看到一款非常好的除湿机正在打5折,你快去买,别没货了。真令我震惊,你居然没有除湿机,像你这种低洼地带的房子必须标配除湿机。"

"好的,谢谢你提醒,我一会儿就去看看。"山姆赶紧说,愁眉苦脸道,"可是我的花园怎么办?"

"你喜欢多肉类植物是你的权利,"米娜耸耸肩膀,更加甜美地微笑了,"不过我也忍受你很久了。"

"忍受我?"他惊讶地大叫。

她点点头,双手自然而然地搭在隆起的腹部。到今天为止,她已经怀孕6个月了。"我是一个孕妇,胎儿已经6个月了。"她文雅地解释着,"你有一条狗是吧? 每次我去花园里,你的狗总会突然狂叫起来,好几次都把我的宝宝吓着了。你能不能让你的狗闭嘴? 我早就想投诉这件事情了,它让我情绪焦躁,对我的孩子非常危险。"

山姆的气焰早已经像被刺破的气球瘪下去了,这会儿不仅是瘪,而是脸色渐渐变得苍白了。"我真心诚意地向你道歉,"他忙不迭道,双手合拢在胸前几乎要像中国人似的作揖了,"我不知道你怀孕了,抱歉我没有管好我的狗,我会让它闭嘴的。拜托你不要投诉我,因为这是一个误会,我只是不知道这件事情而已。"

米娜微笑了:"好吧,我暂时不投诉,因为我知道你爱你的狗。我想我们最好彼此包容和理解,我们既然成为邻居,这难道不是一件值得庆幸的事情?"

"当然了。"山姆紧张的神情释然了,"很荣幸认识你们。"

米娜轻轻捏了一下我的手,我赶紧用力回捏了她的。我俩同时紧紧攥着手,生怕一不小心爆笑起来。

艾美

第二十三封信

你是我最好的朋友

亲爱的朋友：

事后，我曾经担心地问米娜，邻居的狗是不是真的影响到她肚子里的宝宝？

米娜说，当然没有，因为自己花粉过敏，根本不会往花园里去。

我稍微释然一点，然后又问，位置低的地下室真的需要标配除湿机吗？

"我不确定，"她耸了耸肩，一脸无所谓的表情，"我只不过是在哪个杂志上瞅了一眼，这不是我的观点，是杂志的观点。"

我俩同时心领神会地大笑了。

亲爱的朋友，我必须得反省，自己其实对米娜的关注度并不够。

也许因为她实在是一个安静的女子，有着非常自律的作息习惯，这令她如同钟摆一样无须关注，永远不会出什么差错，也永远值得相信。白天，她多数时候步行去社区图书馆上网络课，一泡就是大半天；晚上她总是后半夜才睡,因为选课太多,她必须花费比别人更多的时间和精力。

尽管功课很重而且又在怀孕期间,但她依然会做些力所能及的家务。她用过的卫生间,一定比进去之前干净;她洗过的碗,干净得像用舌头舔过。

短短几个月工夫,她的厨艺还长进很多,不仅可以烤出北美著名的"翠花排骨",还学会了在极短的时间内烤出一个戚风蛋糕。俏俏过生日那天,她亲自给俏俏烤了一个艾莎公主蛋糕。她用两块戚风蛋糕做公主华丽的裙摆,然后把一个艾莎公主模型插入蛋糕里,用染成淡蓝色的新鲜奶油做成公主冰晶玉洁的裙子,细节之处再用枫糖点缀。

真是美翻了!

俏俏放学后看到那个蛋糕,立刻尖叫起来,紧紧搂住米娜的脖子亲了又亲,那种热情状令我连连叫停,因为生怕她伤了米娜肚子里的胎儿。

俏俏越来越喜欢米娜。她崇拜她的气质,她的谈吐,她的勤奋上进,甚至崇拜她的简单又好看的穿着。每当一起在外面散步,如果遇到熟人,俏俏总是骄傲地介绍:"这是我的好朋友米娜小姐。"

而米娜也总是很认真地对待这份友谊,两个人时不时互送小卡小花的,俨然一对亲爱的闺蜜。

这个周末,米娜正和俏俏一起做手工,是一朵极其复杂的折纸玫瑰,花瓣很多,所以工序自然也很多。两个人不厌其烦地跟着网上的视频一步一步学着,渐渐地折出了好几朵。

我正在准备晚餐,突然有人敲门,打开门一看,是一个快递员拿着一个包裹,点名要米娜签收。

米娜奇怪地签收了。俏俏急不可耐地催促她打开,本来有点犹豫,她还是拿着一把剪刀把包裹拆开了。我也好奇地凑过去看,因为这还是米娜头一次收到来自中国的包裹。

里面是一个手缝的夹棉包袱袋,被粗麻绳紧紧捆着。她好奇地解开绳子,发现袋子里面又是一个棉布包袱,被一层又一层的纱布密密实实保护着。

我越看越好奇,到底是什么宝贝值得这么大动干戈地包裹?

米娜的表情却是越来越奇怪,双手也放缓了动作,几乎有点不想拆下去了。最后还是俏俏忍不住抢过去,三下五除二拆了个干净。

居然是一小包铁观音,还有一个手掌般大小的青瓷小壶!

俏俏惊讶坏了,托着那把小壶在阳光下左看右看。这真是一把精品龙泉绿瓷啊,绿如水,滑如冰,壶形玲珑典雅,通体散发着一种冰晶玉洁般的润泽剔透。

米娜接过那把壶,在手里慢慢摩挲着,满眼都是喜爱,可又有点隐隐忧伤似的。

正在这时,俏俏又在包裹里发现了一张照片,是一对正在茶山上采茶的青年男女。"米娜,他们是谁?"俏俏兴奋地问。

照片里,那可真是一对璧人啊!满眼青碧的茶园里,这对男女穿着式样简单的白色圆领 T 恤,各人背着一个背筐,双手正在灵巧地摘茶树的嫩芽。

尤其那位男子,身形修长,骨骼清奇,即便戴着草帽,也依然能让人看得出清秀的容颜,令我立刻想起一个词:君子如玉。

"他们是你的好朋友吗?"俏俏追问。

米娜居然有点心不在焉似的。好半晌,才想起来回答俏俏:"哦,是的。"

"很好很好的朋友吗?"

米娜笑了:"确实很好很好。"

俏俏不高兴了,明亮的小脸立刻灰了:"那么我呢?"

"俏俏,你这孩子——"我正要批评,米娜乐不可支地笑了,赶紧拉起俏俏的小手,保证道,"他们是我很好的朋友,可你是我最好的朋友。"

俏俏立刻又高兴了,拿起那把小壶好奇地问:"这是他们送你的礼物吗?是他们从中国买的吗?"

"不是的,这些都是他们亲手做的。"米娜笑着解释,然后拿出一套茶具,用一个茶勺盛了一小勺茶叶,小心翼翼投入青壶中。

不知是茶还是水的原因,这泡铁观音格外清洌而芬芳。

没有想到,米娜居然深谙茶道。她向我们解释,朋友寄来的铁观音是刚刚在中国茶业协会年度评选中获得铁观音金奖的茶品,而这把青壶,则是照片中的男子亲手烧制的陶瓷作品。

原来米娜来自中国的茶都。还不会吃饭的时候,她便开始吃茶了。对,她用了"吃"这个字。因为生活举手投足皆是茶,父母用茶渣种菜,用茶叶蒸米饭,用喝剩下的茶水洗手洗脸,还会把早春里刚刚萌动生命的芽尖掐下来给她泡水喝,防止她积食。所以她没法想象,没有茶的生活该怎么活下去。

在中国,茶是芬芳高雅的象征,可是茶农的生活却一点儿也不诗情画意,反倒日渐艰难无望。高速发展的时代中,大量优质茶园被所谓的

"城市化进程"侵占,开发商们大肆建造了居民楼房、高污染工厂、奇形怪状的商业中心……优美的茶园正在飞速消失,取而代之的是越来越庞大雷同的"现代文明"。

因为爱茶,米娜曾经和照片中的朋友立志保护故乡的茶园,并且一起创建了茶业品牌"泰欢"。"泰,如果拆开来写,就是三人水的意思,"米娜解释说,用手指蘸了一点清水,在桌子上一笔一画地写给俏俏看,"看,这就是中国汉字的魅力了,一个汉字其实代表了一个故事。"

俏俏跟着她认认真真地写,无限神往。"那么'欢'呢?"俏俏问。

"'欢'就是高兴啊。不过这里的'欢'是'清欢'的意思,中国有句古诗说'人间有味是清欢'。茶,就是这样的一种清欢。"米娜说着,又将沸水徐徐注入茶壶中,顿时,一股清幽的芳香氤氲四散而来。

这样纯正的中国芳香,久违了。一时之间,我居然有点不知身在何方。

"泰欢,这真是一个好名字。"我咂摸着这个名字,赞叹道,"这个茶一定很多人喜欢吧?"

"错了,很少有人知道。好名字不一定意味着好的经营,好几次我们差点破产,直到现在也只是勉强维持。"

"为什么?"我惊讶道。

"因为我们太认真了,坚持无农药种植有机茶,坚持整个制作工艺的纯天然手工,这导致成本太高没有市场竞争力,太过理想主义的经营,最终只能败给市场。"

哦,原来是这样。不过也只能如此,早就听说中国茶的曲高和寡,更别提在一个浮躁功利的时代了。

"可是你们好朋友一直在一起,这也很棒啊!"俏俏嚷嚷。

米娜的神色黯淡下去:"我不算是好朋友了。因为我后来受不了,放弃了。"

米娜告诉我们,在理想与现实的较量中,她最终屈服于现实。她选择了离开,只身一人去上海工作。她的离开令已经困难重重的"泰欢"更加雪上加霜,甚至一度需要抵押茶园给银行从而获得贷款。

在最困难的时候,"泰欢"甚至连支付给茶农采茶的钱都没有了。也是在最困难的时候,图片上的两个人结婚了。他们没有抱怨米娜的离开,每每做出好茶,依然会在第一时间寄给她喝。

"所以你们还是好朋友?"俏俏紧张地问。

"是的。"

"哪怕你曾经离开过他们?"

"是的。"

"哪怕你曾经做过对不起他们的事情?"俏俏又不放心地追问。

米娜略略吃了一惊,显然被俏俏的问题问住了。她怔了好一会儿,犹豫道:"我想,应该是的。"

俏俏放心地笑了,继续把玩那盏小壶。她现在正好处于非常在意朋友的年纪,不久前过生日,吹生日蜡烛时,她偷偷告诉我,其中一个心愿就是:希望我的好朋友们永远都爱我,永远都在我身旁。

但是这怎么可能呢? 我为俏俏感到忧伤。

艾美

第二十四封信

你见过谁为对方改变过?

亲爱的朋友:

我不知道为什么很多华人总说渥太华很"boring(讨厌)"。

在我看来,渥太华可以说是世界上最不 boring 的地方之一了。在这个城市里,你可春天种花,夏天钓鱼,秋天赏枫,冬天滑雪滑冰。尤其每年 2 月,那号称"世界之最"的里多运河长达 7 公里的天然冰道对所有市民免费开放。你可以随时穿着冰鞋在运河上"翱翔"7 公里,然后脱下冰鞋走到国会山附近的咖啡馆喝杯热咖啡,这时候如果还有精力,你可以走到国立美术馆看画展或者去最大的连锁书店读本书。

当然了,加拿大的夏天也令人应接不暇:野餐、烧烤、游泳、帆船、赛艇……盛夏如同一场盛宴,犒劳经历了漫漫寒冬的人们。而对于很多中国人来说,夏天最好玩的事情就是钓鱼了。

我想这是因为中国人爱吃淡水活鱼,而本地超市里很少见到新鲜活鱼,于是中国人就自己动手去河里钓鱼,实用和娱乐一举两得,正好也符合了中国人的现实主义哲学。

今天是周六,薛不用去超市打工。听说附近小镇上有一条大河,那里鱼虾丰美,所以我们趁着火辣辣的太阳还没有升起来,一堆人便驱车上路了。

为了这次钓鱼,俏俏已经兴奋得两个晚上没有睡好觉了。从上周开始,她每天晚上放学后都拿着小铲子在花园里挖蚯蚓,一周下来,蚯蚓已经装满两个小号乐扣盒子了。为了保湿,薛还教她往盒子里撒了潮湿的黑土还有青草。此刻,她正捧着这个盒子向米娜炫耀,并且告诉她,蚯蚓是一种软体动物,具有自体再生功能,如果不小心被切断一截,它会很快自己重新生长出来。

虽然只是一年级,但是她们已经开始接触简单的自然和生物了。

琼一家也来了。迈克斯恢复得不错,已经可以脱离轮椅自如行走了,只是弯腰负重的动作还不能做。和本地人一样,迈克斯痴迷钓鱼,为了钓到大鱼,他还出动了自己的游艇,并且拜托薛帮他把游艇挂在汽车后面。他说如果想吃到美味的鲈鱼,必须开着游艇到湖泊深处才能钓到。

迈克斯是不能吃淡水鱼的,因为不会吐刺。但是他从小就喜欢钓鱼,以前无论多大的鱼,钓起之后他总是再放生。自从娶了一位中国太太之后,他才惊讶地发现,原来淡水里长大的鱼也是可以吃的。

小镇名叫卡尔顿,虽然距离渥太华市好几十公里,但因为加拿大路况好,我们不到20分钟便开到了。如同加拿大所有的乡间小镇一样,卡尔顿有着同样的如画风景和诗意宁静。小镇人口估计一万都不到,却有好几座宏伟的大教堂和好几片成熟的商业区。镇中心由几条趣味盎然

159

的街道组成,街道两侧都是些中世纪的老建筑,如今都变成了咖啡馆、酒吧、艺术作坊、家庭餐厅甚至裁缝铺。

因为是周末的早上,整个小镇安安静静的。多数商店都还没有开门,一些白发老人坐在室外咖啡馆看报纸,老先生们穿着颜色好看的格子短袖衬衫,而老太太们,几乎每个人都抹了口红。

我羡慕地看着这些老人,不知道自己的老年是否可以像他们这般优雅闲适。

根据导航的提示,我们开过几条有趣的小街,开过好多幢美丽的乡间小屋,开过一所学校和警察局,渐渐地看见了一片沙滩,然后一条优美的大河如同一条银色的巨蟒,猝不及防地扑面而来。

来不及收拾东西,我赶紧推门下车,双脚立刻陷入柔软的细沙中,一大群叫不出名字的水鸟被惊飞,呼啦啦地扇动着翅膀从我脑袋上翩然掠过。

这条河不算宽阔,但平静无波。河水极其清澈,令河床上的沙石、小鱼还有深处的水草清晰可见。不知是否被两岸植被映衬的缘故,这条大河显得优雅极了,淡定地、不疾不缓地流向不知名的去处。

天空蓝得像被河水洗过一样,清晨的阳光如同被揉碎的金子撒进河水中,斑斓光影,水波潋滟,一朵又一朵白云倒影于水中,像油画,更像一面镜子。

"真美啊!"我自言自语道。在加拿大,我经常被大自然的各种美景震惊着。

"是,真美啊!"一句稚嫩的回答。我惊讶地转身,这才发现不知何时,小汤姆也走到我身边,注视着面前优美的河水。

他小小的身子伫立于河畔边,好像一株小小的植物。他一动不动地凝视着缓缓而逝的河水,小脸泛起一种奇怪的沉醉表情。

"汤姆,你在干什么?"我被他吓了一跳。

"我在欣赏河水,我喜欢看河水从眼前流过。"他静静地说,依然凝视着面前的河水。

我几乎不敢相信自己的耳朵,这是一个年仅8岁孩子说的话?"汤姆,你再说一遍,刚才说什么?"我走到他身边,蹲了下去。

这个混血小男孩继承了妈妈漂亮的黑头发和爸爸的天蓝色眼睛,皮肤白得接近发青。他太漂亮了,漂亮得不接近真实。他也太安静了,安静得让人感觉害怕。

"我说,我很享受看着河水。我也很享受看雪花,听雨声。"他又重复了一遍,清澈的双眸里如同驻扎了一个80岁的老灵魂。

这一回听清楚了,我抚摸着他的脑袋,内心隐隐不安。

依傍着一棵大枫树,米娜和琼铺了一大块野餐毯,再把所有的食物全部摆上去。薛和迈克斯先把渔具鱼饵整理好,然后指点着孩子们穿蚯蚓。

俏俏的性格有些急躁,还没等蚯蚓穿稳当便迫不及待地拿着渔竿跑开了。而汤姆则耐心地跟着爸爸穿蚯蚓,不仅穿好自己的,还帮爸爸的渔竿也穿好。

早听说加拿大的鱼又傻又多,特别容易钓。可是当看到俏俏把渔竿随意抛入河水中,也就两三分钟工夫吧,一条巴掌大的太阳鱼便被她轻轻松松甩出水面,我惊喜得几乎跳起来,这哪里是钓鱼,分明是捞鱼嘛。

这时,汤姆和薛也甩下渔竿。估计嗅到蚯蚓的肉香,成群结队的太阳鱼游过来,哄抢着去争咬那块小小的蚯蚓肉。我看得忍不住笑起来,听到笑声,米娜和琼也跑过来看。琼兴奋地告诉我,这种太阳鱼在加拿大多如牛毛,因为形状扁圆,通体鳞片漂亮整洁,在水里呈现出熠熠光彩,因此被称为"太阳鱼"。只是本地人是不钓太阳鱼的,钓起来也会把它们放回水中,因为不稀罕。

当然,我们是稀罕的。琼说这种鱼因为扁平,肉质细嫩,特别适合做烤鱼。她让孩子们留下大的太阳鱼,把小的放回水中。

这时,迈克斯已经把游艇缓缓开入河中。太阳鱼他是不屑于钓的,他要到河水深处钓大鱼。

"迈克斯,还是不要去了,毕竟你的腰伤还没有好呢!"琼站在岸边说。

"亲爱的,别担心我,我一定行。"迈克斯坐在游艇里,为自己戴上太阳镜。

"迈克斯,你就不能听我一回吗?"琼有点不高兴了。

他并没有争辩,只是微笑着冲我们摆摆手,开动了游艇。

坐在野餐毯上,琼的脸色很不好看。其实她这些天的脸色一直不太好看,要么满脸怒气,要么愁云密布。

她向我们"控诉"迈克斯,说他性格固执。明明他的伤情没有好,可非要出来钓鱼,这种死脑筋又固执己见的加拿大人,听不得别人的一点建议。

米娜奇怪道:"他这么大年纪了,早已经懂得为自己负责,是不是你操心太多了?"

琼不乐意了:"他若懂得为自己负责,就应该放弃打猎,要不然不至于把自己摔伤。"

"打猎是他的兴趣,怎么可能放弃呢?"

"可这个兴趣在我看来不安全。他不可以为我改变吗?"

米娜笑了:"你见过谁为对方改变过?"

"当然有。"琼说着,敏感地看了我一眼。

我知道她在说国内的初恋情人。不久前她告诉我,那位男人在微信上告诉她:已经为她戒了烟。这曾经是她最痛恨的一个毛病。当时我反问她,真的相信吗? 即便真的戒烟了,又怎么确定是为她?

琼的回答是:相信。

我想,她是选择了相信。

因为有了对另外一个男人的相信,她变得对迈克斯心不在焉起来。从中国回来之后,她便离不开手机了。不管走到哪里,手机永远放在自己伸手可触的位置,如果不在做事情,她一定在低头用微信。我知道她在和初恋情人微信,无时无刻,不分白天黑夜。

一段死灰复燃的爱情是更加忘我并且不管不顾的。此时此刻,她依然低着头发微信,满脸的幸福和陶醉。不愿意打扰她,于是我和米娜离开她去看孩子们。

薛正在河边帮孩子们整理渔具。小孩子们不懂得甩杆技巧,还没钓几次就把鱼线缠绕成一团。幸好薛和迈克斯带了好几个渔竿,每当孩子们缠坏一个,薛就给他们换一个新的,然后把坏掉的那个重新整理好。

我看他双手灵巧地整理着那一团乱麻似的渔线，把每一个线头解开，再不厌其烦地把线绕回原来的路径。

"薛，你可真有耐心啊！"我赞叹道。这时，我也看到他的双手，曾经光洁修长，可如今因为经常搬重物也变得粗糙起来。前两天右手还被砸着了，如今贴着两张创可贴。不知为何，心里感觉不舒服极了。

"这算什么耐心！要知道我们写程序时，经常会因为一个不起眼的BUG重新调整上万行的代码，几天几夜呢，那才叫一个耐心。"他笑了，头也不抬地说。

听他说起"程序"两个字，我问："你工作找得怎么样？"

他摇摇头："没戏。"

"一点都没有？"我惊讶道。虽然薛现在超市打工，可超市是不会给人开工作签证的，只有高科技公司或者政府部门才具有开工作签证的资格，所以他必须找到专业工作。

"一点都没有。"

我算了算日期，问他："你现在只有六个月时间了吧？"

"五个月。"

"这么短？！"看着他不紧不慢的样子，我真有点着急了，"怎么这么难找？你是不是没有努力去找？"

他苦笑了："我不知道什么叫努力。"

我知道他每天从超市回来都在网上找工作，他不落下每一次职场培训，还找专业猎头公司重新做了简历，甚至买了一本黄页查找高科技公司信息，按照上面的邮件地址一一投送求职信。前两天，他甚至去拜访一位转了好几个圈的熟人，看有没有可能请他帮忙介绍一份工作。

"要不你别去超市打工了?"我想了想,建议道。

"为什么?"

"这样你就可以有更多时间找工作了。"我说。其实是希望他能够休息一下,我感觉他最近又打工又找工作的,心力交瘁,脸色很不好,而且也有点咳嗽。

他笑了:"要那么多时间干什么? 如果天天在屋里闷着,连人影都看不见一个,还不把人逼疯?"

他说得也是。我听说附近好几个华人得抑郁症了,其中两位还有很好的工作。我不知道如何安慰了,说什么都感觉苍白而且浅薄,于是只好坐下来帮他一起整理渔线,感觉千头万绪,一团乱麻。

时间过得飞快,不知何时,火辣辣的太阳已经蹿到头顶上了。孩子们已经钓了二十多条太阳鱼,有点烦了,于是换上游泳衣去河里玩水。

迈克斯还没有回来。此时的阳光已经不是享受而是酷刑,尤其在无遮挡的水面上。我们把野餐毯挪到树荫底下,招呼孩子们来吃水果和三明治。汤姆不愿意过来,站在水里一个劲地张望着远方,他说要等爸爸回来。

琼也有点着急。她不再和国内情人微信了,而是无数次跑到河边眺望。钓鱼的时候,迈克斯是不带手机的,琼无法联系上他,又急又气,一个劲说迈克斯万一掉到水里怎么办? 他虽然会游泳,可是毕竟现在腰椎受伤游不动,万一溺水怎么办?

我笑话她大惊小怪。不过随着时间一分一秒地过去,看着那平静无波的河水,我也有点紧张了。

薛已经沿着河岸去找他,米娜则在岸边陪着两个孩子。

"艾美,我恨加拿大。"琼站在岸边的一块石头上,突然说。

"什么?"我惊讶了。

"我恨加拿大,在这里我天天提心吊胆又苦又累,连个人发泄都没有。"她摇摇头,无奈地摊开双手,"我想回中国,再在这里待下去,我会疯掉的。"

"别这么吓唬人。"

"不是吓唬,是真的。我已经流放十年了,不能再流放一辈子。等迈克斯回来了我就告诉他,我要回中国,我要和他离婚。"

我惊讶地看着她,她美丽的脸上有一种可怕的宁静。说实话,我感觉这一刻的美景居然有点令人窒息了。

迈克斯后来当然回来了,而且满载而归。

他回来的时候,我们一堆人正急得如同热锅上的蚂蚁,汤姆都哭了好久。而他则开着船,笑吟吟的,如同一位得胜归来的船长。他的游艇里放了三条大鲈鱼和两条大虹鳟,其中有一条足有十多磅重,快赶得上他的一条胳膊那么长,就是为了捕上这条大虹鳟,他开着游艇在河里追了好几公里。

他眉飞色舞地描绘着,把鱼高高举起来给我们看。因为热,他把 T 恤都脱了,赤裸的上身被太阳晒成古铜色,金色的头发在太阳下熠熠夺目。在这一刻,起码在我眼里,他显得魅力非凡。

傍晚回到渥太华,我们在迈克斯家吃了烤虹鳟,是迈克斯做的。他先用柠檬把虹鳟擦洗得干干净净,然后把它泡在白葡萄酒和苹果醋里腌制,再从冰箱里拿出一块黄油和奶酪切碎撒到鱼身上,最后把腌好的鱼放在花园的烧烤架上烤。待鱼肉散发出焦香味道,他又从花园里掐了一把香草和百里香盖到鱼身上。不用说,那滋味有着你无法想象的鲜美,而且有一种花草的异香。

琼虽然兴致不高,但仍然打起精神招待我们。她做了精美的沙拉,而且从地窖里拿出了迈克斯珍藏多年的红酒。我们坐在花园的凉台上喝酒,两个孩子在花园里玩蹦蹦床,月亮很早就爬上来了,不知哪一家邻居正在学小提琴,琴声断断续续地从远方传来,有点像呜咽声。

迈克斯告诉我们,他最大的梦想就是有一个农庄,农庄里可以种植,可以养蜂,也可以打猎,湖泊一定要有的,因为冬天可以滑冰夏天可以赛艇。

琼说,我不要当农妇。

迈克斯说:我当然知道,所以那只是一个梦想。

琼独自喝了很多酒,迈克斯并不阻挡她。他只是默默地看着她,眼神里有一种无可奈何的忧伤。

艾美

167

第二十五封信

很多美好的享受都比药物治疗更有效

亲爱的朋友：

此时此刻，我正在厨房里炖秋梨膏。

今天上午，我开车跑了好几个中国超市才找到正宗的雪梨，于是一口气买了十个打算做几瓶秋梨膏。薛的咳嗽越来越严重了，昨天夜里，他足足咳嗽了大半夜。今天早上我听见他又是天不亮就出门了，很想追出去劝他休几天假，可又感觉没这个权利。

网上的秋梨膏方子很多，但我还是决定用文怡的，因为她的简单易行而且效果很好。在中国时，每当夏末我总会熬几瓶秋梨膏，用漂亮的果酱瓶装着，再剪出一块四方形蓝花布，用细麻绳扎在瓶盖上。媛媛经常劝我把做好的秋梨膏放在淘宝上卖，但是对我来说，更享受的是做的过程，然后把它分给亲朋好友们。

我想让薛试试秋梨膏，当然不一定有用，但总比束手无策地咳嗽下去强吧？

冰糖、生姜、甘草、川贝、枸杞……我把所有的材料用电子秤称好放一边,然后开始削梨,梨皮是不能扔的,秋梨膏的主要成分就靠它了。

水开了,我把梨肉梨皮连同所有的食材投入水中,等水再次沸腾之后,我把火调小然后拿着一个木头勺子慢慢搅拌。秋梨膏难在一个"功夫"两字,因为长达两个多小时的熬制过程中,你不能离开,必须不时搅拌,否则就会煳锅。

不一会儿,一股清甜的气息在房间里氤氲开来了。

下午,俏俏还没有放学回来,薛却先回来了。还没有进屋,我便听到他的咳嗽声,明显比早上更重了。

"艾美,你说这些老外好笑不好笑?"他一进门便问我。他的声音全变了,完全哑掉了,不仅咳嗽,似乎还发烧了。

"薛,你发烧了?"我问他。

"没事,可能有点低烧。"他疲惫地坐在沙发里,摇摇头笑了,"今天一个白人找到我说,我带病工作很自私,因为会把病菌传染给别人。真逗,在国外带病工作不是敬业,反倒成了自私?"

我也笑了。西方人就是这种思维,很正常。我找出一个温度计帮他量体温,居然都已经39℃了。"难怪人家老外说你,这回连我都要说你了。39℃还去工作,即便在中国也有点夸张吧?"我说着,催促他去卧室休息。

当我再次上楼给他送秋梨汤时,发现他已经躺在床上,浑身盖得严严实实的。不忍心拂逆我的好意,他吃力地撑坐起来,可也就只喝了两口梨汤。

"薛,我带你去找家庭医生吧?"我问他。

他固执地摇摇头："不麻烦，躺一晚上就好了。"

看来，天底下所有的男人都讨厌去医院，大春也这样。

可是薛把事情想得太轻松了。他并没有躺一晚上就好，而是越来越严重。半夜 11 点多，我听到他窸窸窣窣地起床，然后扶着墙壁慢慢挪到卫生间里呕吐。我跳下床跟到卫生间里，看着他蹲伏在马桶上，浑身痛苦地抽搐成一团，脸色已经不是通红而是铁青了。

"薛，我带你去医院吧？"我说，给他披了一件衣裳。

我以为他又会习惯性说"不"，哪里想到他却虚弱地点点头，可见已经实在撑不住了。

因为家庭医生已经下班，我们只好去医院急诊。还没有来加拿大之前，我便对加拿大的"全民免费医疗系统"有过深入的了解。既然"全民免费"，就要付出相应的代价，看病慢，检查慢，小病能够拖成大病。最受人诟病的是医院急诊，其等待之漫长可以说是举世之最，甚至有病人在医院急诊的等待中死掉。

但来不及想太多，当然也没有更多别的选择。我把俏俏托付给米娜照顾，然后把薛扶到车里。他现在不仅高烧，而且胃也开始抽痛起来。我帮他扣上安全带，然后找到一个靠枕让他抱住。他突然握住我的手，轻轻说了一声："多亏有你，艾美。"

我愣了一下，月光下，看到他清秀的面孔，不知为何突然想起 16 岁时那个暗恋的少年。"别多想了，你坐好就是。"我抽出自己的手。

今夜一定是中国的十五，月亮圆得像一个银盘子。借着皎洁的月光，我发动了车子，带着一个毫无关系的男人慢慢穿行在这个陌生的城市里。一幢又一幢美丽的小屋从眼前掠过，不知为何，我心里渐渐泛起一种既甜蜜又哀愁的复杂情愫。

急诊中心在渥太华市东北角,几乎快接近魁北克了。因为不熟悉路,又是开夜车,一上路我便开始暗暗叫苦。白天看着熟悉的建筑此时都觉得陌生起来,最要命的是,渥太华的各种路标都小得可怜,比一本小人书还小。我一边听着导航系统怪腔怪调的指引,一边瞪大眼睛盯夜色中模糊的路标。

"妈的,渥太华人的视力都是 2.0 吗?"一连错过好几个路口后,我忍不住骂了一句。

"对,欺负中国人。"薛轻轻嘟囔道。

看他还能开玩笑,我略略放心一些。兜兜转转走错了好几条路,有一次还差点开到一个水塘里。最可怕的一次是在高速公路上开反了车道,幸好没有来往车辆,我一着急干脆就在高速路上掉头了。那一刻,我的双手手心里全是汗,脚踩在刹车上如同踩在棉花堆里一个劲发抖。

薛问我:"怎么了?"

"没什么!"我尽量以一种愉悦的声音回答他。

如同一只没头苍蝇,当好不容易找到急诊中心那个灰扑扑的大楼时,我感觉自己的后背都湿透了。薛也好不到哪里去,他全身冰冷,走路都有点飘了。我用力撑住他,好久没有这么近地接触一位异性了,感觉非常奇怪。

庆幸的是,急诊中心并没有传说中那么夸张。护士小姐很快便给我们做了注册,然后安排我们去休息室等待。这是一个非常漂亮舒适的大厅,里面有沙发、电视、杂志、iPad,还有咖啡机和饼干。等候的病人并不多,几个大人还有两三个孩子,其中有一位断了胳膊的白人男子和他怀孕的中国妻子,两个人没有什么交流,只是手拉着手看电视里的冰球比赛。男人全神贯注,女人却心不在焉地左顾右盼,看到我们进来,她并没有微笑,反倒把目光移到另一边。

我并不奇怪,来到加拿大之后,经常遇到一些奇怪的中国人。对待自己的同胞,他们往往比西方人还要冷淡。当然我也不好意思和她打招呼,只好扶着薛走进来,安排他坐在一张沙发椅上。不知是胃绞痛还是退烧了,我看到他的额头上渗出一层细汗。

"很难受吗?"我问他。

"哪里,好多了。"他紧皱眉头说,想了想,嘴角泛出一丝苦笑,"以前都是我半夜送孩子去急诊,现在轮到我被你送来急诊了。"

"别这么说,"我安慰他,"每个人都有不得不当孩子的时候。"

"是啊,多亏有你。"他叹了一口气,又说了一遍。

有点温暖,又有点尴尬,我不知道说什么好,只好伸手摸了摸他的脑门,还是烫得吓人。

万幸我们及时来就医了。医生给薛验了血、尿、超声波还有 X 光,最终的结果是,薛得了肺炎。除此之外,他还感染了一种特殊细菌,不是特别严重,但会对内脏器官造成缓慢伤害。他问薛在哪里工作?薛告诉他在超市冷库里。

"这就是答案了。"英俊的医生飞快地用笔做记录,"这种细菌通常存在于生鲜食品中,我几乎可以判断你是在工作中受到感染了。"

他给薛开了两个星期的抗生素,同时建议他起码休息一个月。

"一个月?"薛惊讶地问。

我也很奇怪,肺炎怎么要得了一个月恢复?

"是的,至少一个月。"医生肯定道,"事实上,我担心一个月还不一定恢复,看每个人的个体差异。不是因为肺炎,而是因为这个细菌感染。目前除了肺部,我们仍然需要观察是否有别的器官受到损害。"

我紧张了,赶紧问他:"如果损害了怎么办,容易治疗吗?"

"即使损害也只是初期的,通过彻底放松和休息完全可以恢复过来。比如去古巴海滩上享受太阳浴,去维多利亚的花园里吹吹风……生活中很多美好的享受都比药物治疗更有效。"他说着,眨眨眼睛笑了起来,"当然,最重要的是能和爱人在一起。"

他的英语说得很快,待我反应过来之后,立刻涨红了脸。我看到薛正在冲我微笑,显然他一开始就听明白了,可为什么不更正医生呢?

也许人家烧坏了脑袋,根本无暇顾及这些小事情。我完全又是自作多情了。

艾美

第二十六封信

哪里有我爱的人，哪里才更适合我

亲爱的朋友：

抱歉我有很长一段时间没有写信了。今天早上我推开门，发现春天种的爬藤玫瑰已经爬满整个凉台，两枝粗壮的花藤沿着拱形铁艺门爬上去，深红色的玫瑰花挤挤挨挨地盛放着，好像一个拱形的玫瑰花门。

我从琼家移来的两株铁线莲也活了。春天时我把它们种在门柱旁边，此时它们已经快爬到房顶上了，也是枝繁叶茂的样子，一株开满紫色的莲花，另一株的花朵为粉红色。已经是夏末了，花园里的花几乎到了最灿烂的季节：白色的绣球花开得又大又密，脑袋挨着脑袋，淡紫色的松果菊每天都引来无数只蜜蜂和蝴蝶，黄色的雏菊永远也开不败的样子，花园角落里的那株日本红枫，细小的叶子已经微微变红了……

我在花园里摆了一套白色藤编沙发和茶几，然后把吊床挂在两棵树之间。俏俏放学后喜欢把吊床当成秋千玩。如果我结束了一天的家务活，也会坐在沙发里看她玩耍。通常，薛总是在身边的，有时候读一本书，有时候上网，有时候闲闲地和我聊上几句。

他不可能去古巴或者美国度假，因为没有签证。按照医生的建议，他不再去超市打工，而是开启"疗养"模式。可是我感觉薛尽管身体疗养了，心却一点儿也不轻松。他依然在找工作，每天要么登录加拿大的求职网站看工作，要么第一千零一次地修改简历，要么无数次刷屏收邮件。哪怕去卫生间，他也一定手里握着手机，生怕错过任何一个电话。

夏天快结束了，最斑斓的秋天快到了。但这个秋天对薛来说将是非常考验，因为如果秋天还没有工作机会，那么他只好返回中国了。他自己可能无所谓，但是妻子恐怕非常失望了。

不知为什么，薛一直没有告诉妻子自己失业的消息，至于生病，就更没办法说了，当然说了也无济于事。他给家里打电话越来越少了，时间也越来越短。我猜他是不想多说，生怕一不小心说漏了嘴。估计是心情不好，上个星期他还在电话里发起了火。我头一次看到他发火，没有争吵，也没有咆哮，更没有挂电话，他就是一言不发地握着听筒，眉头越皱越紧，直到电话那端的女人把电话摔掉。

不用问，我也知道他的妻子又抱怨不关心她了，因为她一个人在国内带孩子有很多不容易，她埋怨薛没有努力，怎么到现在还没有把她们办到加拿大？想来分开的时间太久了，妻子对他的抱怨越来越多了。

上个星期，我一连拒绝了两个租客的申请，后来索性把家庭客栈的广告从网上撤下来，因为担心屋子里租客人多影响薛的恢复。我没有把这件事情告诉他。

今天午后，秋日的阳光暖煦，薛邀请我一起去树林里散步。渥太华到处都是幽静美丽的林间小径，它们隐藏在参天繁茂的枫树林中，被经年厚厚的落叶覆盖,犹如林中一条条弯弯曲曲的蟒蛇。

我家屋后就有一个林间小径。我们从花园后门出发,没走两步便置身于树林中。光线突然弱了下来,林中有许多腐朽倒下的枯木,早已经变黑了,上面长满青苔和小蘑菇。

薛穿了一件红色的格子衬衫,这种红色在树林里格外显眼。因为抗生素的功效,他的咳嗽已经好很多,但还是很虚弱,每走几步便需要停下来喘口气。

林间有许多野兔跳跃而过,花栗鼠和松鼠总是藏在草丛里,瞪着一双警觉的眼睛望着我们。我看到一只黑色松鼠抱着一枚松果飞快地啃着,露出细密的小牙齿,小腮帮子像一个小小的电动马达,机械地一鼓一合。

我看着忍不住笑了起来。"嘘——"薛扭头做了一个手势,然后冲我伸出手。

我拉着他的手,小心翼翼爬上一个坡。不远处,两只梅花鹿正安详地站在林中。一只脑袋上长着华丽的鹿角;另一只有美丽亮泽的毛皮,上面有白色的花朵图案。它们显然看到我们了,但并不害怕,只是一动不动地望着我们,然后优雅地走开了。

我紧紧捏着薛的手,激动地说:"太美了。"

"是啊,真是太美了。"

我突然感受到还在被他牵着手,于是用力把手缩回来。他扭头看了看我,有点尴尬地微笑着。

前方有一片水塘,四周长满芦苇。已经是初秋了,高高的芦苇抽出白色羽毛状穗子,远远看过去如同一片白雾在水里升起。许多只灰色的加拿大鹅在芦苇中嬉戏,几只白天鹅正在水中心游弋着,姿态高雅至极。

看到岸边草地躺着几只鹅蛋,我惊喜地叫了一声,赶紧捡了一只放在手心里看。那鹅蛋如拳头般大小,白里泛出青色,估计刚刚被产下,还温温热热的。

薛也捡起一只鹅蛋,在手中掂了掂重量,然后轻轻放回青草上。他说前不久一对中国老夫妇来加拿大陪伴孩子,捡了一些鹅蛋回家吃,结果收到的罚单差点令孩子们破产。

这可一点儿也不奇怪。昨天琼还向我抱怨,迈克斯在她的菜园子里放了一个捕捉笼,捉到了两只偷吃西红柿的黄鼠狼,可是迈克斯没有弄死它们,而是驱车去了50公里之外的森林里把它们放生。

"加拿大人就是闲的,没事找事!"她抱怨道。

确实,尤其在环境保护方面,加拿大的种种法律条文在中国人看来非常奇葩,可人家毕竟已经在这片土地上沿袭数百年,所以才有人与自然的和谐安宁。

我问薛:"你喜欢加拿大吗?"

他笑了,坐在岸边的一株腐木上。"我喜欢加拿大吗?"他重复了一句,自问自答道,"我以前从来没想过这个问题,只是觉得到了哪里就应该心平气和地接受哪里。可如今当快要失去时,我才经常想起这个问题。"

"快要失去?"

"是的,如果我还找不到工作,那就不得不离开了。"

时间过得真快,掐指算算,他只剩下4个月了。这一刻,我居然有点憎恨这五彩斑斓的秋光。

"别泄气,还有时间。"我安慰他。

"放心,我不会随随便便放弃。回到你刚才的问题,我是不是喜欢加拿大?"

"对。"

"我刚来的时候不喜欢也不习惯,渐渐地我觉得这里风光真美,可是现在,我觉得比风光更美好的是人,比如身边的这些朋友,比如和你擦肩而过但会冲你微笑问好的路人,比如超市里永远那么快乐的收银员……我现在怀疑回到国内是不是有点不适应了。"

"有人说,这不过是表面伪善的文明。"

"即便它是伪善,如果连表面的善都懒得做,我更怀疑那所谓'真实的善'。我一直反感把两个世界做对比,因为完全是不同的,不能说哪个更好,只能说哪个更适合你。"

"对于你呢?"

他沉思了一会儿,说:"我喜欢中国的活力精彩,也喜欢加拿大的诗意田园。所以如果非要对比,只能说,哪里有我爱的人,哪里才更适合我。"

"那当然是中国了。"我笑着说。不知为何,心里居然有点涩涩的。

"那可不一定。"

"不一定?"我惊讶了。

他又笑了。天哪,是否因为被水光映衬呢? 他的笑容居然如此诱人。"你不会知道的。也不会有人知道的。"他说着,站起来走开了。

艾美

178

第二十七封信

第一次进警察局

亲爱的朋友：

我不知道我这是怎么了？

就在刚才临上床前，我学着基督徒的模样向上帝祷告，我求上帝让我们母女平安，求上帝让大春快点过来，我还替薛祷告了，希望他尽快恢复健康找到工作。可是，祷告刚刚说出来我又有点后悔了。如果薛很快找到工作，那么就没有理由继续住在我这里，他的妻女也会很快过来。

从冬天到秋天，他已经在我这里住了大半年。我已经习惯了他的气息，他的生活习惯，他说话的声音，我甚至习惯了他每天晚上10点钟一定会准时打开电视看国际新闻，他喜欢那个睿智博学的主持人老彼得，也喜欢那个眉头上挑的金发女主持安迪。他说他们机敏却不尖刻，激情却不煽情，这和国内的主持人有很大的不同。

因为薛的缘故，我也习惯了晚上10点钟准时坐在沙发里看新闻。以前，他总是喜欢看着电视喝一杯冰酒，自从生病后，便改成喝我熬制的秋梨膏。他总说我的秋梨膏治好了他的咳嗽，当然我知道这是一句善意的赞美。

薛不是那种心安理得享受帮助的人。最近这段时间,他帮我换了浴室的淋浴头,还帮我把车库门修好了。不知道为什么,车库门的控制器失灵了,自动门不得不变成了手动。他也是头一次干这种活,一开始怎么也修不好,后来看了网站上几十个修理视频,花好几天时间慢慢琢磨,光图纸就画了一大堆。他从最小的一个螺丝开始检查,最后终于发现原来是控制滚轴里掉了几粒滚珠。

我没法想象如果换了大春,他会怎么做?估计他一定会拿出银行卡让我去找维修工。薛并不是花不起这个钱,他只是享受动手的乐趣。

我不希望他走,同时惊讶地发现,自己的内心正对他产生越来越多的依赖。这并不是一件好事。

还有一件不好的事情是:林淞被警察带走了。

这天清晨,我正在厨房里给俏俏削苹果,林太太突然像旋风般推门而入,我吓了一大跳,手一抖刀子削到指头上,鲜血立刻涌了出来。

我没有注意到手受伤,反倒被林太太的状态吓住了。她披头散发脸色苍白,身上的睡衣都没来得及换,一只脚跟着一只拖鞋,另一只脚却光着,显然不知道拖鞋跑丢到哪里去了。"你们谁能帮帮我?淞儿被关到警察局了。"她踉踉跄跄地进屋,话音刚落,一屁股便坐在门口的地垫上号哭起来。

我冲上前扶她起来,薛则拿了一块纱布催我包扎伤口。林太太一边哭,一边颠三倒四地讲:林淞头天晚上去同学家参加生日派对,一晚上没有回家,今天早上她接到警察局的电话说要她过去领孩子。

"你确信没有听错吗?"我惊讶地问。因为以林太太的英文水平,不一定听得懂加拿大警察的英文。

"没有，是警察局里的中国人告诉我的。"她说。

哦，原来警察局也有中文服务了。我赶紧问她是什么原因孩子被关起来了。

吸毒！她抽着鼻子咬牙切齿道，眼泪立刻奔涌出来。

我不寒而栗。而薛二话没说，抓起车钥匙赶紧带我们出门。

说来好笑，在中国生活 30 多年，我一次也没有进过公安局、派出所，可是来到渥太华之后却进了警察局。除了庆典活动中，那些骑在马背上姿态优美的皇家骑警之外，日常生活中加拿大警察多是大肚子光脑门，憨憨胖胖神情温和得如同一只泰迪熊。

和电视中的场景一模一样，虽然只是清晨，但警察局里已经忙碌不堪了。许多荷枪实弹的警察大步流星地从我们身边经过，偶尔几位女警察抱着文件一路小跑，气氛嘈杂又忙碌。

一位有着巨大啤酒肚子的中年男警察接待了我们，态度非常客气，先让我们填了一个表，上面有许多荒唐可笑的问题，比如：你是不是一个恐怖分子？你身上有没有携带枪支？你会不会加入基地恐怖组织……

我看得几乎要笑起来，信手在所有的"NO"上画了钩，然后把表递给他。他认真地研究了半天，然后又翻来覆去地看了我们的全部证件，"妙极了！"他突然夸张地冲我们打了个响指。

我紧绷的神经终于放松下来，问他："请问林淞怎么样?"

"林淞?"他困难地重复着我的发音，伸出短粗的手指在厚厚一本文件中查找，好半天之后终于笑了起来，"林淞，他很好。林是一个好男孩，

181

这是一场误会。"

　　原来昨天晚上林淞受邀参加一个派对,那是一个来自中国的富二代,在渥太华河边拥有一幢价值数百万加元的豪宅。都是差不多年纪的男男女女,他们吃了饭,游了泳,跳了舞,在花园里放了烟火,然后场面渐渐有点控制不住了,他们开始喝酒,有些人脱了衣服,有些人开始滥交,还有些人开始吸食毒品……

　　是邻居报警的。他们说这幢花园豪宅里面有一些未成年人吸毒,而且酗酒。

　　当警察们赶到时,年轻人们正放浪形骸地嗨着,的确有几位正在地下室里注射毒品。而林淞只不过吸了一点大麻,这在加拿大本不算什么,可是比吸大麻严重的是,他并没有年满 18 岁,却喝了很多烈酒以至于酩酊大醉,于是警察就只好把他一起带到警察局了。

　　"不必担心,林淞没犯什么大错,他只是喝醉了酒在我们办公室里睡了一觉。"胖警察把脚舒舒服服地伸在桌子上,笑道,"现在他已经醒了,你们这就把他带走吧。"

　　就好像劫后重生似的,林太太千恩万谢地又哭又笑了。

　　"只是——"正当我们打算离开时,警官的表情突然严肃下来,"林淞不到 18 岁,未成年少年接触酒精饮料是不合法的,抱歉我不得不给他做一个记录。"

　　我们面面相觑,却又无可奈何。

　　林淞被一位女警官送出来。他蓬头垢面,宿醉还没有完全醒来,浑身酒气冲天。他的白衬衫彻底被酒和呕吐物染成棕褐色,领带歪到脖子后面。

林太太尖叫着冲上去紧紧抱住他，像一个失而复得的珍宝，她疼爱地狠狠捶他，恨不能把他咬碎吞到肚子里。

"妈——"林淞醉眼惺忪，只是话音还没落，脸上便狠狠挨了一巴掌。

林太太使出全身力气狠狠掴着他耳光，一边掴一边骂："狗娘养的小杂种，你要你老娘的命哇？你老娘什么也不干全心全意陪你在国外读书，你就这样回报你娘……"

我们赶紧把她拉住，可是她像一只狂怒的狮子，恨不能脱下鞋子冲上前继续揍儿子。注意到我们的骚乱，一位警官大步流星走来。"怎么了？"他大声问。

"我教育儿子关你屁事？"林太太愤怒地说。

警官听不懂她的中文，一头雾水地看着我。幸好他听不懂，否则恐怕林淞没进局子，他妈妈却进去了。"她说，没有提醒儿子不能喝酒，她很抱歉。"我胡乱解释了一通，紧紧搂住林太太以防她再撒泼起来。

警官满腹狐疑地看了看我们，然后走到林淞身边，问："你还好？"

林淞垂着脑袋，点了点头。

"你确定？"这位警官又不相信地反问了一句。

"我确定，真的。"林淞轻声说。

薛让我把林太太送回家，他自己打算开车带林淞兜兜风。也好，既然都在气头上，就让这对母子暂时分开一段时间。

林太太坐在我身边的副驾上哭哭笑笑，一会儿说恨儿子，一会儿说恨自己，到最后又成恨老公了。

"要不是他爸出的这个馊主意，把我们娘儿俩发配到加拿大读书，我们会这样丢人现眼吗？要不是他爸成天忙着挣钱，对儿子不管不问，他儿子能成绩一塌糊涂在中国混不下去，只能跑来加拿大混读书吗？要不是……"

我一手握着方向盘，一手拍了拍林太太的手，让她不要再说下去。同病相怜，我心里也一点不好受。

更惊讶的是，当我把车停好然后扶着林太太进屋，差点和一个男人撞在一起。居然是周工！原来他一直在林太太的房间里，听到动静跑出来开门，怎么也没想到我也一起过来了。

"我——"他的脸立刻涨红了，"我——"

林太太却一点儿也没有异样，也许完全被儿子的事情占据了头脑。她看也没看周工一眼，径直上了楼，仿佛那是一团空气。

"我，"周工抓着脑袋，继续吞吞吐吐地解释，"我早上过来看林太，发现门没有锁——"

看着他那么尴尬的样子，我比他还尴尬，赶紧找了一个理由告辞了。

艾美

184

第二十八封信

对于当贤妻这件工作，真是厌倦透了

亲爱的朋友：

我一直问薛，到底用了什么花招把那个叛逆少年招安的？

薛告诉我，他什么也没有做，就是开车带着林淞去市里的酒吧看了一场球，是阿根廷对德国的，最后德国以 2∶0 取胜。

"林太太知道林淞是德国球迷吗？"他问我。

"恐怕不知道。"

"那林太太知道林淞最喜欢梅尔斯吗？"

"这肯定更不知道了。"

"那他妈知道他什么？"薛又问我。

我无言以对，还真被问住了。

"林太太恐怕并不知道，林淞根本不想来加拿大读书。他在国内有很多朋友，他们正打算组建球队，他当中锋。他这么突然一走，让球队计划都打乱了，好几个朋友都责怪他。"

这件事情，我可真是闻所未闻。相信林太太也同样，或者即便知道了也不在意。

"林太恐怕还不知道,林淞在国内有女朋友——"

"这她知道,"我赶紧说,"她还给那女孩的爸爸打电话,让女孩不要再和林淞联系了。"

薛不屑一顾:"她说不联系就不联系了?"

"那又联系了?"

"当然联系着,越来越黏糊。本来这两人只是好朋友,现在被父母这么一搞,人家认真谈起朋友了。你知道林淞怎么说?"

"怎么说?"

"他说,自己在加拿大一定会发奋读书,目标就是——回中国!"

我忍不住笑起来,越想越好笑,可越笑却越困惑。这么说来,身为父母,我们甘当炮灰陪伴孩子来异国读书,梦想着孩子们在国外安身立命甚至出人头地,可是孩子们的梦想却是——回中国!

太黑色幽默了。

傍晚放学后,我问俏俏这个问题,俏俏居然反问我:"中国是什么啊?"

"中国啊……"我想着国内那些美好的点滴,鼻子有点酸酸的,"中国就是天安门啦,长城啦,鸟巢啊,五星红旗啊,秋天颐和园碧蓝的天空啊,雍和宫红墙绿瓦上面的金黄色银杏叶子啊……"

"有加拿大的枫叶好看吗?"俏俏立刻问我。

我不知道说什么好,这实在是无法比较的两个世界。也许俏俏来时毕竟还小,对于中国,她本无什么记忆,也就不会纠结懊悔。如同一棵小苗,幼嫩时很好移植,可是长大了就困难许多。因为根的记忆。

我把这件事情告诉大春。说实话,林淞的事情对我震动很大,我甚至怀疑自己背井离乡和老公两地分居的意义。可是大春却毫不在意:"孩子嘛,总有一个适应期,等她慢慢融入加拿大就好了。"

"真的能融入吗?"我问。

"当然,尤其是孩子。"

"可是,融入的意义是什么呢?"

"人往高处走,我们现在有这个能力,当然想为孩子提供更好的教育机会。"他振振有词。

"可是,如果这个所谓的更好教育机会,是以牺牲家庭团圆为代价,我现在也有点怀疑这个做法了。"

"舍得舍得,有舍才有得嘛!"大春又开始教育我了。

我没有理他,突然冒出一个念头:"大春,要不我们回去吧?"

"什么?!"电话那边,他大叫起来,"你疯了?"

"我疯了?"我笑了起来。我不过说句想回去,怎么就是"疯了"?

"你别乱来!"他的声音猛地提高了好几度,"艾美,你不能想怎样就怎样,这可不是当儿戏玩的。"

"我没怎样,只是说也许我和孩子应该回国。"

"你们绝对不能回。"

"为什么?"

"做事情不能半途而废、朝三暮四吧,这样你能做成什么事情?况且孩子已经安定下来,正在适应得好好的,你这算什么?"

他说得不无道理,可不知为何,我的心里就是堵得慌。"如果回到从前,我可能不一定选择来加拿大陪读。"

"现在我们回不到从前了!"他突然怒气冲冲地打断我。

"为什么?"

"日子都是向前看,哪有像你这样天天吃马后炮的?俏俏长大了,可千万不要学你这样。"

"学你吗?出尔反尔。"

"我怎么出尔反尔了?"

"看看你自己,这大半年来说了多少次来看我们,可是天天开空头支票,到底什么时候来呢?再不来,孩子都把你忘记了。"我说着,有点愤愤不平了。

这是真的,我发现俏俏最近两个月很少提到爸爸,有时候拉她和爸爸打电话,也只是急不可耐地敷衍两句就跑。

"亲爱的真抱歉,"电话那端,大春又开始低声下气地乞求,"最近市场行情太差,好多项目拉不来赞助只能流产,再流产下去,我看我连去加拿大的机票都买不起了。"

我当然知道他在夸张,但生意不好做倒是真的。既然是贤妻,这种情况下我除了支持理解以外,还能抱怨什么呢?

我只好让他专心工作。说实话,我对于当贤妻这件工作,真是厌倦透了。

林太太后来又来了两次,一次做了自己亲手灌制的四川香肠送过来以示感谢,还有一次送了一块黑色的布朗尼蛋糕给我。

那块蛋糕黑如煤炭,松如海绵,散发着一种奇怪的香气。我随手掰了一块就往嘴里送，没想到她立刻制止了，"别吃，这是大麻蛋糕。"我大吃一惊，端着这块蛋糕左看右看，怎么也看不出异样来。

林太太告诉我，为了证明清白，林淞从学校里给她带了这块蛋糕过来，这是同学们之间悄悄互送的大麻蛋糕。事实上，在加拿大的有些高中里，同学们之间经常私下卖大麻，包括大麻食物。老师们也不会大惊小怪，认为这是青春期成长的必要经历。

我听得一头雾水。是我们太保守，还是他们太激进？

我没有问她周工的事情，也没有和任何人提及。或许在她的世界里，那本来就不是事，也不值得一提。可是就像一块布朗尼大麻蛋糕，你觉得它是个事儿就是了，你若觉得无所谓，那也不算什么，只是在甜蜜的芬芳中慢慢麻醉你。

艾美

189

第二十九封信

如果不快乐，她随时可以回来

亲爱的朋友：

今天从学校里回来，俏俏连饭也没顾得上吃，而是立刻扎进房间里不出来。我叫了她好多次也不下楼，待上楼找她时，发现她正聚精会神地在做一张卡片，上面画了很多图案，有蹦床、花朵、房子，还有两个正在跳蹦床的小孩。

她向我解释：一个孩子是她自己，一个孩子是汤姆，她要赶紧做好这张卡片给汤姆送过去。

"为什么，你明天带去学校不可以吗?"我问她。

"汤姆不去学校了，他好多天不在了。"俏俏说着，低头又开始画。

"生病了?"我问。

她摇摇头不理睬我，专心做卡片。

我想了想，拿出手机给琼发了一个微信，好半天没有收到回复。我又打了她的手机，只响了两声便转成自动语音提示了。仔细想想，我已经有好几个星期没有看到她了。

吃过晚饭,我带着俏俏散步去琼家。渥太华的秋色越来越浓了,琼门口今年新种的两株枫树已经全部变成黄色,被夕阳的余晖映衬着,好像中国除夕晚上两束光灿灿的礼花。

我们朝着那两株大枫树走去,头顶上掠过一大群加拿大鹅,不知为何,它们嘎嘎的叫声令秋日的傍晚显得格外寂寞。俏俏停住脚步仰脸看天空上的那群鹅,我知道她一定又想起《尼尔斯骑鹅历险记》了。她喜欢那些野鹅,虽然历尽艰辛,可是毕竟看得到远方的风景。

琼的房子里亮着灯,他们一定在吃晚餐或者看电视。我按响了门铃,来开门的却是迈克斯。看到我们,他有些抱歉地笑了:"琼不在。"

"她去哪儿了?"

"我不知道。"

"你不知道?"

"是的,我不知道。"迈克斯苦笑道,"也许是回中国了。"

"你说什么?"我不相信地叫起来。

他耸耸肩,仿佛在说,你不相信?

也就几个星期没见,我感觉迈克斯一下子苍老许多。他的眼神格外疲惫,淡色的头发突然白了一多半。

我机械地跟着迈克斯走进屋。餐桌上摆着一大堆空酒瓶子,显然迈克斯正在酗酒。他告诉我,三周前琼回国了,没有和任何人打招呼,连迈克斯也没有说一声,只是收拾了几件常用的衣物,就这样决绝地离开了。刚开始迈克斯以为她走丢了,于是发疯似的到处找,甚至打了911报警。可是后来在面包筐里,他发现了一张纸条,也就寥寥几个字:

"我走了,不知道还会不会回来。谢谢你十年的关爱。"

我震惊地听着这一切,大脑一片空白。琼走了?她这样一位"穿着跑鞋的中国新娘"最终还是跑掉了。虽然她一直抱怨,一直嚷嚷,可是真的落实到行动上,如若没有超人的残酷和决绝是无论如何也不可能踏出这一步的。我想起她的长发,她温柔的笑,她亲手烤出来的蛋糕……突然感觉这一切无比残酷。

也许已经接受了,迈克斯的态度有一种可怕的平静。他洗了一个柠檬,用刀子把柠檬切成薄片,然后掂了一片柠檬斜插在高脚杯上。这是他喝冰酒的一个怪癖,他总觉得冰酒太甜,需要放些柠檬汁来中和甜度。"我并不奇怪她的离开,我也有心理准备面对这一切。"他慢慢地说。

他端着酒杯坐在凉台上,目光注视着远方的风景,似乎在对我说,也似乎在自言自语:"我想,这件事情一开始就是我错了。我不应该去中国找妻子,更不应该找琼。我以为自己是救赎,实际上对她而言,可能是一种更大的伤害。"

我不知说什么好,只好安静地坐在他身边。随着那轮红日缓缓坠入地平线,晚霞越来越多地缭绕开来,金红淡蓝粉红莹绿……大自然把各种神奇而不可思议的颜色都慷慨地抹过来。我惊异于晚霞之美,也惊异于琼居然真的舍得放下这一切。

一直以为那只是小女人式的抱怨和吐槽,此时此刻,我不得不沮丧地承认,原来自己根本就不了解琼。

"艾美,你爱你的先生吗?"迈克斯突然问我。

爱？这个字眼现在听起来感觉好奢侈。但一定是爱的吧，否则我为什么结婚，为什么又和他共同许下诺言，面对未来的一切？

"我是爱琼的。"迈克斯并没有等我回答，也许他根本不需要我的回答，只要我的倾听。他慢慢啜着酒，慢慢说，"我第一次见到她时，她才20多岁，像一个受了委屈的小女孩。我还记得她穿着一件白色裙子，我心里想，天哪，这是一个精灵王国的小精灵吗？她是不是忘记了回家的路？"

"她不是忘了回家，她是想离开家。"我提醒他。

"这点我知道，其实是一样的，我是说心灵的家园。"他追忆般叙说着，脸上有种麻醉般的甜蜜神情，"我害怕伤了她，所以我总是问她，你是不是确定要嫁我，而且要嫁到那么远的加拿大？她说是的，于是我就放心了，我想我能给她一个家，能让她的心灵安居下来。"

"你是多么爱她啊！"

"是的，我爱她。因为爱她，我也爱上了中国。我喜欢学汉语，也学会了嗑瓜子，我也不那么害怕吃鸡爪子了。我们最开始住法语区，她不会说法语，所以我们搬来英语区，后来她说想到一个中国人多的地方，所以我们又搬来这里。我看她一天又一天地结交更多中国朋友，我以为她快乐了，安定了，没想到她内心还是很难过的。可是，问题在于我不知道她为什么难过。如果因为想中国，想回家，我很愿意和她一起回中国定居的。"

我看着迈克斯，不知如何回答。那么他显然不知道另一位男人的事情了，也好也好，良善如他，怎么可能理解一位女人内心最复杂的情感呢？

"不要多想，琼只是一时思乡病发作了，我相信她很快就回来。"我只好这样安慰他，苍白无力的安慰。

迈克斯摇摇头："这点不重要。"

"那什么重要？"

"快乐。"迈克斯说着，微笑了，"快乐最重要。我以为我能给琼快乐，所以把她带来加拿大。可如果在加拿大始终不快乐，那么我不介意她今天的离开。我祝福她找到快乐。"

"不，她根本不可能找到的。"我咬牙道。

"如果不快乐，那她可以随时回来。"

在这一刻，我几乎要妒忌琼了。一个多么愚蠢的女人，天生如此被厚爱，天生抽到一副爱情的好牌，却视而不见弃若敝屣。

"琼快乐，我也就快乐了。如果琼不快乐，我也不可能快乐起来。"他接着说。我的心被狠狠拽疼了。"你快乐，所以我才快乐"，我咂摸着这句话，多么痛的领悟！

"那么汤姆呢？"我小心翼翼地问。

"我能带好汤姆，如果汤姆想去中国找琼，我也不会反对的。"迈克斯说着，眉头皱了起来，"可是汤姆因为妈妈离开了，最近情绪很不好，他拒绝上学已经好几天了。"

俏俏说得没错，汤姆已经好几天没去学校了。他本来就是一个敏感的孩子，琼的不告而别令他更加痛苦了。一连好几天，他把自己关在楼上游戏室里，不出门也不说话，哪怕吃饭的时候也不下楼，而是由迈克斯做好给他送上去。

我和俏俏一起去楼上看他。他正坐在游戏室的一个角落里，双手握着一个魔方玩。看到我们，他并没有像往常那样乐不可支地迎上来，只是懒懒地看了一眼，继续摆动自己的魔方。我注意到他已经把其中一面的颜色全部对上了，这果然是一个智商超人的孩子。

可是他显然好几天没有洗澡了，曾经漂亮的黑色卷发打成绺贴在脑袋上。也许闷了几天，他的肤色苍白得发青，眼睛也显得更加忧郁了。

俏俏把卡片送给他，说："玻利小姐说你生病了，本说她胡说，因为你根本不会生病。"

"当然不会。"汤姆闷闷道。

"为什么？是你妈妈给你吃了一种魔力药丸？"

汤姆不回答。

"是不是啊？"俏俏催促他。

我赶紧拉了拉俏俏，制止她追问下去。还好毕竟是孩子，俏俏很快便忘了这个话题，和他头抵着头一起研究起魔方了。

看两个孩子玩得还好，我于是走进琼的房间。她的房间就在游戏室隔壁，有一整面弧形落地窗户，还有一个充满情调的小阳台。出乎意外的是，房间里并没有我想象的一片狼藉，却是干净整洁。她似乎刚离开没多久，房间里还飘散着她最喜欢的香奈尔玫瑰香水的味道，白色丝绸睡衣就搭在床头，仿佛女主人只是出门了一趟，马上就会回来。

起风了，白色的蕾丝窗帘被轻轻吹起，窗下是一个花朵图案的单人沙发，里面丢着几本女性杂志。沙发后面是一个宽敞的步入式衣帽间，满满几柜子高跟鞋和皮包像展品似的被陈列着。我注意到几双熟悉的鞋子，那还是我陪她一起买的，足足有十厘米高的后跟。当时我纳闷她为何买这种中看不中用的鞋子,尤其根本不可能有场合去穿。

她说:"即便穿不着,我看着也是高兴的。"

现在回想起来,说这话的时候,她的脸上有一种恨恨的表情,只可惜我一直当她只是玩笑。

我再次看了看手机,琼的微信头像还是灰着,明明已经是国内早上8点了,她肯定看到我发了几十条的内容。可是她不理,似乎要把十多年的加拿大记忆从脑子里全部抹掉。

连我也包括在内了? 在这一刻,我非常恨她。

艾美

第三十封信

无法言说的暧昧

亲爱的朋友：

今天上午，我走路到英语学校里学英文。今天的主题是"犯罪"，上一堂课上，英语老师已经把有关犯罪的常用名词和术词全部给我们解释了一番。以前我们常说汉语是世界上最难学的语言，可是随着英语学习的深入，我渐渐发现原来英语一点也不比汉语好学多少。如果说汉语难在入门，那么英语就难在提高。一个简单的东西往往有十多种说法，究竟应该用哪一种？而往往是如果你用错一种，别人便一点儿也听不懂了。

英文的"精确性"令我头痛。

此时我正坐在教室里复习老师刚讲过的内容，身边有两位穿着长袍的阿富汗女同学正热火朝天地聊天，一人端着一杯星巴克咖啡。我注意到其中一位女同学居然还背了一个 MK 包，这本不算什么惊奇的，可惊奇的是她居然当书包用，把饭盒、书本、打印纸等乱七八糟的东西胡乱塞进去。

我暗自气愤。要知道这可是被加拿大政府特殊庇护下的难民啊，可吃穿用度居然如此奢侈，相比之下，反倒勤俭节约的中国人和白人更像难民了。

正郁郁寡欢着，来自波兰的英文老师突然旋风一般冲进教室，大声嚷嚷："出大事了，出大事了！"她惊慌失措地打开收音机，冲我们用力挥手，"都进屋，快点都进屋来！"

收音机里立刻便传出新闻记者亢奋的报道声，除此之外，还有警报声、枪声、哭泣声、救护车的尖叫声……我们全神贯注地听着，终于听明白了，原来此时此刻渥太华市政厅国会山正在发生恐怖枪击，一位士兵已经被击杀，恐怖分子此时已经冲入总理府大楼与安全警察们开始枪战。

"太恐怖了，太恐怖了！"英语老师神情慌张地说，"第一次，这可是加拿大第一次恐怖袭击，他们终于来了！"

走廊里传来凌乱的脚步声，有些人在外面开始奔跑，保安和几位男老师也冲进来了，七嘴八舌地宣布："今天全城进入一级警戒状态，恐怖分子已经离开国会山开始在城市里流窜，所有市民能回家的立刻回家，把门窗紧闭，手机保证畅通，有特殊情况立刻互相通报。"

更恐怖的是，有小道消息说：恐怖分子有可能隐匿在我们这个社区里。

我们听得毛骨悚然，几位脆弱的黑人女同学开始抽泣起来。"快点回家，快点！"保安冲我们大喊。

我们终于反应过来，赶紧手忙脚乱地收拾书包冲出学校。

也许被恐怖气氛感染了,宁静的社区风声鹤唳。

草坪还是那么绿,天空还是那么蓝,紫色黄色的松果菊还是泼辣盛开,小松鼠还是像往常般四处跳跃。可是不知为何,这一切平常的景致此时此刻居然有一种说不出来的恐怖不安。太静了,静得似乎随时都会有枪声响起。

我急匆匆地往家走,偶尔有几位行人擦肩而过,也是神色凝重匆匆赶路的样子。果然家家户户都门窗紧闭了,没有一个人在花园里做园艺,更没有一个孩子在路上踢球了。

好不容易走到家所在的小街,远远地我便看见一个人站在花园里四处张望,原来是薛。"薛,你干吗呢? 还不快点进屋?"我冲他喊。

薛看见我,焦急的神情终于放松下来。"我听到新闻了,所以赶紧站门口等你。你如果再不回来,我这就打算开车接你去了。"他说着,拉开房门让我赶紧进去。

薛通过电视已经知道发生的事情了。毕竟这是加拿大国土上的第一次恐怖事件,举国震动,每个居民也是头一次经历,惊惶失措,惴惴不安。

米娜去医院做检查了,想来医院里应该安全。俏俏正在学校上课,估计这会儿正在老师们的保护下躲在阅览室里看书。按照电视里的安全提示,我和薛把楼上楼下的门窗全部关上并且反锁,薛把花园里的栅栏门也反锁上了。

"真可怕,好像在演007。"薛说着,检查了电脑和手机。

"我们不会有事吧?"我还是有点不放心,"听说恐怖分子流窜到我们这个社区了。"

"应该不会，"薛又推了推窗户，果然卡得死死的。"要不我们去地下室躲一会儿?"他建议道。

地下室曾经是一个教室，里面铺了地毯还有一些简单家具，因为不经常来人，所以显得格外安静。

说来奇怪，当我们关紧地下室的门之后，紧张的气氛渐渐消失了，取而代之的却是安全而且温暖，还有一种无法言说的暧昧。

我和薛倚着墙壁坐在壁炉边，挨得很近，肩膀几乎要碰到一起了。我很尴尬，很想挪开一点，可是又觉得刻意了点。窗外正好是一株铁线莲，纤细的茎和手掌般的叶片几乎盖满窗户，许多玫瑰色的花朵点缀其中。我仰视着它，感觉那扇窗户好像一幅天然的风景画。

"看，多好看啊。"我指着那扇窗户轻声说，"像不像一幅画?"

"像极了。"薛点点头，突然想到什么似的扭过脸压低声音问我，"你知道画坛奇才黄老邪吗?"

"你说的是不是黄永玉?"我问，心中纳闷儿他的思绪缘何飞过十万八千里。

"是的，就是黄永玉。"他赞许地微笑了，继续轻声说，"听说'文革'时他和妻子被打入牛棚受尽各种凌辱，被红卫兵安排在一个几平米的小仓库里住，只有一个小小的门，没有窗户，终日不见阳光。黄永玉的太太因为条件太差，心情郁闷得了病。为了安慰太太，黄永玉就在一面墙上画了一个窗户，窗外是他想象中的各种美好风景。太太天天看，天天都是无限风光，也是奇怪，病就这样慢慢好了。"

哦，太美好的一味药了。我幻想着那扇神奇的窗户，感叹道："这是一个多么幸运的老太太啊。"

薛笑了:"是的,我一直觉得这是世界上最浪漫的礼物。"

"确实。"我赞许道,好奇地问他,"对了,你送过最浪漫的礼物是什么?"

"我?"他略略尴尬了,沉吟了一会儿道,"我不是一个浪漫的人,这是晓珑对我最大的抱怨。"

"怎么会?"我惊讶道。在我看来,他能够每天雷打不动地给太太打电话,这件事情本身就已经是极致浪漫了。

"当然。"他搓了搓双手,一脸愧疚之色,"我几乎没有给她买过礼物,没怎么送过花,也很少过情人节圣诞节这些,不知为何,我总记不得这些。"

"可这些算不上浪漫。"

"那什么是浪漫呢?"他奇怪道。

"浪漫?"我思索着,慢慢地说,"我觉得浪漫就是可以经常在一起;可以一抬头就能看得见;可以在下雪的夜晚窝在壁炉前一起取暖;可以毫无怨言地吃掉她不小心烤煳的蛋糕;可以去园艺公司买来黑土帮她培育花圃;可以帮她……"

"你的要求太低了。"薛打断了我。

"低?"

"这些太容易达到了。"薛笑道,突然问,"你知道我送给晓珑的第一个礼物是什么?"

"香水?"

"不是。"

"巧克力？"

"也不是。"

"那是——首饰？"

"更不是了。"他说着笑起来，"是一个冰箱。"

"冰箱?!"

"是的，是一个冰箱。刚认识她那会儿，她特别爱吃冰西瓜，为了让她吃个够，我花了快一个月的工资给她买了个冰箱送过去——"

"天哪，"我几乎要叫起来，"这是多么浪漫的礼物！"

"是吗?"他的神情灰了下去，"她没这么想，她觉得我太不浪漫了，因此以后我再也没给她买过礼物，不敢买了。"

我忍不住打抱不平了："如果是我，我会觉得自己太幸运了，能拥有这样顶级的浪漫。"

"真的吗?"他不相信地问。

"当然。"我看着他，不知为何，渐渐觉得气氛有点尴尬了。是他眼里闪烁的温情，还是因为地下室的原因？我听到他的呼吸声，甚至感受得到他温暖的体息。这种异性的气息，我已经太久太久没有体会了，一时之间，居然心情荡漾了。

他沉默着，嘴角渐渐泛起一丝优美的笑意。他轻轻拉起我的手，这个动作令我大吃一惊。"你的手好了吗?"他说着，低头看我右手上的伤口，原来是指上次给俏俏削苹果时受到的刀伤。

他还记得这个？我有点感动，更多的是尴尬，很想抽出自己的手，可又觉得太过分。我感受到他的手指在我的手上摩挲着，温柔地，充满怜惜之情。"早已经好了。"我嗫嚅着。

"你知道吗?"他并没有放开我的手,依然轻轻握着,"每次看到这双手,我总感觉心疼。"

"为什么?"

"也许觉得它本应该养尊处优吧,应该像别的女人那样在指甲上涂颜色打水钻吧。"

"为我打抱不平了?"我笑了。

"不是,是欣赏。真心实意的。"他紧紧握着我的手,力气更大了一些。

我不敢接触那烫人的目光,用力抽出自己的双手站起来。必须得离开,内心里有个声音冲我喊着。

可我依然挪不动脚步,整个人像被粘在那里似的。他仰脸看着我,目光温柔得令我几乎要流泪了,太甜蜜,却又太伤感。

他慢慢站了起来,目不转睛地凝视着我。他伸出双手似乎想捧起我的脸,但是双手却定格在空中。过了一会儿,他叹了一口气,像突然被霜打了似的,蔫蔫地走出地下室。

艾美

第三十一封信

希望我们之间还能像以前那样自然默契

亲爱的朋友：

我也不知道这到底是怎么了，浑身好像有一团火在燃烧着。

燥热得实在难受，我刚才用凉水洗了个澡。可也就是一刹那间的凉意，当身体被擦干后，那团燥热很快又报复般袭来，令我更加痛苦不堪了。

我躺在床上辗转反侧，被子踢了，睡衣也脱掉了，可还是热得很。我只好下床去开窗，冷风呼地一下涌进来，我贪婪地呼吸着深秋的凉意。

离开地下室之后，薛几乎没怎么和我说话，甚至连目光都没有对视过。他匆匆收拾了一点东西然后开着车出门了。他没有告诉我去哪里，也没有说什么时候回来。当然了，他也没有义务告诉我这些。

难道他后悔了？难道他为自己的"失态"羞愧不已了？难道他害怕了……这些统统都不重要，重要的是，我希望我们之间还能像以前那样自然默契。也许，这只能是一种奢望了。

我知道我已经动了情，而他，也好不到哪里去，也许就差一毫米的距离了,但是这一毫米却如同迢迢银河般不可逾越。他有妻,我有夫,在所有人看来,我们各自都有幸福的家庭,而事实上也差不多。我们背负着家庭的诺言和希冀远离中国,难道我们忘记了?

不,不可能的。

我们都不是小人,也正因为这一点,我们才更加痛苦万状。其实,我多少有点憎恨他,为什么非要跨越出这一步,为什么不可以如往昔般把情感埋在心底?就好像一个美丽的花瓶,你远远欣赏不就可以了?如果不甘心地伸出手去够,那结果只能是粉身碎骨。

可是,内心又翻涌着一波又一波甜蜜的潮水。我记得他温热的体息,记得他温暖的双手,更深深记得他既忧伤又甜蜜的眼神。他是爱我,还仅仅只是需要我?这两个应该都不奇怪,撇开那些世俗的角色,我只是一个女人,他也只不过是一个男人而已。

太热了,我下楼给自己倒一杯冰水。米娜正坐在桌前戴着耳机看书,她的肚子已经很大了,可她依然没有落下一次课。上个星期她告诉我已经完成三门课了,还有两门就可以拿下安大略省的护士证书。这无疑是一位目标坚定内心强大的女性,无论在中国还是在外国,像她这样的女子一定可以成功。

米娜抬头看着我:"艾美,你今天有点不一样。"

"哦?怎么不一样?"

"说不好。你自己去照照镜子。"

我走到镜子前,果然看到一个有点陌生的女人:眼睛清澈而且清亮,闪烁着一种异样的神采,双颊如同被打了胭脂般绯红。

"我——我只不过是有点热。"我摸了摸滚烫的脸。

她微笑看着我，目光里有一种善意的探究。"你这会儿很漂亮。"她说。

我更加尴尬了。漂亮？自从来到加拿大之后，我似乎再没有考虑过这个字眼。原来我也是漂亮的，也是一位充满魅力的女性。但此时此刻，我并不想就这个话题讨论下去，因为一不小心便可能露馅。我匆匆忙忙地向她告辞，叮嘱她也早点休息。

就在上楼梯前，我忍不住问她一句："薛回来了吗？"

"没有。"她笑着说，那神情似乎早已经洞悉了一切。

我强迫自己躺在床上，内心一片波涛汹涌。睡是肯定睡不着的，于是我打开自己的手机。此时正是中国的上午 11 点钟，微信朋友圈已经更新了好多屏，看来每个朋友都在忙碌着，彼此关注却又互不相干。

我给媛媛发了微信：媛媛，在吗？

我没有唤她"亲爱的"，也没有嚷嚷着"你给我快出来"。不知从何时起，我和她渐渐变得客气起来。因为她总是很忙，于是显得我闲得有点可耻甚至有点骚扰了。最近几个月，我总是给她发好几次微信之后她才回复，也总是寥寥几句话。如果我问她："最近好吗？"那么她的回复总是一个字："好。"如果我再问她："工作还很忙吗？"那么她的回答通常就是："很忙。"有一次我想拜托她帮我去银行办一件事情，刚问了她一句："最近忙吗？"她立刻给我丢了一个日程表，上面填满密密麻麻的安排，几乎精确到每半个小时。

这样的交流很难继续了，好像原本顺畅的小溪突然被什么东西给堵住了。

但是此时此刻,我无比想念媛媛,无比想念曾经和她自由自在的倾诉。也许因为她并不认识薛,也许因为她在另一个国家?

她没有回复。我愣愣地拿着手机等了半天,终于忍不住又输入了一句:"出事了,我好像爱上别人了。"

刚一发送出去我便立刻后悔了,只是还没来得及删掉,对方的头像便亮起来了。"什么? 什么? 你爱上别人了?"

我苦笑了。原来她就在网络那一边,原来她一直守望着。我突然感觉到一种久违的温情,再不孤独无依了,于是一股脑倾诉出来:"好像是的,怎么办?"

"是谁? 我认识吗?"

"你不认识,是这边的一个人。"

"你和他什么关系?"

"他是我的房客。"

"天,你们住一起? 上床了?"

我讶然,好半天说不出话来。如此赤裸裸的提问,是我太保守,还是我离开太久了?

"快说,上床没有?"

"没有,差得远呢。"想到网络另一头她那八卦的神情,我忍不住笑起来,"别流氓,人家可是良家妇女。"

"良家妇女也是女的。怕什么? 上床不过是男女之间的一次深度握手罢了。"

"你这么认为?"

"装什么？咱们都不是清纯失足少女了。"

我扑哧一声笑了。还是那个媛媛，嘴巴刁钻性情古怪，真不知什么样的男人可以承受得起这个宝贝。"让你失望了，我没有和他上床，连手都没有牵过。"我告诉她。

她很快便发来一个"狠揍"的表情。

我沉思着，慢慢输入着："上床其实并不代表什么。上床不一定代表爱，不上床不一定代表不爱。"

"精神出轨了？"

"有点吧。"

"跟我讲讲他？"

"他是一个北京过来的工程师，今年年初住到我这里来。他和我差不多大，有家庭和孩子——"

"太惨了，怎么是这样一个人？"

"是啊。怎么办？"

"有什么怎么办的？你们连手都没有碰过，还能怎么办？根本什么事儿都没有嘛！"

"还是有事儿的。我担心有一天会真的爱上他，会做出一些不可思议的事情。太可怕了，想想都不可以原谅自己。"

"什么事情，和大春离婚？"

"不可能，绝对不会走到这一步。"

"没有什么是不可能的，所有狗血奇葩的事情天天都在发生。总有一天你会发生，生活令你大跌眼镜。"

"不会有这一天的，起码我永远不会和大春离婚的，因为有俏俏。大

208

春也不会。"

"呵呵,你怎么这么自信?"

"不是自信,是责任。"

"现在讲责任了,如果真讲责任起来,干吗还会爱上别人?"

我一时有点语塞。可是,难道因为有了责任,我们就再也不能心动,再也不配拥有美好的感情了?

媛媛继续说:"作为女人,我为你感到高兴。女人不能只是幸福,还要性福,没有性福的幸福总让我感觉假模假样。所以不管你以后发生什么不可思议的事情,我都能接受并且为你祝福。"

"你了解我的。我不可能让自己发生不可思议的事情,哪怕心里很痛苦。"

"不要给自己做保证,那根本没用。我不了解你,我连自己都不了解的。我只是祝天下有情人终成眷属。"

"呵呵,你这是把我往火坑里推吗?"

她不回答了。我又愣愣等了很长时间,她还是不说话。

也许她这会儿又开会去了,也许她这会儿网络信号断了,也许她的手机突然没电了……这个媛媛,此时此刻,我真想把她从网络那头拽出来狠狠吼一顿。

艾美

第三十二封信

原来我依然可以是一个精致的女人

亲爱的朋友：

你知道吗？薛第二天下午才回来，不仅回来，还带了好几份比萨。他把比萨分给我们大家，并且开玩笑道：以后艾美再也不用做晚餐了，因为他可以免费提供无限量的比萨。

原来他去比萨店工作了，主要负责送外卖。每天晚上店里卖剩下的比萨总会让员工带回家，于是他便可以一举两得，既挣钱又挣了免费晚餐，世上居然还有这么好的工作？

他用一种得意扬扬的神情向我们描述着这一切。他说比萨店老板是一位叙利亚男人，曾经是当地的首富，拥有很大的庄园和连锁商业公司。可是国家内战爆发，这位男人丧失了所有的财产，历尽艰辛辗转几个国家才把一家老小带到加拿大。他们并没有留恋以前的富贵，而是从零开始，从干最不起眼的小本生意做起，重新建设家园。

薛敬佩这样的男人。事实上他也有这样的肚量，拿得起放得下，不拘泥于往日的身份，可以随时从头再来过。

但是，我总是觉得薛还有另一层深意。也许他也害怕了，不愿意经常待在房间里面对我。那一天在地下室里，他差点失控。如果再不悬崖勒马，保不定还会做出更无法收场的事情，于是他用这种方式暂时回避了。

我感谢他的苦心，又心疼他的苦心。

亲爱的朋友，今天我去商场购物，在路过化妆品专柜时突然停住了脚步。那个像芭比娃娃似的金发美女注意到我之后，立刻热情洋溢地迎上前，送来一连串夸张的赞美。她说我天生拥有一个完美的嘴唇，唇色那么美丽。她还说，我的头发和所有中国女人的头发一样，漆黑又散发着光泽，在阳光下熠熠生辉。

不知是否被这些甜言蜜语打动了，我最终被她说服坐下来，而她则拿着一大堆化妆工具给我化了一个完整的彩妆。当她再次把镜子举起来时，说实话，我都有点不敢认镜子中的那个面孔了。

很漂亮。我必须诚心诚意地说。

说实话，我已经有两年多没有化妆了，当然也是没这个必要。我每天的生活就是照顾孩子和收拾屋子，每天见到的人也永远只是那几个，化妆给谁看呢？所以我的化妆工具早已经被俏俏拿去当水彩玩了。

可是当我面对着镜子里那个全新的面孔时，心里居然有一种小小的激动。原来，我依然可以是漂亮的；原来，我依然可以是一个精致的女人。

最后我买了她的全套化妆工具，她兴奋得一直说"谢谢"。我看着那些精巧的女性小玩意，感觉既熟悉又陌生。

事实上，我不仅买了化妆品，还买了两条裙子，一条淡蓝色，一条肉粉色，上面都有简单而好看的图形。尤其那条肉粉色，长度正好及膝，细节处有精美的蕾丝，非常女人味。

当我拿着这一大包衣物回家时，突然意识到，原来这是我两年多来头一次只给自己买东西。奇怪的是，我的心里一点儿也不觉得遗憾，反而挺甜蜜。

这个晚上，我心血来潮地做了一桌子菜，有法香烤鸡、香煎鳕鱼、玉子豆腐和几个颜色漂亮的蔬菜。俏俏一个劲地问我今天是什么特殊的日子吗，我说不是。

"那你为何做这么多菜？"她一脸困惑状。

"心里高兴呗。"

"你为什么心里高兴？"

我耸耸肩，根本没有什么原因。不知为何，就是心里荡漾着一波又一波喜悦的情怀。

米娜笑着对俏俏耳语："我知道原因，你没发现妈妈越来越漂亮了吗？"

俏俏认真地端详着我，然后认真地点点头。

我顿时羞红了脸，正打算说话，突然看见门开了，薛抱着两个巨大的南瓜，一身泥浆地站在门口。

俏俏尖叫着放下筷子迎上去。薛表情痛苦地将南瓜放在地上，咧着嘴甩了甩胳膊，一看就知道这两个南瓜不轻。

原来他下班的路上拐到一家农场摘南瓜去了。虽然还有两周才是万圣节，担心最大最漂亮的南瓜被别人摘走，于是他今天就去农场先下手为强了。

话说这两个南瓜真是完美无缺啊，一个又大又圆，一个呈完美的扁圆状，两个都金黄灿烂的，好像被最纯正的颜料涂过色似的。俏俏立刻就做出了决定，又大又圆的那个刻成哭脸，扁圆的那个刻成笑脸。

也许被南瓜诱惑了，俏俏这顿晚饭吃得心不在焉，胡乱往嘴里扒了两口就嚷嚷着要刻南瓜。薛的手边正好有刻刀，于是两人把南瓜搬到后花园的凉亭里，一屁股坐在地上开工了。

俏俏先拿着签字笔在南瓜上画出哭脸和笑脸的形状，然后目不转睛地看着薛刻南瓜。薛是一个非常仔细的男人，他先从南瓜顶部挖出一个碗状大小的洞，伸手进去把南瓜瓤和南瓜子掏出来，再把南瓜抱在胸前，按照俏俏的笔印，一点一点小心翼翼地刻。虽然是头一次刻南瓜，但他的刀法依然称得上圆滑连贯。

看那南瓜瓤黄澄澄得可爱，我没有舍得扔掉，而是把它们收集起来端到厨房里。趁着他们刻南瓜这会儿，我决定烤一个南瓜蛋糕吃。

已经很久没做蛋糕了。虽然米娜做得比我好，但这会儿她正在读书，不好意思麻烦她，于是我自己对着食谱一步一步摸索。我先用清水把南瓜瓤清洗一遍，再用搅拌机把它搅拌成糊状。接下来是打发蛋白，我从冰箱里取出几个鸡蛋，把蛋白和蛋黄小心翼翼地分离，再拿出打蛋器打蛋白，看着如云朵般的蛋白糊渐渐地在手底膨胀膨大，我的心中泛起一丝浅浅的幸福。

所有的家务已经结束。房间里正放着音乐，台面上摆着金黄色的蛋糕糊，花园里的两个人正头抵头刻南瓜灯。他们说着笑着，笑声像铃铛般一阵又一阵传了过来。

这时,烤箱已经预热好,我哼着歌儿把蛋糕糊放进烤箱中,稍微盯了一会儿,很快就闻到南瓜清甜的味道。

"妈妈,你在烤蛋糕吗?"俏俏在花园里喊了一嗓子问。

"是的。"我笑着说,然后上楼去。

其实本来是做例常的晚间梳洗,但是我没有,反倒拿出白天买的化妆工具给自己化了一个淡妆。我打了粉底,画了非常淡的眼线,加重了眉毛的颜色,同时也涂了腮红。

看着镜子里的人越来越焕发出神采,我的心情却越来越复杂了,说不清是喜还是忧,五味杂陈般。

化好妆后,我换上了那条粉裙子。因为天色晚了,我在裙子外面披了一件白色羊毛外搭。令我惊喜的是,虽然很久没有健身过,可我的身材基本没有变化,估计是家务活做得比较多,依然保持在两年前的纤细体形。

说实话,我不知道自己为什么要做如此打扮,也许只是一时好玩,也许是为了让俏俏高兴,也许……我胡思乱想着,心如撞鹿般地下楼了。

楼下,薛和俏俏已经刻好南瓜灯,此时正把它们摆在门口,并往里面小心翼翼地插蜡烛。听到下楼声,薛不经意地抬头看,我们正好四目相望。

那一瞬间,我终于意识到自己的怪诞,简直羞愧到无地自容。我是疯了吗?大半夜的盛装打扮,简直是一个脑子有病的10岁小女生!那一瞬间,我差点要逃回去,洗干净脸,换上平时普通的家常衣服。

当然已经晚了。俏俏也抬头了，大吃一惊："妈，你干吗？"

无路可退了，我只有面红耳赤地下楼，嗫嚅着："今天买了点衣服，我刚试了试，不好的话明天去退。"

"妈妈，不要退，非常漂亮，简直太迷人了！"俏俏快活地叫着，扭头问薛，"是不是，薛叔叔？"

薛神情怪异地把目光移开了，低头继续插蜡烛："是的，俏俏，不用退。"

"我妈妈是不是很迷人？"俏俏不依不饶地追问。

薛几乎要求饶了，神色益发慌张似的："是的，俏俏，非常迷人。"

我也尴尬极了，突然闻到一股浓烈的煳味，脑子一下子清醒了，于是三步两步冲到烤箱前把蛋糕取出来。

可想而知，原本金灿灿的蛋糕变成一块焦煳的暗黑料理。当然了，我们并没有浪费它，薛自告奋勇地把它"消灭"了。他说，严重怀疑我烤的不是南瓜蛋糕，而是完美无缺的焦糖南瓜派。

艾美

第三十三封信

我们听得到彼此疯狂的心跳声

亲爱的朋友：

万圣节终于到了。

在加拿大，万圣节可是一个令孩子们尖叫的节日。好多天之前，俏俏便已经缠着我去商场给她买了一套艾莎公主的礼服，她说今年万圣节，她要扮演冰雪公主。

下午我去超市买了糖，因为晚饭后会有络绎不绝的孩子们敲门要糖。薛上周就已经把南瓜灯摆在门口，虽然是处女作，但他的南瓜灯刻得还是非常成功，一个撕心裂肺地哭泣着，一个龇牙咧嘴地大笑着，令人一看便忍俊不禁。

为了营造恐怖气氛，薛还从二手店里买来很多蜘蛛网，乱七八糟地挂在门前树和房子上，并且在树枝上悬挂了几个塑料骷髅。

因为太兴奋，俏俏晚饭都拒绝吃了。天还没黑，她便迫不及待地点亮南瓜灯了。我们赶紧准备糖果，按照加拿大的习俗，谁家门口亮起南瓜灯，小朋友们便可以径直上前敲门讨要糖果。如果不给，就有权利一直在门口装神弄鬼吓这家人。

正忙乱着呢,迈克斯开着一辆老爷车轰隆隆地过来了,搞笑的是,他还为前车灯贴了长长的睫毛,好像老爷车骨碌碌的大眼睛。今天晚上,迈克斯披了一件黑披风,戴着一顶尖帽子,脖子里还挂着一个骷髅面具,显然他的身份是巫师了。

汤姆穿了一身蜘蛛侠的紧身衣,小脸上蒙着一个蜘蛛侠面罩。他的情绪仍然不高,本来不想出来要糖,最终被迈克斯软硬兼施给轰出来了。迈克斯让他和俏俏一起去要糖,他要回家装饰房子,还要给孩子们发糖。

看到他车里塞的满满两大箱糖果,我顿感无比惭愧。因为他不仅买了孩子们爱吃的棉花糖和薯片,而且买了很昂贵的巧克力球、巧克力饼干和威化,而我也就随便在沃尔玛买了一些硬糖充数。尽管琼总是抱怨迈克斯花钱大手大脚,但在我看来,那只不过是因为他的慷慨。

天色渐渐黑了下来,街道上开始游荡起披着床单的"鬼魂",当然都是孩子们扮的,他们穷尽一切恐怖想象力,把自己打扮成骷髅、吸血鬼、幽灵、魔法师……很多女孩子用白粉把脸涂白,再用唇膏在眼睛下画出两道血红的印子,好像眼睛里涌出的鲜血。

我不敢看这些装神弄鬼的孩子,只是紧紧跟在俏俏和汤姆身后,看他们两人挨家挨户地要糖吃。多数人家也把房子装扮起来了,往门口的树枝上挂满蛛网似的白丝,在花园里插满骷髅脑袋,用投影仪投射各种恐怖的幻灯片到房子上,房间里播放着各种鬼哭狼嚎的声音……当我们走近一个房子时,一只硕大的蜘蛛突然爬到我的腿上,我吓得魂飞魄散,立刻跺着脚尖叫起来,所有人都笑了,原来只是一个电动蜘蛛玩具。

俏俏也有点害怕,远远望着那些恐怖的房子不敢前进。幸好有汤姆陪着,他一手拿着一个白色枕头套,一手拉着俏俏,勇敢地走过各种骷髅鬼怪吸血鬼,然后按响摆着南瓜灯房子的门铃。"Trick or treat!（不请吃就捣乱）"他大声喊。

果然里面探出各种各样的脑袋,有人抓一大把糖放在他们的枕头套里,有人直接送出一个包扎好的糖果袋。

不一会儿,他们的枕头套便装得满满的,俏俏越来越胆大,好几次还主动跑上前去要糖。也许是斩获颇丰,也许是在女孩子面前展示了勇气,汤姆的小脸也渐渐绽放了。

沿着弯弯曲曲的小街,我们慢慢往前走。气氛越来越阴森可怖,到处都是黑黢黢的大树,幽暗的南瓜灯亮光像鬼火般忽明忽灭,倏忽而过的鬼叫声令人渐渐毛骨悚然了。我越走越害怕,无数次试图说服俏俏回家,可她就是不。

前面有一户人家,一连点亮了好多盏南瓜灯。俏俏和汤姆见状,三步两步奔上去,径直从这户人家的花园跑过去,伸手就要按门铃,突然一个重物从天而降,居然是一个满身滴血的尸体。

孩子们尖叫着笑成一团。

我看得胆战心惊,不防却被一个东西绊倒了,低头一看,原来是草丛里的一具骷髅,触到那冰冷的骨头架子,我吓得连叫也叫不出来了,跌跌撞撞地往前跑。前方站着一个一袭白衣的女孩,戴着花环,金发及腰,笑吟吟地冲我招招手,我一如催眠般怔住了,不知不觉走了过去,走近才发现她一脸全是血,身上的白裙子上也是斑斑血迹。我吓得汗毛直立,转身就跑,却突然发现自己置身于一片墓地,身边到处都是墓碑、碎骨、花环和棺材,几只灰扑扑的蝙蝠到处乱飞。

我终于忍不住尖叫起来,感觉自己的头发都立起来了。我没头没脑地乱跑,突然被一个人抱住了。

"艾美!"那人喊道,原来是薛。

我反身更加紧紧抱住了他,感觉心里一块巨石轰然落地。

"我到处找你们。"薛依然抱住我,轻声说。

"我吓死了,真快被吓死了……"

"别害怕,我陪着你们,我不会离开的。"他轻轻拍着我的背,安慰着。

说也奇怪,刚才还感觉阴森可怖的夜色居然眨眼之间变得温情款款起来,四周那些骷髅、蛛网、僵尸也不再令我毛骨悚然,反倒充满搞笑和趣味了。这时,我也意识到,原来自己还在他的怀抱里。

我试图推开,没想到,他并没有松开,反倒更紧地抱住了。幸好倚靠着一株大树,树荫把我们全部遮盖住。我一动不敢动,听得到彼此疯狂的心跳声。

时间仿佛凝滞了似的,整个世界消失了。我感受到他温暖的胸膛,那么坚实而有力。不知为何我的鼻子酸了,忍不住抬起头,正好看见他细长而优美的眼睛,荡漾着深情与悲伤。

无话可说。其实什么也不必说,什么也不能说。

我听见俏俏像小鸟般的声音。说不清哪里冒出来一股惊人的勇气,我重重挣脱了薛的怀抱,在夜色中冲孩子跑了过去。

俏俏看见我惊讶道:"妈妈,你为什么哭了?"

"我哭了吗?"我更加惊讶地问。

我信手摸了摸脸庞,原来不知何时,自己早已经眼泪滂沱了。

艾美

第三十四封信

妈妈是我身体的一部分

亲爱的朋友：

不知道是不是受到惊吓的原因，我几乎一夜未眠。脑海里翻涌着各种各样的怪梦，一会儿失足掉入洞穴了，一会儿被一个可怕的东西追赶着，一会儿梦里有人尖叫，一会儿被薛温柔地拥抱……我一身大汗地惊醒了，正好看到窗外灰扑扑的黎明。

脑袋疼得很，浑身像被鬼魂附体般沉重。我正打算坐起来，手机突然尖叫起来。我迷迷糊糊接通了，双耳立刻便被一个熟悉的声音轰炸了："老妹，你快回来，立刻马上回来，妈妈快不行了。"

我心头一紧，手机差点从手里跌落下去。是姐姐，上周她告诉我妈妈最近身体不太好，上楼梯的时候总叫着腿沉，清晨起床时左半边身子有点麻木。我们都以为只是常见的老年病，怎么突然就不行了？

"你说什么？什么？"我冲电话大声喊。

姐姐在那边已经开始哭了，她告诉我，昨天晚上妈妈上厕所时跌了一跤，然后就再也没起来。他们赶紧把妈妈送去医院急救，结果居然是中风,而且是脑干中风!妈妈已经在重症监护室待了8个小时了,医生们正在拼尽全力抢救,可是妈妈依然一点反应也没有。刚才主治医生给姐姐发了病危通知单。

"你快点回来,能多快就多快,我担心你再也见不到妈妈了。"姐姐说着,又哭了起来。

挂了电话,我手忙脚乱地收拾起东西,大脑一片空白,连哭都忘记了,只是机械地往床上丢东西:护照、文件、钱包、信用卡、钥匙……

妈妈不行了?这怎么可能?这不是在开玩笑吗?明明上周才打过电话,我告诉妈妈一定要坚持去跳广场舞,但一定不要去居民区跳。妈妈还爽朗地大笑:怎么,嫌我丢你人了?

怎么会?我只是担心她被别人泼污水。到时候不仅惹了一身腥,还惹一肚子气。

怎么突然,突然就不行了?

我迷迷糊糊收拾着东西,双腿一阵又一阵发软。突然想到我还没有订机票,于是赶紧打旅行社电话。最快的机票是三个小时后的飞机,一分折扣也没有,但这种情况下,我也没有想到问折扣。

我让旅行社立刻出票。订好机票后,突然想起大春,于是赶紧拨大春的电话,居然是关机状态。明明这会儿只是国内晚上8点多,他的手机又没电了?

我咬牙切齿地又拨了好几遍,一直都是关机中。我气愤地把手机丢到一边,终于忍不住大哭起来。

我也不知道自己是怎么上飞机的,只是迷迷糊糊记得我把俏俏托付给米娜看。她为俏俏做了早餐,然后送她去上校车。我看着俏俏背着巨大的书包,小小的身影孤立无援地走在安静的街道上,眼泪便再也没有止住了。

我就带了几个重要文件和一个银行卡,连换洗衣服都没有带便冲上飞机。办理登机手续的时候,办手续的金发美女不停地问我:你的行李要不要托运?

我摊开手告诉她我没有任何行李。

她不相信地看着我,然后又打了一个电话。过了好半天,一位中国服务生走出来,原来她以为我听不懂英文,于是叫来中文服务。

"不用,真的不用托运。拜托让我上飞机,越快越好。"我央求道,又忍不住流泪了。

她们吓了一跳,赶紧把我放行了。

13个小时的空中飞行时间,我像吃了迷幻药似的昏昏沉沉。我不停地流泪,又怕被别人注意到,只好闭着眼睛装沉睡状。

妈妈!

哦,妈妈!

亲爱的朋友,我一直没有给你讲过我的妈妈,事实上,我也不是特别想念她。因为她就是我身体的一部分,永远都在身上,谈何思念呢? 可是,当她突然要离去时,我感觉自己身体的某个部位也突然被生生扯去似的,疼,锥心地疼。

我不爱我的妈妈。这句话说出来是不是有点可怕?

我想,我一定是妈妈的耻辱,更是她一生最失败的投资。妈妈天性好强,是街坊邻里之间最要强的女人。因为从小被别人夸聪明,妈妈在我身上倾注了全部的心血与精力。记得我刚上小学时,妈妈便给我请了一个家庭老师,是一个快70岁的退休老师,刻板而且毫不留情。

那时候,我每天放学后就是快速加餐然后立刻开始无穷无尽的作业。除了学校布置的,还有家庭老师单独布置的。别人读二年级,我一定在家里读四年级。妈妈说,我绝对不能被别人超过,所以一定要比别人快出两步。我必须要考上名牌大学,只有这样才能出人头地。

我的确想考大学,可是考大学的目的不是出人头地,而是离开她,离得远远的,离开母亲的"魔爪"。她若知道这个目的肯定早就气疯了。

小时候写作文,最常写的题目是"我爱妈妈"。我听着别人在课堂上声情并茂地念自己的妈妈多么好多么慈爱多么温柔,不是羡慕,而是深深的自卑。为什么我的妈妈从来没有温柔地搂抱过我,没有耐心地陪我读完一本书,更不会和我像朋友玩一盘抓子游戏。

当然也有很多很多感动的瞬间,比如我上晚自习回来,天降暴雪,妈妈站在桥头的路灯下等我,不知等了多久,整个人几乎成了雪人。

比如家里每次吃鱼或者鸡,头一定是妈妈的,妈妈总是说它们香。等我自己当了妈妈后,这些头类爪类的,自然也成了我的专有。

比如我第一年高考没有考上重点大学,妈妈决定让我复读。每天晚饭后,她总是带着一兜可怜的小苹果去找老师求情,到底吃了多少次闭门羹?妈妈从来没有提起过,只知道她每次回来,脸色阴得几乎攥出水来。

……

我没有考上那些一流的名牌大学,只是上了普通大学。稍微令妈妈满意的是,我找了一个名牌大学的男朋友。

对于大春,妈妈比我还满意。记得头一次带大春去我家,妈妈逢人都宣布:"我女婿是中科院的,是博士!"每当听到这句话,我都羞愧得恨不能钻到地底下去。

那个时候,大春还是一个毛头小伙,个子还没有我高,长相一般性格一般,不是特别关爱别人的那种,可是所有的缺点都消散在他金光闪闪的文凭中。妈妈对他的疼爱几乎到了讨好的地步,她给他洗衣服,变着法子做各种好吃的,不让他碰一点点家务活。

大春直到现在都不做家务,这一点,我的妈妈"功不可没"。

我最终选择了大春,不是因为多爱他,更是因为妈妈的压力。他果然像妈妈预料的那样,工作事业顺风顺水,他在中科院挂上了教授的头衔,同时还创建了一个经营不错的公司。许多人羡慕妈妈有这样出息的女婿,但是没有多少人知道十多年的婚姻生活中,我独自守过多少个漫长的黑夜,当然现在依然还在守着。

有时候难免也会抱怨,妈妈总是批评我:"这是代价。你想要这一边,就不可能有那一边。"

"可是,你怎么知道我想要哪一边?"我问妈妈。

妈妈从来不理。她只是穷尽一生帮我争取她认为好的,可殊不知,我对那些根本就消化不良。

或许我也是爱妈妈的,只是这种爱仅仅缘于骨肉亲情。

前年在北京时,下地铁楼梯时我不小心扭着脚踝,于是被送去骨科医院做治疗。X 光片里,我头一次看到自己的骨骼,那么纤细,那么灵巧,那么完美无缺。

在那一刻,我突然有种想哭的感觉。我得多么感谢妈妈啊,因为她给予我一个如此完美的身体。

随着时光的流逝,随着生活把所有的棱角磨平,尤其是来到加拿大之后,当我独自包上 200 个水饺,当我大汗淋漓地种下一株玫瑰,我渐渐理解了妈妈,了解了她那源自内心深处的不安与惊恐。

我正渐渐和岁月握手言和,正渐渐学会抚慰老人的心。可是妈妈却要离去了……

不要,不要啊!

艾美

第三十五封信

你回不去了,我们都回不去了

亲爱的朋友:

　　我不知道自己怎么上的飞机,也不知道自己几乎昏睡了千山万水。上了飞机,我没有吃任何东西,只是要来一杯白开水放在面前,看着它由热变冷。到后来,那个起码有一米九的乘务组长都找我了,关切地问,是否感觉不舒服?

　　没有。我告诉他,我只是感觉有点累。

　　要不要我们给你提供一些特殊的食物? 他不甘心地问,满脸的担忧。我想,我萎靡不振的样子一定把所有人吓着了。

　　不要。谢谢。

　　那要不要我们给你升舱,换一个更舒服的位置? 他仍然不放心。

　　不要,不要,我只想休息。

　　他只好走开,把头顶的射灯帮我调暗,然后又亲自给我拿来一个羊毛毯子。我用两条毯子紧紧裹住自己,仿佛只有这样,内心才能获得片刻安定。

13 个小时的空中飞行,对我来说,如同 13 年般漫漫难挨。可是当飞机终于轰然降落时,这跨越了半个地球的飞行又仿佛只是一瞬间。

刚一出机舱,我便嗅到一股浓烈的煤焦油味道,以为是飞机发动机的原因,可当我冲进 T3 机场时,这股呛鼻的味道依然久久无法消散。难道这就是雾霾了? 为何我在北京那么多年都没有闻到过?

天空仍然是记忆中的灰色,空气似乎有了重量,沉甸甸地悬浮在空中。密密麻麻林立的楼群依然灰头土脸,不好看,可这毕竟是我熟悉的风景,我曾经深深地憎恶,可是一旦远离,又忍不住无比想念了。

机场大厅当然人很多,我没有任何行李,于是三步两步冲出机场。接机口有熙熙攘攘的人群,许多人举着姓名牌,有人拿着花束,有人在拥抱接吻,有人在尖叫,还有人被一团笑脸团团围住。

没有一张笑脸是属于我的。这个城市几乎把我忘记了。

坐在出租车上,车子刚刚发动起来,我立刻感觉自己飘了起来。原来在渥太华待久了,早已经习惯了那被粗盐腐蚀得坑坑洼洼的道路(因为除雪,渥太华的雪季必须经常在道路上撒盐),此刻我居然不适应北京像镜子般平坦宽广的柏油马路了。

我紧紧拉着安全带,生怕自己一不小心被甩出去。我看到央视大楼、国贸三号、鸟巢、水立方……一个又一个地标性建筑在眼前飞逝。

哦,北京,北京!

我先回的家。

很想给大春打电话,但我的国外手机无法打国内电话,于是只好径直回家。幸好一直带着家的钥匙，即便他不在我也可以进屋。

我知道大春一定会吓一大跳，但此刻来不及思考太多，脑子完全被妈妈的病情占据着。我需要回家拿银行卡、身份证还有手机，在国内如果没有这几样，你几乎寸步难行。

远远的，我看到熟悉的小区了，那假山瀑布、亭台楼阁还有花园绿地，那个秋千沙坑曾经是俏俏最喜欢的去处，那个包子铺曾经是我家的早餐食堂。一切都没有变，可一切似乎又变了，变得更乱了，更破旧了。

还是因为我变了？

出租车停了，我慌慌张张冲出去，也许因为坐了太久腿都打软，刚一下车我差点摔了一跤。突然想起一个不吉的预言，爸爸去世那年，姑姑坐火车来看他，刚下车便摔了一跤，姑姑当时就哭了，说爸爸很快就要不在了。

我直骂自己神经病，一边骂一边小跑着朝家的方向赶。此时正是下午4点钟，孩子们正好放学，我看到几个熟悉的老人正陪着放学的孩子慢慢遛弯。不想和她们打招呼，我尽量低着头加快脚步。

我经过一个女人。明明已经走过了，脚步却莫名其妙地停住了，我扭过头。

是媛媛！

她穿了一件非常随意的家居服，长发被松松地挽在脑后。她手里提着一兜水果和蔬菜，一把油亮的小葱从袋子里探出脑袋。

"媛媛！"我尖叫一声，冲上前便去拥抱她。

她受惊般后退了几步，魂飞魄散的样子犹如见到了鬼。当然我此刻的样子也吓人得很，十多个小时没有睡觉了，一定灰头土脸蓬头垢面状如女鬼。

她终于反应过来,惊叫着冲上前要和我拥抱,可是还没碰到我,她突然往后退了好几步,脸上的表情变得怪异起来。

她咧嘴笑着,可是那笑比哭还难看。这时我才注意到她的肚子,差不多六个月了吧。

"媛媛!"我跺着脚喊。

"你别过来!"她居然惊慌地大叫。

"你怎么了? 神经了? 你不认识我了?"

她看着我,目光有一种可怕的陌生。"你怎么突然回来了?"她又哭又笑起来,"谁让你回来的?"

正在这时,一位熟悉的老人从花园里走过来,是媛媛的妈。还没等我冲过去,老人却吓得后退了几步,那惊恐的样子和女儿简直一模一样,犹如见到一个鬼魂。不过老人很快便反应过来,赶紧冲到媛媛面前挡住她。

"阿姨,我是艾美啊,你不认识我了吗?"我惊讶地问。

"啊哈,这,这么巧,艾美突然回来了,怎么不打一个招呼?"老人挤着笑问,那满脸皱巴巴的笑容令我想起森林里的老女巫。

我被这对母女整晕了。"媛媛,你怎么了? 你居然搬到我家这个小区住了? 你什么时候结婚还怀孕了? 居然也不告诉我一声,阿姨是过来照顾你的吗? 你真是个坏人——"

媛媛一声不吭,她的妈妈也又哭又笑含糊不清地嘟囔着,但我听不懂。

"你怎么回来了?"她突然问,声音冷得像一块冰。

"我妈病了,姐让我立刻回来,我现在回家拿身份证和手机。"

"你不能回家。"

我惊讶地看着她，此时此刻，我感觉她更像一个鬼。

媛媛强迫妈妈回去，然后强迫我在附近凉亭里坐下。"在我和你谈话之前，你不能回家。"她霸道地说，一种不容置疑的表情。

我没有再强求，深知一定发生了什么。我看着她的肚子，感觉如同一个天外飞来的怪胎。

几位老人拉着放学的小孩子闯进凉亭里，估计被我们两个女人的面色吓到，很快又尖叫着跑了出去。

"艾美，原谅我。"媛媛终于说话了，一脸镇定。可那种镇定明显是装出来的，因为她用双手紧紧捂住肚子，仿佛生怕胎儿受到攻击。

"你回不去了，我们都回不去了。"她定了定，一个字一个字艰难无比地说出来，"我和大春好上了。"

如同被电击了一下，我差点惊跳起来。

"是的，是的，我和大春好上了。你说怎么办吧。"她说着，垂着脑袋哭出来。

"开什么玩笑？不带这样玩的。"我笑道。

"不开玩笑，是真的。"

我缓缓地站起来，可脚底一阵阵发软，我感觉自己几乎要晕倒了，于是又缓缓坐下去。

面前的媛媛依然在哭，长发不知何时散开了，遮住大半张脸。"你打我吧，你骂我吧，是我对不起你，可是不要伤害我的孩子，也不要伤害大春——"

"你不要脸！"我猛地拍了一下石桌，呼的一声站起来。

她不说话，只是捂着脸哭。

那么这是真的，是真的了，不开玩笑了？我狠狠捏了下大腿，生疼！"告诉我，告诉我这是为什么？"

"为什么？"她抽了一下鼻子，勇敢地抬起头来，只是目光依然不敢与我对视，"爱情没有为什么。"

"放你妈的屁！"

她冷笑了，认识她这么多年了，我头一回发现她的嘴唇这么薄，薄得像两片刀子。"为什么？因为你有优秀的老公天天陪着，你有乖巧的女儿天天玩着，你根本不用起早贪黑地工作，不用看尽白眼受尽折磨，因为你住在美好的国家里，不用呼吸雾霾不用吃地沟油，不用担心得肺癌和食品中毒，因为你不缺钱不缺爱不缺前途和希望，你甚至不用担心下一代下下一代子孙万代——"

"可这些关你屁事？"

"少跟我屁屁屁的，嘴巴干净点！"她开始反击了，牢牢盯住我的眼睛，"当然关我屁事，我比你差在哪里，我比你漂亮比你聪明比你学习好比你会来事我甚至比你小了一岁！我干吗成天用你的成功衬托我的失败，干吗天天为你的幸福生活喝彩？"

"谁阻拦你的幸福了？有本事你也去找啊！"

"我当然找了，一直都在寻找，从来没有一刻放弃过。这不是找到大春了吗？"她说着，阴恻恻地微笑了。

我直愣愣地看着她，呆若木鸡。

艾美

第三十六封信

我感觉他突然涣散了

亲爱的朋友：

是不是很狗血，我猜你一定开始设想那个画面了，是不是类似国内门户网站上那些"原配当街暴打小三"……

生活中并没有那么狗血。我们没有扭打成一团，甚至没有彼此谩骂，我们只是死死盯住对方，似乎谁先移开目光，谁便一败涂地。

是我先认输了。因为突然想起妈妈，天哪，我在这里干什么，斗小三吗，她还不配！我恍然惊醒，害怕，恐惧，恶心，憎恶……神啊，求求你带我离开这一切，我在心里呼喊着，踉踉跄跄地冲了出去，踉踉跄跄地，好几次都差点摔倒。我没有回家，哪里还有家？让"家"这个字见鬼去吧。

我不知道自己是怎么进的医院，只记得我站在十字路口打出租车，好不容易车到了，一个年轻男孩跑过来试图和我抢车。我扶着车门，重重地吼了一声："滚！"

他愣住了，还没待他反应过来，我便摔门进车。司机似乎也被吓着了，立刻踩下油门，车子像炮弹般冲了出去。

很快便到了医院。医院里还是那么冷酷又繁忙,我一路小跑冲进去,刚一进入住院部,便看见姐姐正在重症监护室门口坐着,她用手指撑着太阳穴,不知熬了多久,仿佛也要倒下了。

　　看见我进来,姐姐的眼睛乍然亮起来,她一把抓住我,没有抱怨却是安慰道:"别担心,没事了都没事了,妈妈一定会挺过去。"

　　我哭了,越哭越凶狠,好像童年时那个受尽委屈的孩子。

　　姐姐告诉我,妈妈不舒服快半年了,但一直不让告诉我,生怕我担心。其实妈妈上个月住过一次医院,后来医生检查出来是脑部血管堵塞。姐姐当时就想让我回来一段时间,但妈妈坚持要出院,非说自己没事没事,休息两天就好了。

　　她是不愿意打扰我,因为知道我分身无术。

　　这就是我的妈妈了。我恨她,更恨自己。"父母在,不远游。"

　　傍晚时分,医生把妈妈从重症监护室里转到一级特护病房,他们已经做了全部的努力,剩下的只能看天意了。

　　我看着妈妈深深陷在白色病床里,惊奇她的躯体怎么这么小,小得像个孩子。她的身体被插满了管子,枕旁一个心脏监护仪正在噼噼啪啪跳动着。我鼓起勇气走上前,看着妈妈花白的头发。她闭着眼睛沉睡着,表情安详极了。我轻轻抚摸着她的脸颊,感觉那皮肤好像一块布。

　　我又忍不住流泪了。

　　姐姐轻轻走到我身边,告诉我大春来了。她已经知道了大春和媛媛的事情,连骂都懒得骂了。

　　我努力平静着自己的情绪,脚步像灌了铅似的走出病房。

大春正坐在病房外的沙发里，垂头丧气耷拉着脑袋，双手不停地搓着后脑勺。听到我出来，他抬起头来，不知道我的样子是否让他受惊，总之他的样子真把我吓住了。他的脸色憔悴不堪，皮肤黑黄暗淡，眼睛里全是红血丝。他胖了，但不是健康的胖，而是胖得迟钝又松弛。

我感觉他突然涣散了。对，涣散。从身材到精气神，不再是以前的紧致灵活，而是突然变成松松垮垮混沌不清的一大团了。

我惊奇媛媛到底看上他哪一点了。

"艾美，你回来了，怎么也不事先打个招呼？"他问我。

打招呼？好给你们充分的时间继续演戏吗？我冷笑一声，没有理他。

"艾美，她告诉我你都知道了。"

她？那就是媛媛了，想到这个名字，我的心头像被刀片划了一下似的疼。

"艾美，这一切其实没什么，你不要担心。"大春站起来，似乎想把手搭在我的肩头。

我后退了几步，惊讶地望着他。这还算没什么？

他苦笑了一下，继续说："我是和媛媛好了，可是我不会丢下你们母女不管的。"

"是吗？"我苦涩地说，"不丢下我们就是说，我是大房她是二房，我是东宫她是西宫？我是你在加拿大的老婆，她是你在北京的老婆？难怪你天天忙，天天投资人撤资，天天生意不好做，原来都在忙北京的老婆了？"

"不是的。我是真的忙。"

"忙?"我冷笑了,若不是在医院里,我几乎要扯着嗓门骂人了,"忙你还有工夫找女人? 还偏偏是她!"

"我没找,是她自己送上门的。"他急急忙忙地争辩。

我惊讶地望着他,看到他既尴尬又委屈地解释着:"她总说你指派她来照顾我,我能怎么样? 我能把她拒之门外? 你们又是好朋友的。"

"你怎么不把她拒之床下呢?"我气极,反倒要笑起来,"我让她帮忙照顾你是这样一种照顾法吗? 我让她当你的慰安妇吗?"

"艾美,说话不要这么难听好不好?"他皱起眉头,"感情这件事情真是谁也说不好,一时情绪上来就什么也控制不住了。其实我也很后悔,觉得对不起你,还有孩子。"

"刘大春,你真是一条狗!"我想尽一切骂人的字眼,可也只想出这句话。

"艾美,有事就心平气和地解决,干吗骂人呢?"他摆出一副官样,真是当官当习惯了啊。

我看得恶心,胃里一阵阵抽搐,简直快要吐出来了。"当然要骂,骂还是轻的,只恨我不能把你们这对狗男女碎尸万段——"

"艾美,我印象中你可不是泼妇啊!"他也火了。

"我印象中你还不是嫖客,她也不是妓女呢!"我忍不住骂起来,眼泪又不争气地涌出来。

大春走了,他说要让我平静平静。显而易见,他分明是心虚。

看妈妈的状态还算平稳,姐姐带着我去医院的公园里散心。路过楼下小超市时,她进去给我买了酸奶、面包,还有一包砂糖橘。

也许是胃里太久没有接触食物了，我刚喝了一口酸奶便放下了。姐姐帮我剥着橘子，带我坐在花园的秋千架上。

一个又一个穿着病号服的病人弓着腰从我面前慢慢走过，偶尔还有救护车呼啸来去，几个护士推着白色的担架车一路小跑。我看着许多人影在眼前晃动着，感觉如同置身于浮世绘般不真实。

"你在想什么？"姐姐递给我一瓣橘子，突然问。

我木然地摇摇头。

姐姐叹了一口气："都什么时候了，你打算怎么办？"

"我能怎么办？换了你，你会怎么办？"

"我其实也不知道。"姐姐愣愣道。正在这时，一只灰麻雀向我们走来，歪着脑袋探究般看着我们。姐姐扯了一块面包丢过去，麻雀迫不及待地吃了。

"你还回加拿大吗？"姐姐又问我。

这不是笑话吗？俏俏在那里，我的家在那里。突然想起那个白色的小屋子了，想起屋子里温暖的壁炉，想起后院我亲手栽种的玫瑰，想起门前斑斓的枫叶，想起那永远宁静的天空……越来越想，越来越想念了。

"要回去。"我肯定道。

"会和刘大春离婚吗？"姐姐小心翼翼地问。

离婚？这个字眼我似乎从来没有想过。但目前看来，除了这个字眼之外，我还能做些什么呢？

我摇摇头，想了想，又点了点头。

姐姐叹了口气："我劝你不要。"

为什么？这可不是我一向勇敢洒脱眼睛里容不下沙子的大姐了。

我扭脸看着她,突然注意到她双鬓的白发和细细的鱼尾纹,什么时候,我永远青春永远活力四射的姐姐也老了啊?

我们都在向岁月屈服。我听到内心的小女孩又哭泣了。

"不容易,生活不容易。"姐姐说,"你们各自出气了,俏俏怎么办?你想让她没爸还是没妈?你们的财产怎么办,房子归谁,财产怎么分?你这么多年没上班了,接下的日子怎么过?刘大春好说得很,左腿刚一走出你这个婚姻,右脚立刻会被一堆女人争着抱住。可是你呢?你已经三十六了,还有多少机会呢?"

"那我怎么办?眼睁睁地看着他三妻四妾,左拥右抱,让他当皇上吗?"

"刘大春也实在太气人!"姐姐咬牙切齿地说,"退一万步来讲,他找谁不行,偏偏找韩媛媛!我早就讨厌你这个闺蜜了。"

"为什么?"

"她的心气太高,明明自己把自己砸到手里,还要拖着你下水。什么狗朋友,什么破闺蜜?难怪现在女人们都在学习一门课——"

"什么课?"

"防火防盗防闺蜜!"

我扑哧一声笑出来,笑着,心却被狠狠攥得更疼了。

艾美

238

第三十七封信

身累和心累,哪个更好受一点?

亲爱的朋友:

感谢主,我的妈妈终于醒过来了。

我想,她一定是听到了我们的争吵声,然后拼着老命又从黄泉路上赶回来了。只要还有一份挂念,妈妈一定不会忍心离开。

医生说这是一个奇迹。因为脑干中风几乎很少有幸存者,即便侥幸生存下来,也差不多瘫痪大半个躯体。可是妈妈没有,她渐渐地可以说话,也渐渐地可以喝点流食了。她的四肢全部都有感觉,医生说她很快就可以坐起来了。

我坚持不去姐姐家住,而是在妈妈病床边打了一个地铺 24 小时陪护。我一刻不敢离开也不愿意离开,亏欠太多,哪怕听到妈妈床头心脏监护仪的"滴答"声,我也会感觉心安许多。

我们没有把大春的事情告诉她,但是相信她一定感知到一些东西。她经常目光忧伤地看着我,脸上弥漫着一种困惑的神情。好几次她问我大春怎么不来,我赶紧把话题转移了。

大春其实来了很多次。虽然我坚决不允许他进病房探视,但姐姐已经心软并且同意他坐在门口沙发等候着。我想他是内疚,良心不安了,于是想用这种方式换得一点点的安心。

也太廉价了。

我再也没有提过媛媛,提到这个名字就感觉恶心。倒是大春看我陪得辛苦,几次劝我回家睡一觉。

"家?家在哪里?"我冷笑。

"艾美,别这样,家还是你的家,谁也夺不去的。"他低三下四地说。

我不知道他把媛媛转移到哪里去了,更不知道他是如何转移得了她。媛媛可不像我是一个好捏的柿子。我只是注意到他的脸色更憔悴了,松弛的眼睑下面挂着两个巨大的眼袋,仿佛一下子老了十岁。

这不是活该吗?

今天晚上俏俏给我打电话过来,在电话里,她给我唱了一首法语歌。我把电话递给妈妈,妈妈聚精会神地听着,高兴得眼泪怎么也擦不干。

米娜把俏俏照顾得非常好,她带着俏俏一起做绘本书,指点她用法语写上文字叙述,真是特别棒的主意,俏俏学习法语的兴趣一下子大增了。

我注意到米娜给俏俏剪了齐刘海儿,益发显得她明眸皓齿灵秀可爱了。我把照片转给大春看,他把它设置成手机屏保,经常拿着它呆呆地看,一看就是好半天。

俏俏当然不知道家里几乎翻了天,她命令我把爸爸带回去,并且说她已经学会做沙拉给爸爸吃了。当她娇滴滴地向爸爸汇报学习时,我看到大春一副又哭又笑的表情,心中一软,差一点就原谅他了。

可是,我怎么可以原谅他呢?难道要屈辱地度过下半生?身累和心累相比起来,哪一个更加好受一点点?

我悄悄咨询了律师。律师告诉我,虽然中国婚姻法对妇女儿童保护不够,但像我这种过错明显是由男方引发的,法院裁判时还是会稍稍偏向女方多一点。

我做好了最坏的打算,要为我和俏俏争取最大的权益。

然而万万没有想到的是,当我把律师帮忙撰写的离婚协议书放到大春面前时,他淡淡地笑了,然后把它们推到一边。

此时此刻,我和他正坐在医院旁边的茶馆里。我们都没有喝茶,没那个工夫,更没那个心情。"艾美,你不要没事找事好不好?"他问我。

我惊异地看着他。

"你和我提离婚对你和俏俏没有一点点好处。"他绞动着双手,同情地叹了一口气,"你还是太傻了啊!"

"我傻?"

"是的。好多事情你恐怕都没有察觉到,这两年来,我买了多少保险?"

这点我是知道的,经常听到媛媛说大春又找她买保险了,可这又有什么关系呢?难道在现在中国,人人不是需要买很多保险吗?

"如果离婚,这些保险是不会计入夫妻共有财产的,你无法分到这一部分。"

哦,我恍然大悟。原来是转移财产了,是媛媛的主意吗?她果然是专业人士啊！我气得浑身哆嗦起来，原来她已经先下手为强了。

"还有一点，我当然做得不对，可是你难道没有一点点过错吗？"大春眯着眼睛看我，眼神渐渐怪异起来。

"我有什么过错？我被你发配到加拿大，离乡背井地陪着孩子去读书，我一直遵守诺言陪伴孩子等着你。笑话，我错了？"

他冷笑了。"笑话，你也是人，我理解人性，所以从来都不和你计较。"

"你在说什么，我不懂。"

"非要让我把脸皮撕烂，让我们俩人比着看谁比谁更烂吗？"

我越听越糊涂了，他在说什么，他疯了吗？我看到他从公文包里取出一沓文件来，轻蔑地甩给我看。

我拿起来快速扫了一眼，天哪，顷刻间只感觉天旋地转眼冒金星，我感觉自己几乎快要昏倒了。原来那是我和媛媛最后一次的微信记录。

在那一次微信聊天里，我向她倾诉心事，告诉她我爱上了别人。而这位贱人，居然把它保留下来，成为报复我的证据。

"其实韩媛媛早就告诉我了，我没有理睬你。因为知道咱们都不容易，你寂寞找个男人陪陪我吞得下去，可你为什么吞不下去我的生理需求，非要闹个鸡飞狗跳不可收拾？至于吗？"

我一条一条看着那些记录，确实是我亲自说出口的心事，在那个脆弱的夜里。我扭头望着窗外，正好看到灰蒙蒙雾霾中的一座大楼，这个建筑丑毙了。

我把那张纸一绺一绺地轻轻撕了。

大春看着我，目光里既有同情又充满了哀伤："艾美，不要这样闹了，我不会和你离婚的,我根本想都没想过这个念头。"

"那韩媛媛怎么办?"

"这是我的事情,我会摆平的。"

"摆平?"我冷笑了,"开一张大支票让她消失？还是在哪个青山绿水处买个别墅当你二房?"

"艾美,别说得这么难听,我在考虑这件事情,给我点时间好不好?"

"我给了你太多太多时间,从到加拿大开始我就在等你,算算我等了多少天？你太贪心了,无底线的饥不择食。"

"可我也是身不由己,"大春开始争辩了,居然委屈得很,"我可能也会忍不住找别人,但绝对不会找她。是她先诱惑的我,她说她很苦很孤独很寂寞,希望我能关爱她,哪怕一点点。"

"你是雷锋啊?"我气得笑起来。

"没有,我是被她软化了,被她诱惑了。最开始是那一次感冒,你让她来看我,她给我做按摩,做着做着不知怎么就忍不住了……"他说着,羞愧地低下头,"然后她就莫名其妙地怀孕了,我也没料到怎么这么准。"

我听得一阵阵作呕,原来怨自己引狼入室了。

"艾美,原谅我,我不会离开你还有俏俏的。原谅我,好吗?"他说着,伸出胳膊试图拥抱我,我重重地把他推开,转身走掉了。

艾美

第三十八封信

唯有离开,才会迎来不可思议的归来

亲爱的朋友:

已经后半夜了,我一个人像鬼魂般在大街上游荡。

我从烟袋斜街往前走,走走走,走过无数个弯弯绕绕的胡同,走过无数个酒吧和红绿灯,走过无数个接吻的情人和呕吐的酒鬼们,不知不觉走到长安街上。

夜晚的长安街真是壮观啊,街道两边的街灯像火炬般燃烧着,把笔直望不到尽头的长安街装点得犹如银河。我看到东方新天地了,这应该是李嘉诚的物业,我曾经在这里工作过许多年,那时候每天挤地铁来上班,每次走进这个明晃晃的玻璃大门总会皱起眉头,烦透了,烦透了。

可是此时此刻,我一点儿也没有当年的烦躁心情,却是眷恋与哀愁,因为知道已经失去,知道岁月不可能重来,而我更不可能回头。

我沿着文化宫高高的红墙往前走,银杏树正值辉煌时刻,金灿灿的叶子在灯光中闪烁着耀眼的光芒。我凝视着夜色中的琉璃飞檐,感受着凌晨 3 点钟古老京城摄人心魄的美。

我还是爱这个城市啊。

走遍天涯海角,终于发现自己最深最深的眷恋,那是根一样的情怀。不会随着距离淡去,反倒在内心里发酵,越来越深沉厚重了。

一位一身橄榄绿的士兵走过来,问我:"女士,你需要帮助吗?"他的普通话非常好听。

"不要,谢谢。"我摇摇头。

"你确信?"

"确信,我很安全。"我告诉他。

他微笑着点点头,从我身边走开了。

我继续往前走,走过护城河,走过午门,走过天安门,即便是深夜,广场上还是有寥寥的人影,他们有的坐着,有的站着拍照,他们是在等着看升旗吗?

我也坐了下来,习习的夜风吹来,我开始打起哆嗦。

我想起俏俏刚刚学会走路时,我和大春带她来天安门放风筝。不管什么时候来,天安门的风总是很大,只要我一松手,小小的纸鸢便"呼——"地一下子升上天空。而小小的俏俏,总是又蹦又跳,乐不可支的样子。

我想起我和媛媛一起去国家大剧院看芭蕾舞剧《天鹅湖》,那是俄罗斯芭蕾舞团过来表演,票价贵得很,可是我们仍然咬牙去看了。虽然看过好多次芭蕾了,但那一次的《天鹅湖》令我们惊叹得几乎要落泪。太完美了,太完美了,白天鹅的舞者在蓝色星球般的舞台上优雅地起舞,旋转着,轻盈跳跃,她不言不语,却用舞蹈讲出了千言万语。

结束后,我和媛媛没有离开,而是坐在剧场外看夜色中的国家大剧院。那天夜色清朗,椭圆球体的大剧院倒映于水中,水如一面镜子,令剧院和倒影合二为一成为一个完美的巨蛋。蓝色、绿色、红色、紫色、银色……随着光影的变幻,我和媛媛数着巨蛋颜色的变化,建筑之美令人惊叹不已。

想着往事,想着过去,我的心又痛了起来。

我该怎么办?

我不知道。是的,我不知道应该原谅还是应该挑战,应该前行还是后退,每一个都有道理,每一个看上去都理由充分。

我仰脸看天,天空中没有星星,也没有月亮。我想起渥太华的夜空,满天的星星像无数颗钻石被镶嵌在苍穹上。

我住长江头,君住长江尾,日夜思君不见君,共饮长江水。

或许,我应该回去了。

也或许,唯有离开,才会迎来不可思议的归来。

艾美

第三十九封信

我宁愿孤独至死,也不愿意苟且偷生

亲爱的朋友:

实话实说,信写到这里,我几乎没有继续下去的能力了。我的大脑一片空白,记忆力衰退,反应迟缓,行动笨拙,几乎对生活中的一切失去了兴趣。数不清有多少次,我打开电脑,面对空白的文档枯坐一整天,我不吃不喝,只是看着窗外花园里的日影从东边移到西边,然后我关了电脑,强迫自己走出门,在校车站接俏俏回家。

每一天都是空白的,就像空白的文档,死一样的寂静。

有时候我会低头翻看手机微信,国内好友们依然水深火热地沸腾着,似乎他们就在我身边,近在咫尺,可是我不知道和谁交谈,因为和谁交谈都是一种打扰。

我的朋友圈里没有大春,也没有媛媛了。回来时,临上飞机前我把他们两个全部拉黑了,不仅微信拉黑,电话和邮件也都设置了阻拦。这两个曾经是我生命中最重要的人,如今只希望他们从我的生活中彻彻底底地消失。

我宁愿孤独至死，也不愿意苟且偷生。

上个月，我听说前面那条街上的中国女人自缢了。她从上海过来，在海外独自飘零近十年，据说她患了抑郁症。

我看着门前的火红金黄的枫叶渐渐飘零，看着一队又一队的加拿大鹅从头顶掠过，这寂寞的美啊，我感觉自己也快得抑郁症了。

亲爱的朋友，我今天喝了至少四杯黑咖啡，然后强迫自己坐下来给你写信。如果再不写，我内心的疼痛真的会变成钝刀子，在不知不觉中杀掉我自己。

我上次告诉你我从北京回来了是吗？

是的，我从北京回来了，像梦一样，像一阵旋风。我甚至搞不清自己在北京待了几天，因为这几天的惊涛骇浪几乎抵得上几十年，几辈子。

妈妈中风了，大春出轨了，媛媛怀孕了，我 15 年的婚姻包括财产全部粉碎了。生活真是他妈的狗血剧情。以前我经常半躺在沙发里嚼着薯片追看狗血剧，可谁曾料到，现实中的生活可比那些脑残剧狗血多了。

那一天我是下午抵达的渥太华。没有人接我，刚一走出机场，我便感到刺骨的寒风"嗖——"一下子钻入骨髓。我突然清醒了，心如针刺般疼痛，原来心疼是真的会疼哎，那种被刀刮、被针刺的生理性疼痛。

在停车场里我找到了自己的车，也不知道它静静泊在这里多久了，幸好这里不是北京，否则它肯定早就积满灰尘灰头土脸了。我打开后备厢，拿出刷子稍微清洁了前方玻璃和两个后视镜，然后系上安全带慢慢发动了它。

我看到那低矮的建筑一处一处零星散布着，我看到触目所及的枫树,在蓝天的辉映中,斑斓又华丽。名不虚传的枫叶国啊,为什么两年之后,我依然感觉陌生?

我回了家。哦不,不是家,只是一幢房子,没有男主人的房子怎么也不能称为家了吧?

房子里没有人。也是,现在正是下午,俏俏正在学校上学,薛应该在打工,米娜呢?她反正是经常不在的。我于是放下行李走进去,内心为这一份空寂感到庆幸,否则我实在没有精力强打起来应对各种寒暄和欢迎。

房间里非常干净,不能不承认米娜和薛真是非常好的房客。我注意到一盆日本红枫被搬到了室内,估计天气已经太冷,他们把植物搬进房间里防止被冻坏。花园里还有零零星星的松果菊盛开着,这是每年花季最晚的花了,待到菊花凋零,长达半年的冰天雪地就会突然降临了。

突然感觉到饿,这种生理的反应令我稍稍振作了一点。我打开橱柜,发现一包干巴巴的方便面,这种我曾经看也不看的垃圾食品,此时却成了意外惊喜。我赶紧扯开包装把面块投入沸水中,然后又拿出一个鸡蛋打了进去。

想起不知在哪里看到的一句话:"什么叫成长?成长就是以前你动不动绝食闹脾气,可是今天你明明在流泪,还是会给自己煮面条吃,并且在里面卧一个荷包蛋。"

嗯。成长。

我看着沸腾的面汤,闻着浓烈的调味料香气,不知是泪水还是被热气刺激,我的眼前又模糊了。

面很快就煮好了,我端着面碗坐在餐桌旁。餐桌上有一个信件筐,好几天没有回来了,信件积了厚厚一沓。我大致翻了翻,多数都是广告和银行对账单,一封慈善机构的捐款倡议,此外还有一个很大的 UPS 国际快递包裹,封口并没有被封上,我于是好奇地拿了起来。

是薛的包裹,寄给北京一位名叫"耿晓珑"的女士,显然是他的妻子了。

包裹里装着一个精致的防尘袋,虽然明知不太礼貌,但我仍然忍不住小心翼翼抽了出来:一个大红色的中号女式小包,高档的金属链,流畅的弧形设计,是今年最畅销热卖的爱马仕女包,红色更是不可多得的限量版,只对北美地区销售。

当然那价格也是不菲的。

小包里还有一张卡片,是他的字迹:亲爱的珑儿,我负责挣钱养家,你负责貌美如花。你的,薛。

不肉麻,不煽情,只有夫妻之间的关爱与诙谐,恰到好处的浓情蜜意。

我吃不下面了,从没有觉得方便面这么难以下咽。我站起来把满满一碗面倒入垃圾袋,内心一片翻江倒海。

我这是怎么了?

亲爱的朋友,我也不知道我这是怎么了。我开始一刻不停地收拾房间,擦洗厨房,换洗床单,收拾衣柜……对,一刻不停,像一个没有生命的机器人被摁下"启动"开关。我无法停止,仿佛稍有停顿,整个系统便会出现各种紊乱。

当薛回来的时候，我正在二楼吸尘。听到吸尘器的轰鸣声，他三步两步冲上来，喜出望外道："艾美，你什么时候回来的？怎么也不打个电话让我去机场接你？"

我关了吸尘器看着他。他比印象中更加英俊了，也许刚从外面跑步回来，一身运动装的他浑身散发着秋日树林里的清新气息。真是一方水土养一方人啊。我甚至觉得，薛越来越像室外的一棵树了。

他自然而然地去拿我手中的吸尘器，惊讶地说："你看你，坐了十多小时的飞机怎么也不休息一下，让我来，你去躺会儿吧？"

我赶紧扭过身子，他抓了个空。

他再次抢吸尘器，这一回我索性摁下吸尘器开关，机器再次轰鸣起来。他怔怔地看着我，奇怪道："艾美，你怎么了？"

"没怎么。"

"到底发生什么了？"

"告诉你没什么就是没什么，管那么多闲事干吗？"我有些不耐烦了。

他显然被噎住了，不知所措地站在一旁。而我，却如同祥林嫂般唠叨起来："你看看，我走这些天房间里乱的，地毯上尽是些灰和头发，还有饼干渣子，真是的，再不是自己的房子也得稍微注意一点吧，明明知道在加拿大房子是养的不是造的……"

其实不仅薛，包括我自己也大为意外，不知这些抱怨从何而来。可是我就是控制不住，抱怨和愤懑如同失控的跑车，怎么也刹不住："你们也知道在加拿大的人工费有多贵，修房顶通水管清洗地毯种花种草……哪哪儿都是钱，你们以为给我那点房租我就赚翻了吗？实话实说，连维修房子的钱都顾不住,就这我还得免费当老妈子天天做清洁——"

"你有任何难处随时都可以告诉我的,"薛立刻抢着说,"是不是房租太低了? 如果是,你今天晚上算算我随时补你钱。"

"我不要你的钱。"我受辱般抗议道,感觉"钱"这个字一下子把他推远了。

"你一定要接受。"他正色道,"人家亲兄弟还明算账,我们不能因为关系不错就在金钱上马虎。再说,我也不差这点钱。"

我冷笑了,想起那个耀眼的爱马仕女包,酸溜溜道:"您当然不差这点钱,您夫人的一个小包都抵得上我几个月的房租。"

他显然听出我话里的讽刺意味,越来越一头雾水了:"艾美,你在说什么?"

"抱歉,我可能有点太八卦了,"我关掉吸尘器,不怀好意地望着他,"我不小心看到你马上要快递到国内的爱马仕了。"

他终于明白过来了,如释重负地笑了:"你说那个包吗? 那是给小珑的生日礼物,你知道我不会买礼物的,这一次——"

"这一次学会了,我向你保证,收礼的人一定爱死了。"我酸溜溜道。

"真的吗?"他居然兴奋地问。

我被他的反应激怒了。他居然这么高兴? 我几乎醋意冲天了,忍不住冷嘲热讽:"你可真是好男人好先生好国民好老公啊,自己在国外靠送外卖赚生活费,却还给国内的太太买爱马仕做生日礼物,真看不出原来也是土豪一个啊,那么为什么还要在比萨店打工呢? 为什么还要租房子住呢?"

他张口结舌,完全被我的反应弄糊涂了。而我,仿佛无穷无尽的委屈与痛苦突然找了一个发泄的通道,势不可挡地奔涌出来。"都是同胞的,难道就不可以彼此体谅一些?你们以为我办个家庭旅馆容易吗?你们以为我还指望着它发大财吗?我体谅你们失业经济困难,可原来都是土豪啊,说不定你们还在笑话我们母女的寒酸呢!既然如此,为什么不多交点房租或者菜钱,难道别人的体谅和理解都是天经地义理所当然吗——"

薛渐渐涨红了脸,或许他从来没有经历过如此难堪。"抱歉,我考虑欠周到,让你担待太久了,需要再补多少钱你尽管直说……"他用一种无比尴尬的声音解释着。

我更火了,钱、钱,难道他只能想到这个字吗?"补多少钱你也还不清的。"我气愤地抗议道。

"这可不行,否则我真的没脸继续住你这里了。"

"那你就走!"我赌气般脱口而出。

他愣住了,我也愣住了。我们怔怔四目相望,我看到他的目光一点一点疏离了。

"原来我是这样的榆木脑袋,原来我一直在给你添麻烦。"他喃喃自语。

"不,不——"我听见自己的内心在狂喊,可是我却倨傲地转过身子,"轰"的一声按响吸尘器的开关。

艾美

第四十封信

故作的坚强像洪水般决堤了

亲爱的朋友：

或许你已经猜到接下来的事情了。

第二天上午，我去市里办事，回来的时候发现薛已经搬走了。他把房间彻底清洁了一遍，用清洁液把马桶擦得明可鉴人，用吸油布把抽油烟机经年的油垢全部擦拭干净，甚至还把灶台和烤箱的里里外外打磨一新。

在他的房间里，他留下一个信封，里面有很厚的一沓钞票，不用数也知道它们远远超过房租了。我四处翻找，抽屉里，枕头下，窗台上……没有任何卡片或者信件。他就这样走了，除了厚厚一沓钱，没有留下任何只言片语。

说不清是羞辱还是羞愧，我呆呆地坐在电脑桌前的转椅上。记得这是他刚到没多久后，我专门去商场买来的一把纯羊皮转椅，价格不菲，因为注意到他经常下班后还会趴在电脑前加班，那么一把舒适的椅子肯定是少不了的。

窗外的枫叶正在纷纷凋零,我突然意识到再过一个月就是圣诞节了,怎么最灿烂的秋季倏忽一下子就过去了?

我正在变得无感而且麻木。对生活,对四季,对时间。这种感觉令我深感恐惧。

不知何时,米娜走进来了。她在我面前坐下,目光关切地看着我。

我注意到她的肚子已经很大了,而身材依然保持了难得的纤细。也许是孕激素的分泌,她的长发更加黑亮了,皮肤有一种美丽的通透光泽。

对于这位女房客,我一直是有些怠慢的。可是她也从不在乎,不抱怨,不刁难,总是安安静静地,总是在我需要的时候出现。

我问她:"宝宝什么时候出生?"

"还有 25 天。"

我吃了一惊,原来她马上就要生产了,而我居然一点儿不知情。

"男孩还是女孩?"

"我不知道,也不愿意问,"她把双手温柔地搭在腹部,"留个惊喜吧。"

我猜一定是女孩,像她一样美丽坚韧。

我把这个想法告诉她,她笑了,拿出一个礼品袋递给我。是淡雅的灰色,上面系着白色的缎带。

"打开看看?"她催促我。

我惊讶地解开缎带——当那个一模一样红色的 HERMES 女包映入视野时,我感觉自己几乎要窒息了。

"这……这,难道不是——"

"是的。"米娜拿过那个女包,翻来覆去地看,"很美是不? 今年的圣诞限量款,国内好几个朋友托我买这个包。"

我更加惊讶地看着她,而她则接着说:"薛好意送我去折扣店陪我买包,他说妻子也快过生日了,所以我建议他也买一个。可是,他没有买一个,却是买了两个。他一直没有告诉我另外一个是给谁买的,直到今天他搬走的时候我才知道,原来另外一个是给你的。他说,本来想作为圣诞礼物送给你,但已经没有机会了,于是拜托我在平安夜的时候送给你。"

我又惊又喜,更多的是自责和惭愧。原来一切居然是这样啊,原来这只是一个甜蜜的误会! 内心波涛汹涌,可是我却一句话也说不出来。

"我想,薛是感激你的。"她告诉我。

"其实不必……"

她打断了我的客气,加重了语气说:"不只是感激,我想,他还是在意你的。"

我立刻感觉脸发烫了,尴尬地想解释什么,却又什么都说不出口。

她想了想,又说:"我想,他会回来的。"

回来? 回来又能怎么样?

"不管怎么样,"她把包放到我怀里,轻松地笑了,"我提前帮他把圣诞礼物送给你,相信你会喜欢。"

喜欢,能不喜欢吗? 我不好意思地接过这个包包,摩挲到那上等的皮质,像肌肤一样细腻。"不是圣诞礼物吗,干吗这么早给我?"我突然想到这个问题,奇怪地问她。

"因为,我明天也打算搬走了。"

"你?!"我猛地抬起头,正好看到她含笑的眼睛。

相比薛的离开，米娜的突然告别更令我震惊。她用一种近乎安慰的口气向我解释，原来她早在半个月前就重新租了一套公寓，离医院非常近，这样她生产前后如果发生任何突发情况，都可以迅速到达医院。

她一直没有搬走，因为注意到我这段时间事情杂乱神情恍惚，为了帮助我照顾俏俏，于是就这样一天天拖了下来。

"你其实根本不必重新租房，我不介意你把孩子生在这里。"我对她说，真心不希望她离开。

"我知道，可我自己介意。"她说，"而且我迟早需要一个人独自处理这一切，早一点面对也许更好。"

她说得没错，可我还是觉得接受不了，怎么薛前脚刚走，米娜后脚就跟着走了？按理说他们只是房客，用不着我依依不舍，可也许一起生活久了，反倒是我自己害怕面对一个人的寂寞了？

想起一个人买菜，一个人独自打扫房间，一个人开车去工具店买工具，一个人深夜去医院……是的，的确还有俏俏陪伴着，可她毕竟只是一个孩子啊！

此时此刻，我居然害怕极了这种孤单无依。我抓住她的胳膊，几乎乞求了："米娜，不要走，求你了。"

她惊奇地看着我。

"为什么你们都要走，为什么？"我说着，忍不住哽咽了。一段时间来，那故作的坚强终于像洪水般决堤了。

艾美

第四十一封信

没有一次背叛是心安理得的

亲爱的朋友：

我以为我是坚强的，坚强到可以独自消化所有的风波。但我终于还是忍不住把一切告诉了米娜：大春，媛媛，我那失败的婚姻，我几乎回不去的家国。奇怪的是，也许经过一段时间的沉淀，我并没有深刻的仇恨，只是无奈，还有很深很深的恐惧。

米娜问我恨他们吗，我说当然恨，但是相比恨，我更多的是惶恐不安，因为不知道未来怎么办，我甚至怀疑自己移民出国的决定是否正确。

"我现在经常怀疑这个决定。好像一个没有脑子的飘絮，为什么非要离开国内舒服稳当的安乐窝四海飘零？有时想想，这些千辛万苦到底值不值得，是不是到头来只是一场空？"我喃喃自语。

米娜挪开了目光，注视着窗外的秋日。沉思了一会儿，她突然问我要不要喝一杯茶。

喝茶？这个时间？我惊奇她的问题，却如同被催眠般点了点头。

坐在一楼的餐厅里，米娜又拿出了她的茶具，那个如玉般玲珑的青壶。

她把朋友送来的铁观音放在冰箱最里面的一个密封罐里，因为保存得好，打开之后依然有新鲜的清香。

她烧热了一壶水，把茶叶轻轻投入茶壶中，再徐徐注入热水。她温杯、洗茶、投茶、泡茶……这一系列行云流水的中国茶艺动作，在她身上，如同一幅优美的中国写意画。

"艾美，你知道茶的灵魂是什么？"她问我。

"当然是茶叶了。"

"不对，是水。"她说，"我一直以为离开中国后再也不可能喝到好喝的观音茶了，其实是想错了。哪怕只是一把普通的铁观音，渥太华的河水也可以泡出上等的味道。"

我接过她递来的茶，强迫自己喝了一口，当然饮不知味。

她似乎根本没有注意到我的勉强，倒是极其享受般啜了一口手里的茶，接着说："你说你自己时常怀疑，其实我还在国内时就已经怀疑了，不确定这种背井离乡是否明智。可是你看我每次从超市采购回来，只要提着购物袋走在路上，总有人会停下车问我是否需要搭车。前天我在公园里散步，一位老先生走过来告诉我鞋带开了。我还没有来得及弯腰去系，他已经蹲下去帮我系好了。这些点点滴滴，总是在最沮丧的时刻安慰着我。好像在渥太华也能喝到铁观音一样，不觉得陌生，依然有家的味道。"

"可是，你为什么要离开呢？"我忍不住问了出来。这个问题，从我们初次见面时就萦绕于心了。

"因为我怀孕了，不可能在国内生下来。"她淡淡地说。

"为什么？法律没有禁止单身女人生育——"

"不是法律，是我自己的良知。"

"良知？"我惊讶地问。

"是的，良知。"她说着把那个青壶捧入掌心，双手轻轻爱抚着，"你觉得这个壶怎么样？"

"很美。"我回答，不明白她为何突然话题跑到十万八千里。

"是很美，"她重复着我的话，渐渐微笑了，"烧这个壶的男子是我孩子的父亲。"

我惊得手一抖，杯里的茶差点溅出去。我立刻想起照片中的那个穿着白T恤的采茶男子，想起那个词——君子如玉。

米娜脸上的表情似喜似悲，像倾诉，更像忏悔。她说她和照片中的两个人一直彼此喜欢，不仅仅是好朋友，更如同兄妹。后来他们一起创办"泰欢"茶，其出发点也是三个人一直享受在茶的世界里。但是不堪经营的压力，她背弃了这个信念，并且把自己的资金撤走，差点把两个朋友置于破产的境地。

可是朋友们没有责怪她。他们说，每个人都有自己的清欢，可以是茶，是酒，是一片无人问津的茶园，也可以是一个精彩纷呈的都市，清欢没有高低。

米娜去了上海。作为一名外来的单身女子，她努力又执着，坚韧又聪慧，渐渐地有了自己的事业，也有了令很多人羡慕的收入。可是不管她在都市里走得多么深远，内心里总是惦记着那片茶园。

就在去年清明时节，她回老家祭祖时又去了那个茶园。两个朋友早已经于几年前结了婚,生活清贫而简单。女子依然在做茶,男子在做茶之余又学习了烧壶,他们依然坚持有机种植,哪怕被市场无数次碾轧。

他们说,泰欢茶便是一种人间清欢,不违本心,方能有欢。否则纵然获得商业的成功,也不一定拥有心的欢愉。

说不清爱情产生于哪一时刻,也许多少年前就在心底存在着。米娜爱上了烧陶的男子,以一种不计回报的单纯之爱。

"男女之爱,真的可以不计回报,可以自始至终单纯吗?"我困惑地问。

"不可以。"米娜诚实地说,"一开始我以为可以,可是后来发现不可以,单纯之爱只是一个幻想。"

"为什么?"

"因为我怀孕了。"她略有些羞惭道,双手不自觉地放在腹部。

我的心中轻轻一动,相信接下来的故事也很难避免俗套了。但是令我吃惊的是,米娜没有选择前进,而是选择了离开。

"自从怀孕之后,我根本无法克制自己去找他的冲动,它让我感觉罪恶和羞耻。"

"为什么?"我惊讶地问。

"因为我爱他,可是更爱他的妻子。"

是祝福还是诅咒呢? 他们三人是要相亲相爱,而不是相爱相杀的。既然不愿意彼此伤害,那就只好远远离开,把这个秘密腐烂在心里。于是米娜选择了出国,好在重新开始对她来说一直不是困难。

临行前,米娜把自己的资产全部变现,买通当年茶叶协会的专家评审们,令"泰欢"铁观音在全国年度秋茶评选中独占鳌头,成为年度金奖茶品。事实上米娜也相信,纵然没有自己的暗中护航,"泰欢"茶也完全有实力摘取茶界金奖。

发光的不一定是金子,可如果是金子,早晚有一天会发光的。她一直坚信着。

米娜告诉我,她从来不后悔自己的离开,因为离开也意味着一种全新开始。她甚至不后悔自己的爱情,因为如果强迫自己不去爱他,那么就是不爱自己了。可是为了这份自爱,她不得不搭上自己漫漫余生的孤独与冷清。

"信不信,她现在比你还痛苦。"米娜突然说。

我看着她,好半天才回过神来,原来指的是媛媛。真的吗?我渐渐想起最后一次见面时,媛媛不仅没有丝毫胜利的喜悦,反倒哆嗦颤抖成一团,再加上那个醒目的肚子,仿佛她才是那个被辜负背叛的对象。

"人世上,没有一次背叛是心安理得的,没有一个罪犯是轻松自在的。"米娜说着,不自觉垂头叹息,"要么像我这般流放异国,要么被自己的良知打入冷宫。"

我看着她被长发几乎遮去了一半的面孔,那么美好,那么柔弱无依,于是忍不住伸手将她揽入怀中,一时无话可说。

也许是中国茶的魔力,我感觉自己内心的痛苦渐渐平息了不少。

艾美

第四十二封信

妈妈,我们回中国好不好?

亲爱的朋友:

你修过下水管道没有?

今天下午,我发现厨房水池的下水管道有点堵塞了,倒入一盆水,半天也漏不下去,于是便打开水池下面的橱柜检查那些管道。我拿了一把老虎钳子和改锥,使出九牛二虎之力拧松管道接口处的螺母,只是还没有把管道拆解下,满满一池子污水夹杂着管道里经年的垃圾喷涌而出,当即把我浇了一个落汤鸡。

我尖叫一声往后退了几步,反应过来之后,立刻便感觉满身满头都挂了彩,散发着臭味的污水滴滴答答地从头发里淌下来。胃里一阵恶心,可是来不及收拾自己,我再次趴到橱柜底下修水管,其实哪里懂得修,充其量也就是把所有的零件拆下来再重新装一遍。可没想到的是,一个看似简单的管道居然也有这么多名堂:大大小小的螺栓螺母,厚薄各异的硅胶垫片,弯弯曲曲的管道起码由五六个小管道连接而成,最讨厌的是,管道有些部分生锈了,我不得不用铁锤先把它砸松动,然后再用改锥把它拧下来。

当我面对着满满一地的零部件时，沮丧得几乎要哭起来。天哪！我只是拼命地拆解，居然忘记它们是如何各就各位地组装在一起了。

但是我没有哭。哭有什么用？想起薛在的时候，每每碰到不懂的地方，便打开一个网站跟着视频学习，而他的口头禅就是："万事不求人，万事只求 YOU（网站名）。"

我的心被狠狠扯了一下。薛已经离开两个多星期了，没有任何消息，好像一个气泡一样从我生命中蒸发了。我没有他的微信，很奇怪，我们居然一直没有加对方微信，但是他有我的电话，如果想联系只要动动手指就可以了。

只是，他为什么要联系我？

我鄙视着自己的自作多情，垂头丧气地打开 YOUTUB 进行搜索。果然有无数个通下水道的视频，可单词太多太艰涩难懂了，我只好拿着词典一头雾水地查找，也不知道弄了多久，当我突然意识到俏俏已经放学时，抬头一看，校车已经过了快半个小时。

来不及多想，我抓起车钥匙便往外冲。

俏俏的学校在社区公园旁边，里面有偌大的草坪和茂密的枫林，此时已经是深秋，层层叠叠的枫叶仿佛要倾泻一年中最后的精血，红得几乎要燃烧起来。

俏俏孤零零地坐在教务办公室里，噘着嘴，像一个小受气包。

一位苗条的金发美女坐在办公桌前百无聊赖地涂着指甲油，看到我，略略不满道："这已经是你一个月来第三次晚接孩子了。"

我尴尬地道歉。

她抽了抽鼻头，脸上浮现出一丝厌恶的神情。天哪，我居然忘记换衣服，头发上的污水也忘了冲洗掉。我偷偷瞄了一眼俏俏，可怜的孩子把头都快垂到胸口了，我这个妈妈一定太令孩子丢脸了。

美女又发话了，用一种极其礼貌实际上却非常冷漠的态度说："如果你感觉按时在校车站接送孩子困难，如果你没有能力做到这件事情，你可以随时告诉学校和校车公司，我们会认真考虑这件事情。"

我谢过她，再三保证这一切都只是特殊情况。"认真考虑"是什么意思？是要把孩子送到儿童监护机构，剥夺我这个妈妈的监护权吗？

我不寒而栗，赶紧催促俏俏回家。

俏俏的情绪很坏，当然我的更坏。回家的路上，她一句话也不说，刚一进屋便踢脱了鞋子，拎着书包冲到楼上自己的卧室，把门紧紧关上。

我自知理亏，来不及收拾厨房下水道的一片狼藉，而是做了一个水果盘给俏俏端上去。

"俏俏，"我低三下四地敲门，"把门开开。"

"不开。"

"妈妈给你送水果。"

"不吃。"

"那妈妈给你做个三明治？"

"不吃。"

"俏俏，你怪我了？"

"……"

"俏俏，妈妈向你道歉好不好？"

"……"

"俏俏——"

话音还没有落,门突然被打开了,我的女儿眼泪汪汪地站在我面前,带着哭腔喊道:"妈妈,我们回中国好不好? 我想回家了,我想我爸爸!"

艾美

第四十三封信

真罪恶，这妖媚的欢愉

亲爱的朋友：

已经凌晨 2 点钟了。你们那边，应该正好是下午 2 点钟。

我记得以前这个时间是我的咖啡时间，正好午饭过后一会儿，昏昏欲睡，为了打起精神面对下午的工作，我总会溜到办公楼下的星巴克咖啡馆买一杯咖啡。基本都是拿铁，中号。时间久了，不用吩咐，咖啡师也总会额外给我打一个漂亮的奶油花。

那时候我经常端着一杯咖啡坐在门外遮阳伞下，眼前晃动着来来往往的办公室动物们，他们有着清一色的倨傲表情，那过分的洁净，总让我联想起性冷淡。

可是此时此刻，我躺在异国他乡的一张床上，辗转反侧不能入睡。其实也就两年工夫，怎么仿佛过了两个世纪？

我和俏俏和好了。当然了，我们是母女，再多矛盾也只是一瞬间。

我开车带俏俏去市中心一个著名的 POUTINE（普丁）店吃 POU-TINE。这种传说中的加拿大传统美食，说白了就是炸薯条混合奶酪、肉酱、番茄酱、洋葱等一大堆乱七八糟的东西。在我看来，世界上再也没有比这个更加糟糕的食物了，简直集高热量、重口味垃圾之大全，要多可怕有多可怕，要多脑残有多脑残。

可是不仅所有的加拿大人，包括俏俏都吃得摇头晃脑心满意足，我只好点了一份火鸡沙拉，而这也是我稍微能吃下去的西餐之一。

俏俏没有再闹着回中国，也没有再提爸爸。我怀疑她已经猜到什么了，总之是一种不太好的感觉，母女连心，很多事情不用说她应该也能感知一二。

我并不担心俏俏，只是担心自己。与其期待孩子坚强，不如让自己强大起来。可是，我能不能强大，而怎么样才算得上强大？

回到家里，我感觉一阵阵眩晕，脚底像踩了一团棉花似的发软。估计血糖有点低，我赶紧含了一块巧克力，和衣躺在沙发里。

俏俏给我倒了一杯热水，然后给我拿来一条毯子。"妈，你还要什么？"她问。

"宝贝，我什么也不需要。你上楼睡觉吧，不要担心我。"

"不，我不困，我要再陪你一会儿。"

我闭着眼睛摸了摸她的后脑勺，软软的头发，令我心疼。"宝贝，如果你不困，能不能给我弹一首钢琴曲？"我问。

俏俏听话地坐下弹琴，她先试了试音，然后慢慢地弹起来。渐渐的，稚嫩的琴声像流水一样缓缓流淌起来。

听着听着，不知为何，我的心情渐渐舒展了，就像有一双优美的手，轻轻抚过我内心的伤痕。

此时正是凌晨2点钟,俏俏已经沉沉睡去,就在隔壁的房间里。两周前,米娜还是搬走了,我没有再挽留,每个人都有自己的计划与方向,没有任何理由令一个人为另一个人改变。

俏俏要求住到米娜的房间里。我想,她一定非常舍不得米娜,她们两人一向很亲。我把房间墙壁刷成粉红色,并且买来粉红色的蕾丝窗帘。俏俏一直都有公主梦,我希望她的梦醒得越晚越好。

我把家庭旅馆的广告从几个网站上撤销了,不打算再做了,不仅不能靠此发财,而且还搭上感情,可谓赔了夫人又折兵。我看,世界上再也没有比开家庭旅馆更赔本的生意了。

可是,我又感觉到孤独。

自从薛和米娜相继搬走之后,我突然觉得房子大得可怕。你看,客厅又大又空旷,还有一个足足有4米高的吊顶,令人显得犹如蚂蚁一般渺小。主卧室也大得很,也有一个吊顶,虽然没有客厅的高,却是尖顶的,人睡在下面好像睡在洞穴里一样孤单寒冷。

此时此刻我就觉得冷,已经躺了好几个小时了,可被子里始终不太暖和。我翻了一个身,像婴儿在母体子宫里一样紧紧抱住自己,从内心到身体,一片荒凉,无依无傍。

手机就在枕头下面,有微信提醒震动,我拿起来翻了一下,基本都是各个群里没有价值的口水话或者图片。没有人和我私聊,没有一个留言,我呆呆地看着那不断更新的朋友圈,感谢自己被整个世界遗弃了。

我想起大春,又想起薛。我不知道自己到底在想谁,两个男人的形象混成了一团。我想起薛坚实的臂膀、胸膛,粗拉拉的下巴总是蹭得我生疼,还有既浑浊又暖和的气息像安眠药一样令我安然入睡。

悲伤又甜蜜的情绪像潮水一样，一波又一波涌了上来。我感觉心跳渐渐快了，而身体也在悄悄发生着变化。我把双手不由自主地捂住双乳，然后渐渐下滑，滑过平坦的小腹，滑过腰部优美的曲线。

我为自己感到心酸。这毕竟还是一具美好的胴体啊，以后就要孤芳自赏了吗？

哦，不不！你看我的下体正在湿润起来，刚开始只是雨露，渐渐地，一股又一股热流涌了出来。我急切地盼望被占领，被胀满，被霸道又蛮横的力量摧毁着，然后在它下面缓缓化作一汪清泉。

可是，你又是谁呢？

越来越难受，越来越焦灼，从心灵到身体仿佛被一万只小虫子噬咬着。突然想到一个东西，我的心狂跳起来，光着脚跑到衣柜里，衣柜是一个步入式房间，里面嵌着一面大镜子。

在最底部的抽屉里，我摸到一个软软的东西，借着微弱的月光，我看到肉粉色的它像一支香肠一样躺在自己掌心里。

胸口像被重重的军靴踩踏似的突突直跳，内心有一团火焰正在熊熊燃烧，不管你是天使还是恶魔，此刻的我，愿意化作卑微的尘土，被你蹂躏践踏，被你占领吞没。

我躺了下来，哆哆嗦嗦地把它放进身体。我摁下开关，感觉到它微微震动并且发热起来，真罪恶，这妖媚的欢愉。

我终于忍不住呻吟起来……

谢谢你，林太太。

艾美

第四十四封信

把自己变成一只无法停下来的飞鸟

亲爱的朋友：

其实我已经好久没有联系过林太太了。

通过微信朋友圈，我看到她的生活精彩又闲适，几乎可以满足所有中国女性对国外生活的幻想了。

她非常喜欢秀生活，而且拍照水平也不错。于是她的朋友圈里布满各种美食、美景、精美的家居、度假购物的照片，当然偶尔也会有林淞穿着正装弹钢琴和参加毕业典礼的照片。

林淞的变化很多，他本来就是一个寡言的男孩，如今脸上更多了一种西方青春期男孩的冷淡表情。而林太太则一如既往地典雅富态，依然喜欢穿裙装配羊毛披肩，出席正式场合的时候总是穿旗袍，戴着翡翠项链，头发梳得一丝不苟。

有时候我也忍不住心生艳羡，为什么同样都是移民国外，她的生活却让人感觉轻松闲适许多？

今天黎明时分,我突然被一阵尖锐的电话铃声惊醒了,迷迷糊糊地接通,居然是林太太的声音。电话里,她的声音又小又轻柔,无限讨好的意思:"艾美,真抱歉这么早打扰你。"

我看了看表,才4点半,的确够早的。"有急事吗?"我问。

"是的,如果不急也不会找你了。"她解释说,"我家厨房的报警器莫明其妙响半个多小时了,我怎么弄也没办法让它停下来。"

哦,原来是这件事。我略有点不满,这么一件小事,居然值得把朋友从睡梦里叫醒?她儿子呢,她那个随叫随到的长工呢?只是还没等我问出来,林太太便像猜到我的心事般立刻解释:"林淞和几个朋友去美国旅行了,家里只有我一个人,真是没办法了,如果报警器这么响下去,一会儿估计警察又会过来了。

这倒是的。"周工呢?"我随口问。

"周工?"提到这个名字,林太太的声音突然高了几度,陡然添了几分怒气,"别提人家了,人家结婚了,现在恐怕正搂着新娘子暖被窝呢。"

我略略意外了一下,心不甘情不愿地起床了。

到了林太太家里,天色还没有完全亮起来。林太太正披着一件羽绒服站在门前车道上翘首张望,看到我的车过来,她满脸焦灼的表情才算略略放松了些。

林太太说得没错,其实还没有进屋,我便听到屋里传来尖厉的烟雾报警声,周围有几家邻居已经开了灯,不知道是因为早起还是被她屋里的报警声吵醒了。

我们赶紧进屋,楼上楼下仔细查看了一番,发现哪儿哪儿都是好的。

厨房里更没有开火,所有的插座也没有漏电的嫌疑,可是天花板上的那个报警器就是不依不饶地尖叫着,恨不能把全城的警察都喊来才算罢休。

没办法,我只好决定帮她拆除报警器。林太太一听,立刻从车库里端来一大堆工具,只是多数还没有拆开。可见一直享受着"长工"的周到服侍,她甚至用不着去捏一把钳子。

其实我也从来没有摸过报警器,本来以为很容易拆卸,哪里想到居然把我折腾出一身大汗。因为报警器里面连了很多根五颜六色的电线,有的电线有电,有的没有,那些接头也如迷宫般错综复杂,一根电线往往和三四根联结在一起,我一根一根小心翼翼试着,生怕一不小心自己被电击中。

其实后来还跟着 YOUTUBE 一步一步学习,最后照猫画虎般拆卸下来。当我把报警器白盒子拿下来之后,报警器立刻闭嘴了,房间里恢复了安静。

林太太非常感激,立刻张罗着给我做早餐吃。这时候天也亮了,而我这才发现,几个月不见,林太太的房子居然凌乱不堪了。

一层会客厅里堆了很多木材架子,几个大纸箱被乱七八糟堆放在角落里,从箱子上的图案判断,里面装的应该是水晶灯。

厨房里的水龙头坏了,林太太不得不从卫生间里引来一根软水管到厨房。这根青绿色橡胶水管蜿蜒曲折地趴在地面上,好像房间里进来了一条蛇。

我看得惊讶不已。林太太一边做饭,一边咬牙切齿地恨道:"都是被那个东北佬骗了。他信誓旦旦地说要给我做柜子，修厨房，可是当我把工钱付给他，再把所有的东西买回来之后，这人却消失不见了。"

"去哪里了？"

"去东北结婚了。"

"他不是说不结婚吗？"我奇怪地问。

"男人的话！"林太太嗤之以鼻，用汤勺拨弄着小锅里的甜酒圆子，一脸愤懑之色，"艾美，我告诉你，咱们女人这辈子如果信男人的话，早就死八百回了。"

"可是他结完婚也会回来的。"我安慰她。

"他是回来了啊，两周前就回来了。"这一回，林太太的表情更加愤怒了，"可是人家怎么叫也叫不出来了，话说新媳妇管着他不让出门，可他拿了我的工钱不干活这算什么事？"

哦，原来是这样。我大致明白了。"你们有没有签合同？"我问。

"都是朋友交情的，什么合同不合同的，当时哪里想到这一层了？"林太太后悔不迭道，"话说这世上哪里有朋友？在国内都靠不住，更别提到了国外了。"

林太太告诉我，因为信任，她把自己的房子完全交给周工打理，并且开出很高的工钱。最近她四处打听了一番，发现自己开出的价钱远远超过市价平均水平。可是他并没有感激，反倒三天打鱼两天晒网，到今天干脆消失了。

如今她恨透了他，可是更恨自己。因为自己又一次陷入对男人的信任中，又一次被无情地辜负。

"辜负谈不上，"我打断了她的抱怨，提醒她，"你只是选错了合作对象。"

"可是我赔着笑脸，赔着无数的好听话，赔着一日三餐精心服侍，还陪着……"林太太数落着，突然表情怪异地卡壳了。

过了好一会儿，她问我："艾美，你老公怎么样了？"

"老公？"我的心里被狠狠揪了一下。我没有理她，只是赶紧站起来洗碗，希望水流声可以掩盖内心的不安。"老样子。"我淡淡地说。

"艾美，我最近在想一件事情。"

"什么事？"

林太太略有些疲惫地站起来，倚靠在窗前。"我在想，我是不是应该回国了？"她注视着窗外一株渐红的枫树，轻声问。

"为什么？"我惊讶地看着她。

"这段时间我越来越想回去了。林淞早已经不需要我陪了，或许我不陪他长得会更好。"

"可是林先生——"

"我先生只是一腔幻想，他根本不了解国外。国外不是照片里的风光美景，也不是电影里的漂亮画面。即便你有能力办出国，却不一定有能力留下来。我连一个螺丝都拧不好，出门连路都不敢问，银行寄来的信都看不懂，自己年纪一大把却变回了婴儿，这样的生活太困难了。"

哦，我非常理解她的无助，可是谁又不是从这个阶段过来的呢？"别着急，慢慢来，谁都是一点一点摸索的。"我安慰她。

她扭过脸，冲我温柔又无奈地笑了："艾美，可是我不愿意做这种摸索。如果年轻十岁，我可能也会尝试。可是我都这个年纪了，不想再给自己什么负担了。对于我们来说,能够平安快活地活着就已经是福气了,不是吗?"

我怔怔地看着她,一时之间无话可说。我承认她说得对,可是又说不清哪里不对。心里非常难过,因为万分不舍她的离开。不知为何我突然觉得,身边的人似乎都在渐渐离开着,以一种悄然而又决绝的姿态。

难道这就是移民吗?来了又去,去了又来,渐渐把自己变成一只无法停下来的飞鸟。

我会走吗,还是会永远停下来?

艾美

第四十五封信

激情之后，不得不面对生活的真实面目

亲爱的朋友：

已经 11 月了，天气渐渐冷下来，门前的大枫树越来越光秃，花园里枯枝败叶也越来越多了。

上个星期，我一连好几天泡在花园里埋头苦干。我用篱抓把草地上的落叶全部清扫起来，整整装了好几大纸袋。我用大剪刀把植物的枯枝也一一修剪了，因为听园艺师讲，每年霜降前都应该剪去花木的枯枝，从而保证根部的营养，这样来年的花木才会更加繁茂。

有时候正在干活时，花园里会跳出几只松鼠与我对视，它们是不怕我的，相比它们，我更是这块土地的入侵者。有时候天空中掠过一大群加拿大鹅，为了过冬，它们不得不成群结队地飞向更暖和的地方。

有一天，我在花园里发现了一只加拿大鹅，它似乎受伤了，怎么飞也飞不起来，只好蜷缩在木头凉台底下取暖。我不敢惊吓它，于是把迈克斯喊过来。他果然经验丰富，不仅带了一条小鱼，而且带了一个笼子。他把小鱼放在笼子里，不一会儿，这只鹅就自动走到笼子里去了。

迈克斯告诉我,这只鹅的翅膀受伤了,今年它无论如何也去不了南方了,于是他开车把它送到附近的动物保护站里。

我已经快两个月没有见到迈克斯了,此次相见居然把我吓了一大跳。两个月的时间,他的头发几乎全白了,整个人也消瘦很多,幸好他一直都是乐观积极的,那天蓝色的眼睛反倒比以前更加清澈了。

我没有问他琼的消息。他不说,便是没有消息。他说起汤姆,汤姆更加内向敏感了,学校老师建议为他做一些心理治疗,这一点令他非常忧虑。

我十分惊异甚至骇然。在加拿大,青少年心理疾病的发病率越来越高了,难道琼真的可以做到不管不顾,毫不在意吗?

终于,就在第一场雪飘落之前,琼到底还是回来了。

那天夜晚,因为天冷,我和俏俏早早上床读故事书。门铃突然响了,俏俏紧紧抓住我。自从租客走了之后,她变得格外胆小了。

我披上棉衣下楼去看,隔着小小的窥视镜看到一个瘦小的身影,一袭黑色长款羽绒服,背着双肩背包。我正犹疑着到底要不要开门,对方伸手把帽子摘掉了,一头乱蓬蓬的短发。"艾美,我是琼啊!"她站在门外喊道。

我赶紧开了门。

琼尴尬地站在我面前,尴尬地微笑着,眼泪突然像一把断线的珠子,滚滚落下来。

"让我睡觉。"这是她说的第一句话。

"答应我,不要告诉任何人我回来了。"这是她盖上被子后说的第二句话。

她的神情,有一种心如死灰般的绝望与枯槁,而她的眼睛,简直突然老了20岁。我看着她那像被狗啃过似的东一撮西一茬的短发,不敢多说一句话。

琼睡了整整三天。三天来,我嘱咐悄悄蹑手蹑脚不要惊动她,每次做好饭,我总用托盘端着放到她门前,一个小时后,再原样不动地端下去。我不敢告诉迈克斯和汤姆,不知道他们之间到底发生了什么。他们每个人都静悄悄的,一如即将爆炸前的原子弹。

那天下午,琼终于下楼了。巧的是,窗外突然飘起了雪,刚开始只是零零星星,很快的鹅毛大雪便铺天盖地了。她裹着一条毯子,站在窗前注视着茫茫大雪,自言自语道:"这么大的雪,我们家的车道怎么办呢,迈克斯还扫得动雪吗?"

我情不自禁地走上前拥抱了她。我们两人都热泪盈眶了。

是的,琼逃跑了,因为那个初恋的爱人。

她觉得自己被流放了十年,人生能有几个十年?再不相爱,她就老了啊!于是她狠心丢下自己的家庭,不顾一切地回到爱人身边。

她的爱人当然是惊喜交织的。当梦里的女神再次回归时,他倾尽所有的激情来迎接。在中国,他们的确度过一段干柴烈火如胶似漆般的热恋时光。她甚至觉得,为了这段爱情,自己所有的付出和舍弃都是值得的,哪怕搭上后半生的时光。

但是当激情的峰顶之后,他们不得不面对生活的真实面目。他是有妇之夫,还有一个可爱的儿子。为了爱情,她可以抛夫弃子,净身出户。

那么他呢？

"他说他也可以。"琼告诉我。

"真的吗？"我惊讶地反问，如果这样，这还真算得上一对爱情恐龙了。

"真的，他真的做到了。"琼神情淡漠地说，"他提出了离婚，甚至还请律师写了离婚协议。"

"他的妻子就痛痛快快地答应？"我不敢相信地问。

"不仅痛痛快快，简直是兴高采烈。"

我一头雾水地看着她，怀疑她是不是神经错乱了。"那后来呢？"

"后来，他放弃了，亲手撕了离婚协议。"

"为什么？"

"因为他陪我去医院做流产，发现我并没有加拿大绿卡，依然是中国公民。"她说着，凄然一笑。

艾美

第四十六封信

世界上最残酷的事情是不告而别

亲爱的朋友：

能不能让我再说一遍：所有的爱情都是狗血剧。

原来琼怀孕了，而那狠心的不告而别也是因为怀孕。她不可能把胎儿"栽赃"给迈克斯，更不可能独自一个人悄悄打胎，于是只好回国找情人想办法。他果然是不顾一切爱着她的，不仅果断提出离婚，而且立刻向她求了婚。

她欣喜若狂地答应了。可是他提出一点，他说太爱她了，不愿意让任何人分享这份爱，因此希望她去做流产。虽然胎儿都已经5个月只能引产了，而且会有很高的风险，但是琼还是无可奈何地约了引产手术。

他们一起去的医院。琼告诉我，那天是一个令人窒息的桑拿天，她感觉自己犹如一条搁浅了的鱼，奄奄一息。在妇产科建档的时候，国籍一栏里，她写下：中国。

他惊讶地看着，问她："不是加拿大吗？"

"当然不是，我并没有入籍。"

"你嫁给了一个加拿大人，生了孩子，在加拿大生活了 10 年，居然没有入籍?"他不相信地反问。

"是的，我没有入籍，不是加拿大身份。"琼肯定道，并且向他解释，自己当然早已经符合入籍条件，但不知为何就是不想入，她讨厌入籍时必须面对英国女王的照片宣誓效忠。

他的表情渐渐诡异起来。他提出需要用琼的身份证和户口本，这些正好她都带着，于是琼把全部证件连同中国护照一并交给了他。

他离开了一会儿，再次回来时，脸色变成一种可怖的惨白。他说，领导刚才打电话给他，有一个十万火急的事情必须立刻回去处理。

他甚至连一句告别的话都没有说，便一阵旋风般地离开了。

亲爱的朋友，世界上最残酷的事情是什么?

不告而别。

好像来自上帝的惩罚，当琼"不告而别"离开迈克斯时，怎么也没想到，不过短短几个月，自己也被一个人"不告而别"了。

她给他发微信，立刻便发现被他拉黑了。她给他打电话，发现电话也被他设置了拦截。她不能相信这一切，以为是他的手机出了故障，于是给他写邮件，可是邮件立刻便被退回了，因为电子信箱也被拦截了。

琼几乎要发疯了。她紧紧抱住手机，几乎每分钟都在拨他的电话号码，直到把手机打没电了，对方依然像深海一般沉默。

她突然想起借别人的手机，于是拦住一个路人说手机没电了，她有急事要联系自己的先生。对方借给她了，她拿着陌生的手机拨过去，很快电话便通了，她惊叫一声："喂——"

立刻，电话便被挂断。她疯狂地再拨，对方永远都是挂断。

那个路人同情地看着她，也不敢要回手机，估计是被她吓着了。

她还了手机，呆呆地走路回去。她想去找他，可是发现自己竟然不知道他住哪里，单位在哪里。爱情的浓情蜜意中，这些鸡毛蒜皮的琐事根本不被她放在眼里。可是此时此刻，她才恍然得知，除了那些海誓山盟肌肤相亲，她其实对他一无所知。

她最终想到一个老同学，也是两个人唯一共有的朋友。她打电话向他求救，那位同学惊讶地反问：你怎么这么傻，谁不知道他工作出了点问题，现在正削尖脑袋想移民出国？

"不会的，他是爱我的。"她可怜巴巴地辩解，"我们是打算结婚的。"

"如果你有绿卡，那当然了。"同学冷笑道。

虽然感觉很不值，这位好心的同学还是带琼去了他家。那是一个非常高档的社区，小桥流水，繁花成荫。同学把他的居所指给琼看，一套起码 200 平米的顶层复式，浮夸的宫廷式建筑风格。

"你可不要进去泼硫酸啊！"同学半真半假地警告她，然后赶紧离开。

琼当然没有，她甚至不知道在哪里买硫酸。她只是静静坐在社区公园里的一个凉亭里，眺望着他家的窗户，像一个雕像。

她看到他的别克商务车缓缓开来，不是他，却是一位女士下了车，相貌普通衣着俗艳，身上却背着一个价值好几万的香奈儿小香妃包。

虽然好几次差点冲到楼上按门铃，但她最终以一种可怕的安静等了下去。一直等到天色黯淡，他终于现身了。不过不是他一人，而是一家三口。他和他的妻，显然刚刚吃过晚饭，都穿着舒适的家居服，趿着凉拖,他还拿了一把折扇,有一搭无一搭地打着蚊子。这幸福的慵懒像针一般刺入她的眼睛,她"腾"地一下子跳了起来,愤怒犹如火山般汹涌。

正当即将冲过去与他对峙时,她突然迈不开脚步了,整个人像被胶水般死死粘住。

一个男孩,一个非常可爱的小男孩踩着滑板车从楼道里冲出来。条纹衫,白短裤,还有和汤姆一模一样的黑色卷发。他活力四射地呼啸而来,嘴里嚷嚷着一些听不懂的童言童语。

他赶紧按住男孩,疼爱地责备几句,然后蹲下去帮男孩系好鞋带。这时琼才注意到,男孩的鞋带松了。

当他蹲下去的时候,琼看到他后脑勺的白发,还有跨栏背心上的破洞。

在这个世界上,谁比谁生活得更轻松?

琼看到,他以一种极其灵巧的手势帮儿子系紧了鞋带,然后站起来扶正了他的头盔。他又检查了一下滑板车,然后紧了紧上面的一个零件。

琼渐渐开始发抖了,原来,最深最深的痛苦是绝望,它令你无力反抗,自动投降缴械,冰冷如坠深渊。

一个如此细心,如此爱意满满的父亲,怎么可能放弃家庭? 不,绝不,那是他的战场和家园,他只会粉身碎骨地捍卫。

在这一刻,琼终于看到了自己的愚蠢,如同满头的虱子,令人触目惊心。

那天晚上,琼没有报复,更没有泼硫酸,甚至没有冲上前质问。她只是孑然一身地走回酒店,呆呆地坐了一会儿,然后拿起浴室剪刀。她本想对着手腕处的静脉剪下去,可是一种不可思议的力量把剪刀挪开了。不知不觉中,她在剪着自己的长发,剪了一个七零八落。她看着长发纷纷落地,心中泛起一种报复之后的快意。

她不知道报复谁,情人、迈克斯,还是自己?或许只是报复这个无比丑陋无比残酷的生活本身。

原来她一直在被欺骗着,被自己的臆想欺骗。她爱的根本不是他,只是爱情本身。而他爱的更不是她,只是一张绿卡而已。

什么赴汤蹈火,什么粉身碎骨,什么山无棱天地绝……她被生活狠狠打了脸。

她希望自己死在手术台上。可是没有,医生给她注射了催产针,宫缩令她疼得死去活来,然后医生从她体内刮出了一个基本成形的胎儿。她看也没看一眼,希望它被立刻丢入垃圾堆里。

第二天她便坚决要求出院了,根本不理会医生的种种警告,什么大出血啊,什么子宫受损啦,什么全身系统疾病……她只想立刻逃离,一分钟也不要耽搁。

其实她并不知道自己还能不能回来,也没有信心打听加拿大的家园是否美丽如昔。但是她只能回来,因为已经无路可走。

她为自己深感羞耻。

艾美

第四十七封信

不能想象这个世界到底有多么美

亲爱的朋友：

就像你无法想象这个世界到底有多么丑陋一样，你恐怕也不能想象这个世界到底有多么美。

如他所言，迈克斯没有丝毫计较，反倒张开双臂热烈欢迎琼的回归。那天他带着汤姆来我家里接琼，居然还穿了隆重的黑色西服，打着黑色绸缎的领花。汤姆也穿了正装，像一个小绅士般拿着一束玫瑰花。

迈克斯没有在意她眼中的羞惭，只是把她轻轻拥入怀中，抚摸着她乱蓬蓬的头发："好女孩，感谢上帝，你终于回来了！"

就好像一切都没有发生过，就好像她只是出门旅行了几天。

我无比震惊地看着这一切，原来真正的爱，可以熄灭火山，填平大海。

回到家后，迈克斯做的第一件事情就是给琼修剪头发。他找出一件旧衬衫让她反披着坐在转椅里，他则穿着她的花围裙，身上别满各式理发工具，手里拿着梳子和剪刀，简直堪比最高级的沙宣大师。

"艾美,他们都说中国人的理发水平高超,我现在很怀疑这个说法。"迈克斯修剪着她像狗啃过的头发,笑着打趣。

她半低着脑袋坐着,像一个乖乖的小男孩,眼睛湿润润的。

琼告诉我,她试图向迈克斯坦白一切,但是迈克斯让她不要说。他说,他只在乎此时此刻的她,无论上一刻还是下一刻,他都无法把握,所以只要珍惜此时此刻。

对了,迈克斯还帮琼重新粉刷了卧室墙壁,是她挑选的果绿色。以前她的卧室是妩媚紫色,可是如今这种轻快的绿,配上她简洁的短发,看上去焕然一新。

亲爱的朋友,今天是平安夜。

此时此刻的你正在干什么？是在和朋友们聚餐,酒吧里狂欢,教堂里祈祷,还是一个人孤独地在办公室里加班？

就在一周前,我自己踩着梯子把圣诞彩灯绕着屋檐挂了整整两圈,然后又在门前的松树上挂满雪花水晶灯。俏俏特别喜欢驯鹿,于是我又从商场里买回一个大号驯鹿圣诞灯摆在花园门口,通上电,驯鹿像水晶般璀璨闪烁,鹿头还可以来回转动,宛如从童话世界中走来。

已经下过好几场雪了。自从第一场雪之后,渥太华便立刻成为一个白色世界,冰雪直到来年春天才会消融。很多中国人受不了渥太华的冰雪,但我和俏俏却很喜欢。我们喜欢在运河上滑冰,喜欢紧紧抱在一起坐在雪板里沿着高高的山坡冲下来,喜欢铲雪铲到大汗淋漓,也喜欢在无人的雪径上踩出第一道脚印。

此时此刻,我和俏俏手拉手走在厚厚的积雪里。四周寂静极了,我听见雪靴和积雪摩擦着,发出咯吱咯吱的声音。

"圣诞快乐,宝贝。"我捏了捏她的手,冲她说。

俏俏笑着冲我仰起脸,小脸冻得如同圣诞树上的红苹果。"妈咪,圣诞快乐!"

因为担心我和俏俏孤单,琼和迈克斯邀请我们去他们家过节。为了今年的圣诞节,迈克斯可谓不惜血本,他不仅买来上千个彩灯挂满房子和树木,而且买来昂贵的圣诞投射灯插在屋脚,打开之后,灯光投射出去令大半个房子变成一个巨型屏幕,上面轮流滚动着星空、彩虹、动物,还有冰雪公主的影像。

他还亲自动手,亲自编写程序,最终在门前花园里用彩灯做出一个音乐灯瀑。灯瀑不仅可以唱歌,还可以伴随着音乐变幻灯光,好像瑰丽的音乐喷泉。

其实迈克斯的日常生活非常节俭,但如同多数加拿大人,他们乐意为热爱的事情一掷千金。

天气很冷,琼的房子里却温暖如春。客厅的壁炉里,蓝色火苗正在活泼地跳动;房间里所有的装饰都换成了圣诞风格,印着圣诞帽和雪花的窗帘,红色的圣诞桌布,金色的圣诞蜡台……一株造型优美的圣诞树伫立于旋转楼梯旁边,树身上挂满彩球和圣诞卡片,根部堆满了圣诞礼物。

我伸手摸了摸,松针柔软又清凉,还有凛冽的松树清香,居然是一株真树!

厨房里正在准备圣诞大餐,浓郁的烤火鸡香味溢满整个房间,汤姆坐在钢琴前弹圣诞歌曲。听到钢琴声,俏俏立刻冲进去和汤姆挤在一起弹,他们两人最近迷上合奏,一人一只手,你负责左手我负责右手,你负责弹奏我负责和弦,居然配合默契。

也许经历了一番挣扎,汤姆好像突然长大了,脸部呈现出刚毅而优美的轮廓。他显然是有音乐才华的,连谱子都不需要,半闭着眼睛,一任纤细的手指在黑白琴键上飞舞,一串串美妙的音符从他手指中奔涌而出。俏俏渐渐跟不上了,只好拿开小手,一脸钦佩地看着他的弹奏。

我惊讶地看着汤姆,隐隐觉得这将是一个不可思议的少年。

令俏俏高兴的是,米娜也来了,用筐子提着她出生不到 20 天的女儿。琼让她把孩子放在圣诞树旁的推车里,这个孩子可真乖,不哭也不闹,身上盖着粉色的襁褓,如同一个大号圣诞礼物。

米娜告诉我们,孩子名叫兰妮,因为她喜欢《飘》里的"玫兰妮",那是她心目中的女神。

虽然刚刚生完孩子,米娜却神奇地恢复了体形,若不是她脸上初为人母的逼人光彩,我几乎要怀疑她的孩子是不是捡来的。

她轻轻捏了捏琼的脸蛋:"亲爱的,你更美了。"

是的,剪了短发的琼,那五官显得更加精致了。她的眼神不再像以前一样飘忽拧巴,却是沉静而和顺,好像突然有了根。

这个圣诞节,迈克斯没有像往年一样去农场里打火鸡,而是在超市里买了一只火鸡。关于这件事情,他一个劲儿地向我们道歉。他用白葡萄酒、柠檬、法香、九层塔等各种香料混合在一起腌制火鸡,用保鲜膜包好放入冰箱里冷藏两天两夜,然后把火鸡拿出来放在烤箱里烤,当鸡肉的水分差不多被烤干时,他再往鸡肚子里塞入蘑菇、朝鲜蓟、西红柿、甜椒、奶酪等各种配菜,中间一次次往鸡身上刷酱汁和蜂蜜。

相比于软件技术专家,迈克斯反倒更看重他的猎人身份。每年圣诞前一个月,他总会背上猎枪去农场里打火鸡,然后把火鸡收拾干净放在冰箱里冷冻起来为圣诞做准备。有一年,他还打了一个极其漂亮、羽毛斑斓多姿犹如孔雀般的大火鸡,并且用火鸡羽毛给琼做了一个绝美的手袋。

我很奇怪,温和的迈克斯怎么会享受这种残酷的杀生之趣。

迈克斯向我解释,自然界的物种需要保持一种生态平衡,猎人也是生物链中的一个角色,用猎枪维护生态平衡。

"我希望今年的火鸡不会因为我的缺席泛滥成灾。"他开玩笑道。

"迈克斯,你又吹牛了,"琼笑着白了他一眼,"你随时可以放心缺席,太阳照样从东方升起。"

迈克斯哈哈大笑。

我们全笑了。可是莫名其妙的,我的心里有点不舒服了。我不喜欢听见这句话,说不出什么原因,就是不喜欢。

艾美

第四十八封信

最深的忧伤也有欢乐的底色

亲爱的朋友：

所有的欢乐都隐藏着忧伤，而最深的忧伤也有欢乐的底色。

我是喜散不喜聚的。因为所有的聚会都一定会结束，越欢乐，那结束就越令人依依不舍。所以不如享受孤独，人终究还是要和自己度过。

那真是一个太过美好的平安夜。

迈克斯带我们去了教堂，我们和上百名基督徒们一起唱赞美歌。教堂里点满了白色的蜡烛，管风琴的音乐声排山倒海地在教堂里回响着，回声肃穆庄严。

有几位信徒选择在平安夜受洗，他们穿着白色的袍子，光着脚走到牧师前，牧师为他们祈祷，然后将他们轻轻扳倒在受洗池里，水花四溅。他们再次起身，头发全湿了，泪水混合着圣水流淌下来。

我看到米娜不停地流泪，那所有的委屈和伤痛也只有在神的面前，才可以放心宣泄吧？我看到迈克斯和琼紧紧拉着手，他们没有如火如荼的爱情，却有着大海般的包容与关爱，这样的爱深沉又隽永。

我向神祷告：亲爱的天父，请你看护我们每一个人。

从教堂里出来，我拒绝了迈克斯送我们回家的好意，坚持要和俏俏走路回去。圣诞夜太美，我不舍得它这么溜去。

虽然已经是深夜，但冰雪令夜宛如白昼。所有人家的圣诞彩灯全亮了，五彩剔透，冰晶玉洁。有人站在门前花园里放烟花，有人在客厅里载歌载舞地唱圣诞歌，我们甚至还看见一位披着红袍子戴着大胡子的圣诞老人，抱着一大堆礼物，摁响一个房子的门铃。

那个房子的灯光突然大亮，一堆孩子尖叫着冲出来。

我知道那一定是哪位可爱的爸爸或者爷爷，扮成圣诞老人在平安夜给孩子们送礼物了。

俏俏羡慕地望着，那种欢乐的气氛，显然令她有点失落了。

其实我给她买了礼物，米娜、琼她们，包括学校的老师、朋友们也都送了她很多礼物。所有的礼物都摆在圣诞树下还没有来得及被拆开。但是此时此刻，再多的礼物也比不上一份完整的关爱，俏俏可以左边喊妈妈，右边喊爸爸。

我不敢深想，既然无力改变，就没有资格耽溺于多愁善感。"俏俏，你不是学了很多圣诞歌吗？给我唱歌好不好？"我捏了捏她的手，安慰道。

"嘿，妈妈——"俏俏笑了，想了想，然后轻轻唱了起来：

Pie, stocking, and candy cane,

Back at home where they'll remain.

Girls and boys from east to west,

Get the treats that they like best.

Santa, hear my Christmas plea,

Fill each stocking that you see.

Let this castle, cold and gray,

Be full of joy on Christmas Day.

……

我知道不是我在安慰孩子,而是孩子正在安慰我。听着这首简单快乐的童谣,我的心里越来越难过了。

手机突然响起来,我赶紧把它从口袋里掏出,绿色的屏幕正显示着一个陌生的号码。"Hello(喂)——"我接通了。

对方没有回答。

我又说了一句:"Hello——"

电话那端依然没有说话,只有窸窸窣窣的杂音,是电流声,还是风声?

静默了好一会儿,我听见"嗒"的一声,电话被挂断了。

我愣住了,再次看了看电话号码,是加拿大境内的来电,不是渥太华,也不是安大略省的。我好奇地回拨过去,电话响了很久很久无人应接。

亲爱的朋友,你是谁,你是谁?

你为什么给我打电话?在这个寂静的圣诞之夜。为什么又一言不发?

是你吗,薛?

想到这个名字,我的心狂跳起来。我以为早已经把这个名字放置脑

293

后,可神知道,它已经被深深地烙在我心中。

自从薛走后,我强迫自己去忘记,无数次告诉自己,他只是一个来来往往的房客而已。可是为什么我每天都忍不住打扫他睡过的房间?我为地板打蜡,用抹布擦拭电脑桌和转椅,我往窗台上放了一小盆金莲花,那是他最喜欢的花之一。就在昨天,我又摆了一盆圣诞红进去,在桌子上铺了一块印着雪花的圣诞桌布。

就好像,他会突然有一天推门而入;就好像,他从来没有离开过。

此时此刻,我看着俏俏在前面轻快地走着,思念却如潮水般排山倒海。我的脸庞挂着母亲式的微笑,心中却有一个孤单的小女孩正在哭泣。

当我们走到家所在的小街时,俏俏突然停住了脚步。"妈妈,屋里有人。"她扭头告诉我。

"瞎说。"

"不信你看?"她用手指着我们的白房子。

果然,房子里亮着灯,不仅一楼亮着灯,二楼的灯也全亮了,甚至门前的车道也灯火通明。

我以为自己出门前没有关灯,我以为家里进了窃贼,我以为圣诞老人坐着马车真的从烟囱里进屋了,我以为……

俏俏突然跑了起来,跑着跑着,一个黑色的人影把她举了起来。"爸爸——"她像快乐的小鸟般叫了起来。

大春抱着俏俏,站在花园门口冲我笑了起来。

艾美

第四十九封信

很多加拿大人都说，中国人的爱很难懂

亲爱的朋友：

像不像一场闹剧？

曾经我百般乞求万般期待，大春就是不来加拿大看我们。可是当我放下了期待，人家居然悄无声息地到了。

大春说，我把一切联系方式切断了，他想联系我们可怎么也联系不上，所以干脆买一张机票飞来了。

大春说，他非常想念我们，尤其想俏俏，女儿是他上辈子和这辈子的情人。

大春又说，他最近感觉非常疲累，工作不顺利，几个合伙人发生了冲突，他想离开一段时间好好想想。

大春还说：他离开的时候非常仓促，没有想到是圣诞节，飞机落地时才发现本地人都在过节，这下可好，他就是圣诞老人送给我们的圣诞礼物了。

……

俏俏已经睡去,躺在大春的身边。

她穿着一件珊瑚绒连身睡衣,像一只小猫般蜷缩在他身边。即使睡着了,她的胳膊也紧紧缠着他的脖子,好像生怕一睁眼他又不见了。

我拒绝了和他同房的请求,而是独自睡在隔壁客房——薛的房间里。加拿大的房屋都是木质结构,隔音极差。我听得到大春在隔壁不停地翻身,重重地叹气。

可是,我又被薛的气息拥抱着,那种来自枫林里清新又温暖的植物芳香。有点甜蜜,有点安慰,但更多的却是心碎。

这一切多么尴尬,却又多么神奇。

大春主动提到媛媛。他说,他已经把这个问题摆平了。至于怎么摆平的,他没有说,我亦不想问。

有一点可以肯定的是,他回来了,因为他的风暴已经过去。

可是,我是否还能回去,我的风暴是不是已经过去?我不确定。

迈克斯为我们一家团聚感到高兴。他给我们送来了冰酒和火鸡,手把手教大春为汽车换雪胎。他们像一对快活的修理工,用千斤顶把汽车顶起来,大呼小叫地在车底下钻来钻去,满身满脸的油污。

换完雪胎,迈克斯建议我们一起去里多运河上滑冰。要知道,这个号称世界之最、全长 7 公里的天然冰道可是每一位加拿大人的骄傲,如同对待自己的枫糖,他们相信天下人都会疯狂地爱上。

当然也是非常棒的。

我们开着刚刚换好雪胎的车来到运河附近,停好车,然后从道斯湖畔进入冰道。这本是一片非常宽阔的水域，春天的时候是观赏郁金香的绝佳地点。如今所有的水域全部结了厚厚的冰，好几辆清冰车来来回回地打磨着，令冰面光滑得如同专业冰场。

许许多多市民都出动了，他们穿着艳丽的雪衣雪裤，戴着超酷的运动型墨镜，脚踩各式冰鞋，像一只只水鸟般姿态优美地掠过冰面。这可真是一个无比热爱冰雪的国度啊，不仅成人，连狗和婴儿们也出动了。大狗们快活地在冰面上追逐，婴儿们被潮爸们抱在怀中滑行，更小的则躺在婴儿车里被父母推着滑，速度极快，风驰电掣般掠过，留下一连串兴奋的笑声。

大春非常喜欢，恰好他在大学时学过滑冰，虽然多年没有练习过，但一旦穿上冰鞋，稍稍适应一会儿便也可以滑行了。

当然了，作为一名冰雪王国的土著，迈克斯的技术早已经出神入化，他不仅可以速滑，还可以跳跃旋转着做出很多高难度的动作。他告诉我们，十多年前他在市政府工作，那时候最喜欢的就是冬天的清晨，他背着冰鞋跑到运河畔，从冰道这头一口气滑行 7 公里到那头，上去喝一杯咖啡，然后走进办公室去上班。

大春一脸羡慕地听着，心向往之。

我和琼穿着冰鞋在冰道上小心翼翼地"走"着，俏俏和汤姆如同两只小鸟，不时地在我们身边掠过。他们的技术已经很好了，不仅有俱乐部教过他们，学校里也经常安排各种滑冰课。

"你有没有发现，自从爸爸来了，你家女儿变得大胆多了。"琼看着俏俏的身影，微笑道。

"是啊。"这还用说？身为妈妈,不管我多么努力,其实也比不上爸爸一个鼓励的眼神。想到这点,我感觉有点泄气。

"他此次过来,还会再走吗?"琼问我。

"当然会走。"

"为什么?"琼不解道。

"因为他的工作啊,他的朋友啊,他的事业啊,他的……"我顿了顿,把"情人"两个字努力咽了回去。

"很多加拿大人都说,中国人的爱很难懂。"

"为何?"

"因为既然爱,就应该分分秒秒地在一起。可是中国式的爱,却是不停地分离。"

我苦笑了。关于这个评论,我自从两年前来到加拿大便听说了,并且早已经习以为常。琼嫁给了加拿大人,十多年的跨国婚姻多多少少令她的思维西化了。"那么你呢? 你还会想着逃离吗?"我打趣她。

"当然不会。"

"吃一堑长一智了?"

"不是的。"琼笑着摇摇头,轻快地说,"我越来越发现,其实我的爱就在这里。我比以前任何时候都更爱迈克斯了。"

我看着她美丽的眼睛,心中涌起甜蜜的感动。"亲爱的琼,恭喜你。"我真心实意地为她祝福。

我们在人群中滑行着,耳畔掠过轻柔的风声。

居然一点儿也不冷。云层很厚,像一个大棉被似的把地面笼罩了,形成一种天然的保温层。冰道渐渐收窄了，远处的国会山已经影影绰绰。

　　大春滑得有点累，于是停下来休息。他四处张望一会儿，又开始习惯性批评了：加拿大人太没有商业头脑了，这么长的冰道，这么多的人流，居然几乎没有商业开发？不是政府整天叫着没钱吗？为什么不收门票，为什么不在冰道上多设一些小吃摊和纪念品店，肯定赚个盆满钵满。

　　"哈哈，你这个家伙是不是饿了？"迈克斯笑着拍了拍他的肩膀，"我请你吃我们的海狸尾巴。"

　　所谓"海狸尾巴"，在我看来不过就是沾了白糖的油饼，却是加拿大人传统的美味之一。不远处正好有一个小食店，前面生了一盆篝火，两位金发美女正在卖"海狸尾巴"。

　　来不及阻拦，我看见迈克斯抬脚一蹬，立刻姿态优美地滑了过去。他没有戴帽子，柔软的金发被风吹动起来，看上去优雅极了。

　　他扭头冲我们微笑，打了一个清脆的响指。

　　只是还没有滑到"海狸尾巴"那里，他便莫名其妙地摔倒了，如同一只受伤的加拿大鹅，软绵绵地匍匐在冰面上了。

艾美

第五十封信

爱是不分国界的

亲爱的朋友：

迈克斯再也没有起来。

亲爱的朋友，你知道"好人一生平安"是天底下最大的谎言吗？正如人很难长命百岁一样，好人也很难一生平安，所以我们才会不停地祝福祈祷。我猜因为好人太好了，上帝舍不得他离开太久，于是总想早早召回来。

迈克斯被诊断出脑癌。

医生告诉我们，其实很早之前就有征兆了，比如半年前的腰部骨折，比如他最近几个月的极速消瘦。

如今癌细胞已经四处扩散，根本没有治疗的可能了。关于生命的最后一段时间，医生让迈克斯做一个选择：在医院，还是在家里度过？

在家里，当然。迈克斯低声说。

迈克斯回了家。因为下半身已经失去了知觉，医院给迈克斯配了一把多功能轮椅。借助轮椅，迈克斯可以移动，可以上卫生间，可以给自己做饭,甚至可以做一些简单的家务。

一位特殊护理人员每天上门帮他做身体护理,擦洗,喂药,检测各项指标。一位心理安慰师每周过来两次帮他进行心理疏导,其实就是临终安慰。

有一天,迈克斯告诉这位心理医生不必过来了。心理医生反倒吓了一大跳,以为自己的工作没做好。迈克斯向她解释,他一直坦然面对生死,他是一个猎人,早就安于大自然的运行法则。

心理医生求他不要这么说,这是她的工作,她需要靠此谋生。

迈克斯大笑起来。为了帮助心理医生,他一直接受心理安慰到最后一刻。

经过最开始的震惊绝望,琼终于还是挺了过来。我甚至怀疑,迈克斯把自己生命的能量用一种特殊的方式传递给了她。

有时候我看到琼推着他在图书馆里借书,他借了很多书,主要是宗教哲学方面。他说他一直忙得没有时间看书,现在感觉自己突然成了富翁。有时候我看到两人在咖啡馆里喝咖啡,他还是点最大杯的黑咖啡,并且说,医生并不建议这么做,因为可能会加重病情。可是如果他不喝,估计立刻就会死掉。

有一天我看见琼气愤不已地和他争吵,因为他偷偷找了律师,把自己的全部财产还有家族股份以现金方式留给琼。

"等我走了,你拿着现金回中国,起码可以一生无忧。"他告诉琼。

琼感觉受到极大的羞辱,怒气冲冲地说:"我是你买来的中国新娘吗?你觉得用钱就可以再把我打发回去吗?"

"亲爱的,我只是——"

"我不会回中国,我的家我的爱在这里,不管你在还是不在。"

"可是如果我不在了,你可能会很辛苦。"

"可我需要的是祝福,而不是驱赶。"琼说着,流着眼泪吻了他。

迈克斯没有等到郁金香花开。

冰雪融化,当窗户外的风信子刚刚吐出白色和紫色的花瓣,迈克斯选择结束了自己的生命。是的,他选择了安乐死。

说不清楚是否算得上幸运,安大略省终于通过了安乐死。既然人权最重要的就是生命权,那么死亡当然是一项基本人权。

那个夜晚,在经历了几场痛不欲生的头疼之后,迈克斯取出从医生那里领回来的注射器和药物,然后录了一段视频,对着镜头,他把药物注射到自己的肌肉中。

他穿着睡衣和琼躺在一起,好像每一对临入睡前的夫妻,他们絮絮叨叨聊着天。他说因为文化的差异,他一直没有走进这个中国女孩的心。但是无可置疑的,他深深爱着她,不管今生还是来生。

他认为,爱,其实是不分国界的。

你错了,其实你早已经走进了我的心,而且带走了它。琼泪流满面地和他耳语,希望他能听得见。

艾美

第五十一封信

感谢风把我们吹向任何一个角落

亲爱的朋友：

你见过郁金香花海吗？

我一直不太喜欢郁金香，因为它看上去如此单调。可是当成千上万株郁金香齐刷刷地开放时，那波澜壮阔的美真令人惊心动魄。

迈克斯曾经告诉我，渥太华原本是没有郁金香的，所有的郁金香来自于荷兰进贡。二战期间，荷兰公主流亡加拿大，不巧的是，公主却又怀孕需要生产了，而荷兰王室的规定是王室血脉不得诞生于异国他乡。公主心急如焚，而加拿大政府却灵机一动，索性把公主居住的房子划给荷兰算是荷兰的领土。于是小王子顺利出生，也顺利拥有了王室身份。二战之后公主返回祖国，为了感谢搭救之恩，于是每年向加拿大政府赠送2万株郁金香，直到今天，成千上万株郁金香令渥太华成为名副其实的"郁金香之都"。

迈克斯是喜欢郁金香的，并且把它们种在门前屋后的每一处空隙里。今年花开得特别好，红的像火，紫的像酒，白的像雪，还有很多复瓣

303

品种,大如碗,像中国的芍药。

此时此刻,琼正坐在花园里接受 CBC 电视台的采访,今天是迈克斯的葬礼,作为合法安乐死第一批实践者,迈克斯的死亡引发了社会关注。

琼告诉记者,迈克斯感觉自己很幸运,作为家人,她也感觉欣慰。因为迈克斯没有在痛苦中离开,而是在亲人的怀抱,在浓浓的爱中离开。

琼又告诉记者,其实迈克斯在查出脑癌之后,便打算举家搬迁到北欧,因为那里允许安乐死。她很感激安大略省通过这个法律,可以免去先生再一次的飘零。

CBC 的金发记者目光欣赏地看着琼,似乎被这位中国女人打动了。

"你此刻的心情是什么?"他轻声问。

"难过,当然了,"琼说着又流泪了,"还有感恩。"

"感恩什么?"

"感恩……爱,"琼迟疑着,略略扬起下巴微笑了,"没错,感恩爱。"

我扭过头去,不敢让她看到我突然滂沱而出的泪水,这一次不仅因为伤心,更是因为感动。

迈克斯在生命的最后一段时间里选择了受洗。

他一直亲近基督教,虽然不经常去教堂,可是内心一直向往善良光明。我想,他后来一定听到了神的召唤,所以决定做回神的儿女。

牧师来了,教会的兄弟姊妹们也来了,还有他的亲朋好友们。我一直以为迈克斯性格孤僻,不爱交际,可没有想到居然有这么多人为他送行。

大春穿了一件黑色西服,他的脸上有一种既困惑又痛苦的表情。短短几个月,他的生活里发生这么多惊涛骇浪,几乎抵得上几年几十年,足够他用后半生漫长的光阴去思考反省了。我并不知道他还会不会走,但是已经不重要了。

已经不可能更糟糕了,不是吗?

明明已经跌至谷底,可是我的内心里依然有安宁。我看着俏俏一直拉着汤姆的手,我看着琼把一束玫瑰放在迈克斯的墓碑边,然后用纸巾擦去白色墓碑上的灰尘。

我听到牧师开始祷告:

Lord, we entrust those who have died to your mercy, welcome them into your presence. You loved them greatly in this life, now give them happiness and peace for ever. Eternal rest grant to them, O Lord. And let perpetual light shine upon them. May they rest in peace.

……

(主啊,我们把那些已经死了的人托付给你的怜悯,欢迎他们来到你的面前。你今生非常爱他们,现在给他们永远的幸福与安宁。主啊,永恒的安息赐给他们。愿永恒的光照耀他们。愿他们安息。)

薛也来了,站在一株松树旁的浓荫下。我想,应该是米娜告诉了他这个伤感的消息。

我忙着帮琼照顾送行的亲友们,一直没有顾上和他说话。但我能够感受他的目光,不管我走到哪里,它一直都在,温柔又深情。

待人群散去,他终于走向我,"艾美,你好吗?"他向我伸出手来。

我和他握手："我很好。"他的模样并没有变，但不知为何，眼神却苍老了许多。想来也是极度震惊，难以接受一个朋友的突然离世。

"对不起。"我俩居然同时说，愣了一下，又同时尴尬地笑起来。

我把手用力抽了回来，他恋恋不舍地松开了。

"你怎么样？"我问他。

"还不错。我现在去了温哥华。"

哦，原来他去了加西。渥太华在加东，从加东到加西，中间隔了4000多公里。我想，他是不太可能经常回来了，或许永远不回来了。

"家人也去了吗？"我问。

"是的。"他点点头。

"恭喜你。"我向他道喜。这么说来，他一定在温哥华找到了专业工作，一定买了漂亮的房子，妻女团聚了。又一个皆大欢喜的中国新移民结局。

他没有说话，只是注视着我的眼睛。他的目光有一种深切的哀愁，我不敢对视，只好扭过头。

"你为什么不让我留下来？"他突然轻轻问了一句。

我惊讶地抬头，还是那一如既往的微笑，一如既往的深情，只是饱含了无尽的无奈与忧伤。

你为什么不自己留下来？为什么不……我在心里狂喊着，可是却装作没听见的样子，指着渐渐散开的人群没话找话："看，他们都已经走了。"

"那位是你的先生？"他突然又问。

我看见大春正一手拉着俏俏，一手拉着汤姆走向停车场。"是的。"

我点点头，不知为何，鼻子突然有点酸了，"目前是的。"

薛笑了，可那笑容明明却是凄惶。

我和他相对而立，无话可说，喉咙里却涌动着万语千言。"我走了。"我终于狠心吐出这三个字，扭头走开，走着走着，我忍不住跑起来。

我听到微风从耳边掠过，我听到远处传来哭泣声，我看见一个又一个白色十字架伫立于墓碑前，安静又安详，让人觉得里面的人只不过是睡着了。

我的眼睛再次模糊起来，透过蒙眬泪光，我看到一只蓝色的翠鸟掠过天空。

我知道，它们的名字叫 Blue Jay。

……

此时此刻，我感觉自己好累好累，几乎已经不能再继续下去了。我其实不知道自己说了什么，做了什么，只知道这么多天来，自己一直不停地敲啊敲啊，世界如此寂静，只有键盘清脆的声音。我是如此孤独，孤独到只能和键盘互相依偎。

亲爱的朋友，不要追问我以后，以后……因为我也不知道以后。更何况，我们有以后吗？摊开你的手掌你会发现，我们能够握得住的，只有此刻的光阴。

所以，不要期待以后，更不要苦苦追问。相信此时此刻的清欢。

亲爱的朋友，我不知道你是谁，也不想知道你是谁。如果你一直在耐心地接收我的信件，那么我要感谢你。因为在这个快餐时代里，浪费时间是可耻的，而你却一直这样陪我浪费着，于我而言，这是神给予我的沉重恩典。

我到底说了什么真是一点也记不得了,也不想去记。其实信写到这里,我最想告诉你的是,千万不要相信我的话,更不要相信里面的故事,权当一段呓语。

我们都是飘絮,感谢风把我们吹向任何一个角落。

我们又都是孤独的。我不需要你的同情,因为早晚我们都将形单影只,茕茕孑立。

艾美